Tudo aquilo que nunca foi dito

SUMA de letras

MARC LEVY

Tudo aquilo que nunca foi dito

Tradução
Jorge Bastos

SUMA
de letras

Editora Objetiva Ltda.
Rua Cosme Velho, 103
Rio de Janeiro — RJ — Cep: 22241-090
Tel.: (21) 2199-7824 — Fax: (21) 2199-7825
www.objetiva.com.br

Título original
Toutes ces choses qu'on ne s'est pas dites

Capa
Fernanda Mello

Imagem de capa
© Haensel/Corbis/Corbis (DC)/Latinstock

Revisão
Joana Milli
Ana Kronemberger
Héllen Dutra

Editoração eletrônica
Abreu's System Ltda.

CIP-BRASIL. CATALOGAÇÃO-NA-FONTE
SINDICATO NACIONAL DOS EDITORES DE LIVROS, RJ

L65t

Levy, Marc
Tudo aquilo que nunca foi dito / Marc Levy ; tradução de Jorge Bastos. - Rio de Janeiro : Objetiva, 2011.

Tradução de: *Toutes ces choses qu'on ne s'est pas dites*
241p. ISBN 978-85-8105-008-9

1. Ficção francesa. I. Bastos, Jorges. II. Título.

11-4135. CDD: 843
CDU: 821.133.1-3

"Há duas maneiras de se encarar a vida, uma como se nada fosse um milagre, e outra como se tudo fosse milagroso."

Albert Einstein

Para Pauline,
e para Louis

1.

— E então, o que você acha? Como eu estou?

— Dá uma voltinha para eu ver.

— Stanley, faz meia hora que você está me examinando de cima a baixo, não aguento mais ficar em pé nesse estrado.

— Eu encurtaria um pouco; é um sacrilégio esconder pernas como as suas!

— Stanley!

— Querida, você quer minha opinião ou não? Vira de novo para que eu te veja de frente. É bem o que eu pensava, não tem diferença alguma entre os decotes dos seios e o das costas; a vantagem é que, se derramar alguma coisa, basta virar o vestido... seja na linha de frente, seja na retaguarda, o poder de fogo é o mesmo!

— Stanley!

— Essa ideia de comprar um vestido de noiva em liquidação me dá calafrios. Por que não pela internet, já que é assim? Não quis minha opinião? Estou dando.

— Sinto muito não poder comprar coisa melhor com meu salário de infografista.

— Desenhista, princesa! Deus do céu, tenho horror desse vocabulário século XXI.

— Eu trabalho no computador, Stanley, não uso mais lápis de cor!

— Minha melhor amiga desenha e anima personagens maravilhosos. Nesse caso, seja ou não num computador, é desenhista, e não infografista; será que tudo você tem que discutir?

— Encurtamos ou deixamos como está?

— Cinco centímetros! Além disso, precisa de um retoque no ombro e um ajuste na cintura.

— Bom, pelo que eu vejo, você detestou o vestido.

— Não foi isso que eu disse!

— Mas é o que você acha.

— Deixa eu te ajudar a pagar e vamos na Anna Maier. Por favor, me ouve, pelo menos uma vez!

— Dar 10 mil dólares num vestido? Você está completamente doido! Você também não tem dinheiro para isso e, afinal, é só um casamento, Stanley.

— O seu casamento!

— Eu sei — suspirou Julia.

— Com a fortuna que tem o seu pai, ele bem que podia...

— A última vez que eu vi meu pai foi num sinal fechado e ele estava num carro, descendo a Fifth Avenue... há seis meses. Fim de conversa!

Julia deu de ombros e desceu do estrado em que estava. Stanley segurou--lhe a mão e a abraçou em seguida.

— Querida, todos os vestidos do mundo caem maravilhosamente em você, eu só quero que o seu seja perfeito. Por que não pede ao noivo de presente?

— A família do Adam já está pagando a cerimônia, e se nós pudermos evitar que eles digam que ele está se casando com uma fulaninha qualquer, eu prefiro.

Sem fazer alarde, Stanley atravessou a loja e foi até um mostruário perto da vitrine. Encostados no balcão do caixa, vendedores e vendedoras, em plena conversa, o ignoraram completamente. Ele pegou um vestido colante de cetim branco e voltou.

— Experimenta este e eu não quero ouvir mais nada!

— É 36, Stanley, eu nunca vou conseguir entrar nele!

— O que eu acabei de dizer?

Julia ergueu os olhos para o céu e se dirigiu à cabine para a qual Stanley apontava.

— É manequim 36, Stanley! — ela repetiu, se afastando.

Minutos depois, a cortina se abriu, tão bruscamente quanto fora fechada.

— Até que enfim, algo que se assemelha a um vestido de noiva para Julia — exclamou Stanley. — Sobe logo nesse estrado.

— Tem um guincho para me levantar? Porque se eu dobrar um joelho...

— Caiu feito uma luva em você!

— E um salgadinho que eu coma, a costura arrebenta.

— Ninguém come no dia do próprio casamento! É só afrouxar um pouquinho na altura do peito e você vai parecer uma rainha! Acha possível conseguir que alguém nos atenda nessa loja? É realmente incrível!

— Eu é que devia estar nervosa e não você!

— Não estou nervoso, só abismado que, a quatro dias da cerimônia, eu é que precise te carregar para ir comprar um vestido!

— Tive muito trabalho nesses últimos tempos! E nunca fale disso com o Adam, pois há um mês eu estou dizendo que está tudo pronto.

Stanley pegou um porta-alfinetes largado no braço de uma poltrona e se ajoelhou à frente de Julia.

— Seu marido não imagina a sorte que tem, você está maravilhosa.

— Para de implicar com o Adam. O que você tem contra ele, afinal?

— Ele parece o seu pai...

— Não fala besteira. Adam não tem nada a ver com ele, que, aliás, o detesta.

— Adam detesta o seu pai? Já é um ponto a favor dele.

— Não, meu pai é que detesta o Adam.

— Seu pai sempre odiou tudo que se aproximasse de você. Se tivesse tido um cachorrinho, ele morderia.

— Isso é verdade, se eu tivesse um cachorrinho, ele certamente morderia o meu pai — disse Julia, rindo.

— O seu pai é que teria mordido o cachorro!

Stanley se levantou e recuou uns passos para admirar a obra. Balançou a cabeça e respirou fundo.

— O que é que foi dessa vez? — perguntou Julia.

— Está perfeito, quer dizer, você é que é perfeita. Vou só ajeitar a cintura e pode me levar para almoçar.

— No restaurante que você escolher, meu Stanley.

— Com o sol que está fazendo, o primeiro terraço aberto que nós encontrarmos; com a condição de haver sombra e de que você pare de se mexer tanto para eu poder acabar com esse vestido... quase perfeito.

— Por que quase?

— É uma liquidação, querida!

Uma vendedora passava por perto e perguntou se queriam ajuda. Stanley dispensou-a com um gesto da mão.

— Você acha que ele vai?

— Quem? — perguntou Julia.

— O seu pai, ora quem!

— Para de falar dele. Já disse que há meses não tenho notícia alguma.

— Mas isso não quer dizer...

— Ele não vai vir!

— Mas você mesma deu notícias a ele?

— Há muito tempo desisti de falar da minha vida com o secretário particular do meu pai, que está sempre viajando ou em reunião e não tem tempo para atender à filha.

— Mas você mandou um convite para ele?

— Não vai acabar com esse interrogatório?

— Quase acabando! Vocês são como um casal antigo e ele tem ciúmes. Todo pai tem ciúmes! Mas isso passa.

— É a primeira vez que eu te vejo defender ele. Bom, se formos mesmo como um casal antigo, há muitos anos que já nos divorciamos.

Veio da bolsa de Julia o som de *I Will Survive* e Stanley olhou-a interrogativamente.

— Quer o seu telefone?

— Deve ser o Adam, ou é do estúdio...

— Não se mexe ou vai estragar todo o meu trabalho. Eu pego o telefone.

Stanley mergulhou a mão na bolsa da amiga, encontrou o celular e entregou-o. Gloria Gaynor se calou imediatamente.

— Tarde demais! — bufou Julia, olhando para o número marcado.

— E então? Adam ou trabalho?

— Nem um nem outro — ela respondeu, preocupada. Stanley se manteve na expectativa.

— Vamos brincar de adivinhação?

— Era do escritório do meu pai.

— Liga de volta!

— Não mesmo! Ele que ligue pessoalmente.

— Foi o que ele acabou de fazer, não foi?

— Foi o que o secretário acabou de fazer, era o número dele.

— Você está esperando esse telefonema desde que mandou o convite, para de ser infantil. A quatro dias do casamento, deve-se passar para o modo paz e amor. Vai querer que uma espinha enorme apareça no lábio ou ficar com a pele do pescoço empolada de irritação? Vamos, liga já.

— Para ouvir o Wallace explicar que o meu pai sinceramente sente muito, mas vai estar no exterior e é pena, mas não pode cancelar uma viagem prevista há meses? Ou então que infelizmente vai estar ocupado nesse dia com algo da maior importância, ou sei lá qual outra desculpa?

— Pode ser também para dizer que está encantado de assistir ao casamento da filha, querendo só confirmar lugar na mesa dos convidados de honra, apesar dos mal-entendidos!

— Meu pai não está nem aí para esse tipo de honraria; se ele for, vai preferir ficar perto do vestiário, se a moça que guarda os casacos for interessante!

— Deixa de lado toda essa raiva, Julia, e telefona. Enfim, faz como você quiser, mas vai passar o casamento inteiro olhando para ver se ele vem, em vez de aproveitar o momento.

— Bom, pelo menos assim eu esqueço que não posso nem provar os canapés, com o risco de explodir no vestido que você escolheu!

— Tudo bem, querida! — resmungou Stanley, se dirigindo para a saída da loja. — Almoçamos num dia em que você esteja de melhor humor.

Julia quase tropeçou descendo do estrado e correu até ele. Pegou-o pelo ombro e, dessa vez, foi ela que o abraçou.

— Desculpa, Stanley, não foi o que eu quis dizer, sinto muito.

— Está se referindo ao seu pai ou ao vestido que eu escolhi tão mal e pessimamente ajustei? Aproveito para lembrar que nem a sua descida destrambelhada nem a correria nesse lugar miserável parecem ter arrebentado costura nenhuma!

— O vestido é perfeito, você é o meu melhor amigo, e sem você eu sequer posso imaginar subir ao altar.

Stanley olhou para Julia, puxou um lenço de seda do bolso e enxugou os olhos úmidos da amiga.

— Quer realmente atravessar a igreja de braço dado com essa bicha louca ou sua última cretinice vai ser a de me fazer passar pelo patife do seu pai?

— Você não é uma bicha tão louca assim e nem tem rugas suficientes para dar credibilidade ao papel de pai.

— Eu estava tentando agradar você, sua tonta, para que se achasse mais moça.

— Stanley, é pelo seu braço que eu quero ser conduzida ao meu marido! Quem senão você?

Ele sorriu, apontou para o celular e disse com uma voz carinhosa:

— Liga para o seu pai! Vou passar instruções a essa vendedora idiota, que não parece ter ideia do que seja um cliente, para que o vestido esteja pronto depois de amanhã e vamos finalmente almoçar. Faz isso agora, Julia, estou morrendo de fome!

Stanley se virou e se dirigiu à caixa. No caminho, deu uma olhada para a amiga, viu-a hesitar e afinal telefonar. Aproveitou para discretamente sacar o talão de cheques, pagar o vestido, o trabalho de costura a ser feito e adicionou uma gorjeta para que tudo estivesse pronto em 48 horas. Guardou o comprovante no bolso e voltou até Julia, que acabava de desligar.

— E aí? — perguntou ele, impaciente. — Ele vai?

Julia balançou a cabeça, dizendo que não.

— E qual foi o pretexto dessa vez para justificar a ausência?

Julia respirou fundo e olhou para Stanley.

— Morreu!

Os dois ficaram por um instante frente a frente, mudos.

— Nesse caso, eu devo admitir que a desculpa é boa! — disse baixinho Stanley.

— Você não tem jeito mesmo, sabe?

— Não foi isso que eu quis dizer, de jeito nenhum. Devo ter ficado meio perturbado, não sei o que deu em mim. Estou muito triste por você, querida.

— Não sinto nada, Stanley, dor alguma no peito, nenhuma vontade de chorar.

— Vai vir, deixa estar, a ficha ainda não caiu.

— Justamente, eu acho que sim.

— Quer telefonar para o Adam?

— Não, agora não, mais tarde.

Stanley olhou para a amiga, parecendo preocupado.

— Não quer dizer ao seu futuro marido que o seu pai acaba de morrer?

— Ele morreu ontem, em Paris; o corpo está sendo repatriado de avião e o enterro é dentro de quatro dias — acrescentou, com uma voz que mal se ouvia.

Stanley fez as contas nos dedos.

— No sábado? — disse, arregalando os olhos.

— Na tarde do meu casamento... — murmurou Julia.

Stanley se dirigiu imediatamente ao caixa, pegou de volta o seu cheque e levou Julia para a rua.

— Eu te convido para o almoço!

*

Nova York estava banhada na luz dourada do mês de junho. Os dois amigos cruzaram a Ninth Avenue e se dirigiram ao Pastis, uma *brasserie* francesa, verdadeira instituição naquela área em plena mutação. Nos últimos anos, os velhos depósitos do Meat Packing District tinham cedido lugar a grifes de luxo e aos mais disputados estilistas da cidade. Hotéis de renome e todo um comércio afim tinham surgido como que por um passe de mágica. A antiga estrada de ferro a céu aberto fora transformada em corredor verde, indo até a 10th Street. Logo adiante, uma fábrica desativada dera lugar a um mercado de produtos orgânicos, no térreo, e a escritórios de produção e agências de publicidade mais acima. No quinto andar, estava o escritório em que Julia trabalhava. Mais à frente, as margens do rio Hudson, repaginadas, ofereciam um bom passeio para ciclistas, corredores e admiradores dos bancos de jardim manhattanianos de Woody Allen. Já nas noites de quinta-feira, o bairro começava a receber visitantes da vizinha Nova Jersey, que atravessavam o rio para passear e se divertir nos inúmeros bares e restaurantes da moda. Na mesa do terraço do Pastis, Stanley pediu dois cappuccinos.

— Eu já devia ter ligado para o Adam — disse Julia, se sentindo culpada.

— Se for para dizer que o seu pai acaba de morrer, concordo, devia, sem dúvida, ter contado a ele. Mas se for para comunicar que o casamento precisa ser adiado, sendo preciso avisar padre, bufê, convidados e, consequentemente, os pais dele, digamos que tudo isso pode esperar ainda um pouco. Está um dia lindo, deixa ele ter uma hora a mais, sem estragar tudo. Na verdade, você está de luto, tem todos os direitos, trate de aproveitar!

— Como eu vou dizer tudo isso para ele?

— Querida, ele deve entender que é bastante complicado enterrar o pai e, na mesma tarde, se casar. Como eu acho possível que uma ideia dessas possa mesmo assim passar pela sua cabeça, devo lembrar que seria bem inconveniente. Mas como é que uma coisa assim pode ter acontecido? Deus do céu!

— Pode acreditar, Stanley, Deus não tem nada a ver com isso, foi só o meu pai que, por si só, escolheu essa data.

— Eu não acho que ele tenha decidido morrer na noite de ontem, em Paris, com a única finalidade de prejudicar o seu casamento, apesar de reconhecer que houve um certo requinte na escolha do local!

— Você não conhece ele, é capaz de tudo para me chatear!

— Toma o seu cappuccino, vamos aproveitar um pouco do sol e aí nós ligamos para o ex-futuro marido!

2.

As rodas do 747 de carga da Air France rangeram na pista do aeroporto John Fitzgerald Kennedy. Dos janelões do prédio da aviação civil, Julia via o comprido caixão acaju descer pela esteira rolante que o levava do bagageiro do avião ao carro funerário estacionado na pista auxiliar. Um oficial da polícia aeroportuária foi buscá-la na sala de espera. Escoltada pelo secretário do pai, pelo noivo e por seu melhor amigo, ela subiu a bordo de uma van e foi levada até o avião. Um funcionário da alfândega americana a esperava junto ao bico do aparelho e lhe entregou um envelope com a papelada administrativa, assim como um relógio de pulso e um passaporte. Julia o folheou. Alguns vistos lembravam oficialmente os últimos meses de vida de Anthony Walsh. São Petersburgo, Berlim, Hong Kong, Bombaim, Saigon, Sydney, várias cidades que ela não conhecia, países que gostaria de ter visitado junto com ele.

Enquanto quatro funcionários trabalhavam junto ao caixão, Julia se lembrava das longas viagens que o pai fazia quando ela era só uma menininha que vivia se metendo em brigas no pátio da escola.

As noites se passavam na expectativa da sua volta e, nas manhãs seguintes, ela ia saltitando de lajota em lajota nas calçadas do caminho para a escola, inventando uma imaginária amarelinha, com a promessa de que um percurso perfeito do jogo garantiria a vinda do pai. Às vezes, no meio daquelas noites de rezas suplicantes, o pedido era atendido, fazendo a porta do seu quarto se abrir e um rastro mágico de luz no assoalho desenhar a sombra de Anthony Walsh. Ele se sentava à beira da cama e deixava em cima da coberta algum pequeno presente, que seria descoberto ao despertar. Assim tinha se iluminado a infância de Julia, com o pai trazendo à filha, de cada escala, o objeto único que contaria um pouco da viagem feita. Uma boneca do México, um pincel da China, uma estatueta de madeira da Hungria, uma pulseira da Guatemala, todos eles verdadeiros tesouros.

Depois veio a época das perturbações iniciais da mãe. A primeira lembrança de Julia foi o constrangimento que sentiu no cinema a que iam no domingo, quando sua mãe, no meio do filme, perguntou por que haviam apagado a luz.

Em sua mente vazada, os lapsos de memória só fizeram aumentar aos poucos e tornarem-se maiores, levando-a a confundir os cômodos da casa, com berros ensurdecedores por não ver o piano de cauda da sala de música na cozinha... um problema concreto que a fazia também esquecer o nome das pessoas com quem convivia. O fundo do poço foi o dia em que ela exclamou, olhando para Julia: "O que essa menina bonitinha está fazendo na minha casa?" Vazio infinito o daquele distante mês de dezembro em que a ambulância viera buscar a ela, que havia ateado fogo ao roupão que vestia, imóvel, ainda maravilhada com o poder descoberto ao acender um cigarro, ela que nem fumava.

A mãe morrera alguns anos depois, numa clínica de Nova Jersey, sem nunca mais ter reconhecido a filha. No luto tivera início a sua adolescência, repleta de incontáveis noites fazendo os deveres de casa com a ajuda do secretário particular do pai, que continuava em suas viagens, cada vez mais frequentes, cada vez mais demoradas. O colégio, os estudos superiores, o abandono desses estudos para enfim se dedicar à paixão maior, a invenção de personagens, dando-lhes forma com tintas coloridas e vida na tela do computador. Animais que se tornavam quase humanos, companheiros e cúmplices fiéis que sorriam com um simples traço de lápis e tinham as lágrimas enxugadas graças ao simples apertar de uma tecla das opções gráficas.

— A senhorita confirma este documento de identidade como sendo do seu pai?

A voz do funcionário da Alfândega trouxe Julia de volta à realidade. Ela concordou com um simples aceno de cabeça. O homem assinou um formulário e aplicou um carimbo sobre a fotografia de Anthony Walsh. Última marca num passaporte em que os nomes estampados de cidades narravam, sobretudo, a história de uma grande ausência.

O caixão foi embarcado numa caminhonete preta e comprida. Stanley se sentou ao lado do motorista e Adam, cheio de cuidados, abriu a porta para Julia, com quem devia ter se casado naquela mesma tarde. Já o secretário particular de Anthony Walsh se instalou numa banqueta desdobrável, bem no fundo, perto do féretro. O veículo se moveu e deixou a área aeroportuária, rumo à autoestrada 678.

Tomaram a direção norte. Ninguém ali dentro falava. Wallace não tirava os olhos do caixão onde estava o corpo do ex-patrão. Stanley, em seu assento, olhava para as próprias mãos. Adam olhava para Julia, e Julia, para a paisagem cinzenta do subúrbio nova-iorquino.

— Qual itinerário o senhor vai fazer? — ela perguntou ao motorista, quando apareceu a placa indicando a saída para Long Island.

— Vou pela Whitestone Bridge, senhora — respondeu o homem.

— Poderia, em vez disso, ir pela ponte do Brooklyn?

O motorista acionou o pisca-pisca e imediatamente mudou de pista.

— É uma volta enorme — cochichou Adam —, o caminho dele era bem mais curto.

— O dia já está perdido, quis fazer um agrado a ele.

— Um agrado? A quem? — perguntou Adam.

— Ao meu pai. Vamos deixar que ele passe uma última vez por Wall Street, por TriBeCa, pelo SoHo e, quem sabe, também pelo Central Park.

— Bom, se você quer mesmo agradar a ele assim, de fato o dia está perdido — respondeu Adam. — Mas precisamos avisar no cemitério, porque nós vamos nos atrasar.

— Você gosta de cães, Adam? — perguntou Stanley.

— Gosto, quer dizer, acho que sim, eles é que não gostam muito de mim. Por quê?

— Nada, uma ideia que me passou pela cabeça... — respondeu Stanley, baixando completamente o vidro da sua janela.

O carro atravessou a ilha de Manhattan de sul a norte e chegou, com uma hora de atraso, à Rua 233.

No portão principal do cemitério de Woodlawn, a barreira se ergueu, dando passagem. A caminhonete tomou uma estradinha, contornou um largo, passou por uma série de mausoléus, por um aterro que dominava um lago e parou diante de uma alameda onde uma tumba recém-aberta logo receberia seu novo ocupante.

Um religioso os aguardava. O caixão foi colocado sobre dois suportes, acima da cova. Adam foi até o padre para acertar os últimos detalhes da cerimônia. Stanley passou o braço pelo ombro de Julia.

— Em que você está pensando? — ele perguntou.

— Em que eu estou pensando no exato momento em que enterro meu pai, com quem não falava há anos? Stanley, meu querido, você sempre faz perguntas estranhas.

— Estou falando sério; em que você está pensando nesse instante? É importante que você se lembre. Esse momento vai fazer parte da sua vida para sempre, acredite!

— Pensei na mamãe. Me pergunto se ela teria reconhecido ele lá em cima, ou se continua a perambular no esquecimento entre as nuvens.

— Passou a acreditar em Deus?

— Não, mas diante da possibilidade de uma boa notícia qualquer, não se deve vacilar.

— Devo confessar uma coisa, Julia, e prometa que não vai rir, mas quanto mais os anos passam, mais eu acredito no bom Deus.

Julia esboçou um sorriso triste.

— Na verdade, no que se refere ao meu pai, eu não tenho tanta certeza de que a existência de Deus seja uma boa notícia.

— O padre pergunta se estamos todos aqui, quer saber se pode começar — veio dizer Adam, juntando-se a eles.

— Somos só nós quatro — emendou Julia, fazendo sinal para que o secretário de seu pai se aproximasse. — É o problema dos grandes viajantes, esses piratas solitários. Família e amigos não passam de conhecidos, dispersos pelos quatro cantos do mundo... E gente assim raramente vai muito longe para acompanhar um enterro; quem morre deixa de poder ser útil ou prestar favor a quem quer que seja. Sozinho se nasce e sozinho se morre.

— Buda é quem dizia isso e o seu pai era um irlandês absolutamente católico, querida — respondeu Adam.

— Um dobermann, é de um enorme dobermann que você precisa, Adam! — suspirou Stanley.

— Mas que mania é essa de querer me juntar a um cachorro?

— Nada, deixa para lá!

O padre se aproximou de Julia para dizer o quanto lamentava ter que presidir àquela cerimônia, ele que gostaria bem mais de estar celebrando o casamento dela naquele mesmo dia.

— Não quer aproveitar a viagem? — perguntou Julia. — Afinal, os convidados não têm tanta importância assim, e para o seu patrão lá de cima o que vale é a intenção, não é?

Stanley não pôde controlar uma boa gargalhada, mas o padre se indignou.

— Francamente, senhorita!

— Tenho certeza de que não seria tão absurdo assim e, pelo menos dessa maneira, meu pai assistiria ao casamento!

— Julia! — foi a vez de Adam reclamar.

— Tudo bem, pelo visto todos concordam que a ideia não é boa — ela admitiu.

— Deseja dizer algumas palavras? — perguntou o padre.

— Gostaria muito — disse ela, olhando fixamente o caixão. — Talvez você, Wallace? — propôs ao secretário particular do pai. — Afinal, ele era o seu amigo mais fiel.

— Creio que também não sou capaz, senhorita — respondeu o secretário. — Além disso, seu pai e eu costumávamos nos entender em silêncio.

Talvez só uma palavra, se permitir, não a ele, mas à senhorita. Apesar de todos os defeitos que atribui a ele, saiba que era um homem muitas vezes duro, mas frequentemente engraçado, podendo ser até extravagante, mas, sem dúvida alguma, uma boa pessoa; e ele amava a senhorita.

— Muito bem, se minhas contas estão certas, foi bem mais do que uma palavra — completou Stanley, vendo os olhos de Julia se marejarem.

O padre fez uma oração e fechou o breviário. Lentamente, o caixão de Anthony Walsh desceu à cova. Julia deu uma rosa ao secretário do pai. Ele sorriu e devolveu-lhe a flor.

— Primeiro a senhorita.

As pétalas se espalharam por cima da madeira. Mais três rosas caíram e, em seguida, os quatro visitantes da derradeira morada seguiram seu caminho.

Mais adiante, na alameda, o carro funerário havia dado lugar a dois automóveis. Adam tomou a mão da noiva e levou-a para lá. Julia ergueu os olhos ao céu.

— Nenhuma nuvem, tudo azul, azul, azul, azul por todo lado. Nem quente nem frio demais. Nem sombra de um arrepio. Seria um dia perfeito para se casar.

— Outros virão, não se preocupe — tranquilizou Adam.

— Como o de hoje? — exclamou Julia, abrindo os braços. — Com um céu igual a esse? Uma temperatura assim? Com árvores explodindo de verdes? Com patinhos no lago? Só na próxima primavera, creio.

— O outono vai ser igualmente bonito, confie em mim. Aliás, desde quando você gosta de patinhos?

— Eles é que gostam de mim! Viu quantos havia no laguinho, ainda há pouco, perto do túmulo do meu pai?!

— Não, não notei — respondeu Adam, um pouco assustado com a repentina verve da noiva.

— Dezenas; dezenas de gargantas-verdes de gravata-borboleta que ficaram por ali e, mal acabou a cerimônia, foram embora. Patos que tinham combinado de ir ao MEU casamento e vieram me encontrar no enterro do meu pai!

— Julia, não quero te contrariar, mas não creio que patos usem gravata-borboleta.

— O que você sabe disso? Por acaso desenha patos? Eu desenho! Então, se estou dizendo que botaram trajes de gala, por favor, acredite! — ela gritou.

— Ótimo, meu bem, os seus patos estavam de smoking. Podemos ir para casa?

Stanley e o secretário já aguardavam nos automóveis. Adam acompanhava Julia, mas ela parou diante de um túmulo, no meio do gramado. Leu o nome daquela que jazia a seus pés e a data de nascimento, que era do século passado.

— Você a conhecia? — perguntou Adam.

— É o túmulo da minha avó. Minha família inteira está nesse cemitério agora. Sou a última da linhagem dos Walsh. Quer dizer, fora centenas de tios, tias, primos e primas desconhecidos que vivem entre a Irlanda, o Brooklyn e Chicago. Me desculpe por agora há pouco, acho que me excedi bastante.

— Nada assim tão grave. Nós devíamos ter nos casado e você enterra o seu pai, é normal que esteja meio transtornada.

Continuaram pela alameda. As duas Lincoln estavam agora a apenas alguns metros.

— Você tem razão — disse Adam, olhando o céu também —, está um dia magnífico. Seu pai conseguiu mesmo nos encher a paciência até o último dia.

Julia parou de imediato e bruscamente soltou sua mão.

— Não me olha dessa maneira! — implorou Adam. — Você mesma disse isso, pelo menos vinte vezes, desde que soube da morte dele.

— Eu posso dizer isso quantas vezes eu quiser, mas você não! Vai no carro da frente com o Stanley, eu vou no outro.

— Julia! Sinto muito...

— Não sinta. Quero ficar sozinha em casa essa noite e arrumar as coisas desse pai que nos encheu a paciência até o seu último dia, como você disse.

— Mas não sou eu que digo isso, diabos, é você! — gritou Adam, enquanto Julia subia no carro.

— Uma última coisa, Adam, no dia em que nós nos casarmos, eu quero patos, gargantas-verdes, dezenas de gargantas-verdes! — acrescentou, batendo a porta.

A Lincoln desapareceu à altura da grade do cemitério.

Acabrunhado, Adam se dirigiu ao segundo automóvel e se sentou no banco de trás, à direita do secretário particular.

— Ou um fox-terrier, quem sabe? É pequeno, mas morde firme... — concluiu Stanley, sentado à frente e fazendo sinal ao motorista para que desse partida.

3.

O carro em que Julia estava descia lentamente a Fifth Avenue, sob um repentino temporal. Sem se mover há longos minutos, presa em um engarrafamento, Julia olhava a fachada de uma grande loja de brinquedos na esquina da Rua 58. Viu na vitrine uma imensa lontra de pelúcia, com pelagem cinza e azul.

Tilly nascera numa tarde de sábado como aquela, com a chuva caindo tão forte que formava riozinhos ao longo das janelas do escritório. Perdida em seus pensamentos, Julia começara a imaginar rios, com as bordas da janela de madeira como as margens de um estuário amazônico e um amontoado de folhas formado pela chuva como a casa de um pequeno mamífero, que o dilúvio carregaria, deixando a comunidade das lontras em pleno desespero.

A noite havia sido igualmente chuvosa. Sozinha na espaçosa sala de informática do estúdio de animação onde trabalhava, Julia tinha então esboçado as linhas gerais do seu personagem. Impossível contar as milhares de horas passadas diante da tela desenhando, colorindo, animando, inventando cada expressão e cada mímica que emprestaria vida à lontra de cor azulada. Impossível lembrar a quantidade de reuniões tardias, o número de fins de semana dedicados a contar a história de Tilly e de seus companheiros. O sucesso do desenho animado compensaria os dois anos de trabalho de Julia e dos cinquenta auxiliares que trabalharam sob a sua direção.

— Vou descer aqui e sigo a pé para casa — disse Julia ao motorista.

Ele a fez notar que a tempestade estava bem forte.

— Vai ser a primeira coisa boa de hoje — prometeu Julia, já fechando a porta atrás dela.

E o chofer mal teve tempo de vê-la correr até a loja de brinquedos. Que importância tinha o temporal se, do outro lado da vitrine, Tilly parecia sorrir com a sua visita? Julia não pôde deixar de acenar para o bichinho de pelúcia e, para sua grande surpresa, uma menina que estava ao lado lhe respondeu. A mãe tomou-a então bruscamente pela mão e tentou levá-la para a saída, mas a criança resistiu e pulou nos braços abertos da lontra. Julia espiava a cena. A menina se agarrava a Tilly, e a mãe batia em seus dedos para que largasse o boneco. Julia entrou na loja e se dirigiu a elas.

— Sabem que Tilly tem poderes mágicos? — perguntou Julia.

— Se eu precisar de uma vendedora, chamo a senhorita — respondeu a mulher, lançando um olhar irritado à filha.

— Não sou vendedora, sou a mãe.

— Como? — questionou a mulher, subindo o tom da voz. — Até prova em contrário, sou eu a mãe!

— Me refiro à Tilly, a personagem de pelúcia de que sua filha parece gostar tanto. Eu dei a luz a ela. Permite que eu a dê de presente? Fico triste de vê-la sozinha nessa vitrine tão iluminada. A luz forte dos spots vai acabar fazendo desbotar o pelo, e Tilly tem muito orgulho dessa pelagem cinza e azul. Não imagina quantas horas nós passamos até achar as cores certas para a nuca, o pescoço, a barriga, o focinho, as cores que trariam de volta o sorriso dela, depois de a sua casa ter sido tragada pelo rio.

— Sua Tilly vai continuar na loja e minha filha vai aprender a ficar junto de mim, andando na cidade! — respondeu a mãe, puxando tão forte o braço da menina que ela foi obrigada a largar a pata do volumoso boneco.

— Tilly gostaria muito de ter uma amiga — insistiu Julia.

— Está preocupada em agradar a um bicho de pelúcia? — perguntou a mãe, espantada.

— Hoje é um dia bem particular, Tilly e eu ficaríamos contentes, acho que sua filha também. Um simples sim traria felicidade em triplo. Vale a pena considerar, não?

— Não, mesmo assim! Alice não vai ganhar presente algum e menos ainda de uma desconhecida. Passe bem, senhorita! — disse a mãe, afastando-se.

— Alice é muito boazinha; não vá se queixar daqui a dez anos! — descontrolou-se Julia, cheia de raiva.

A mãe se voltou e olhou-a com altivez.

— A senhorita deu à luz um boneco de pelúcia e eu, uma criança; assim sendo, guarde para si seus bons conselhos!

— É fato, crianças não são como bichos de pelúcia, os estragos causados não podem ser remendados!

Ultrajada, a mulher saiu da loja. Mãe e filha se afastaram pela calçada da Fifth Avenue sem olhar para trás.

— Desculpa, Tilly — disse Julia ao boneco de pelúcia — Acho que me faltou diplomacia. Você me conhece, não é o meu ponto forte. Mas não se preocupa, você vai ver, vamos encontrar uma boa família, só sua.

O gerente, que tinha acompanhado toda aquela cena, se aproximou.

— Que prazer vê-la, senhorita Walsh, há um bom tempo não nos visitava.

— Tive muito trabalho nessas últimas semanas.

— Estamos tendo um sucesso enorme com a sua criação, já é o décimo exemplar que encomendamos. Quatro dias na vitrine e, não há dúvidas, logo vão embora — afirmou o gerente da loja, colocando o boneco no devido lugar. — Se bem que esse já está aqui há quase duas semanas, se não me engano. É verdade que com um tempo desses...

— O tempo não tem nada a ver com isso — respondeu Julia. — Essa Tilly aí é a verdadeira e, com isso, é mais difícil, ela própria deve escolher a família para onde vai.

— A senhorita Walsh diz isso toda vez que nos visita — respondeu o gerente, rindo.

— São todas originais — garantiu Julia, se despedindo.

A chuva tinha parado, Julia saiu dali e se encaminhou para a parte baixa de Manhattan, até desaparecer na multidão.

*

As árvores da Horatio Street se dobravam sob o peso das folhas encharcadas. Naquele fim de tarde, o sol enfim voltava a aparecer, pousado sobre o leito do rio Hudson. Uma suave luz púrpura se irradiava pelas ruelas do West Village. Julia cumprimentou o dono do pequeno restaurante grego em frente à sua casa. Ocupado em arrumar o terraço externo do restaurante, ele também a cumprimentou e perguntou se devia reservar uma mesa para a noite. Julia recusou com delicadeza e prometeu almoçar no dia seguinte, domingo.

Abriu com a chave a porta de entrada do prediozinho em que morava e subiu a escada até o primeiro andar. Stanley a esperava, sentado no último degrau.

— Como você conseguiu entrar?

— Zimoure, o dono da loja do térreo. Estava levando caixas de papelão para o subsolo e eu ajudei. Conversamos sobre a sua última coleção de sapatos, uma verdadeira maravilha. Mas quem ainda pode se dar ao luxo de comprar tais obras de arte nos dias de hoje?

— Considerando a multidão de pessoas que entra e sai das lojas sem parar nos fins de semana, carregando pacotes, muita gente, pode acreditar — respondeu Julia. — Precisa de alguma coisa? — perguntou, abrindo a porta do apartamento.

— Não, mas você, sem dúvida alguma, precisa de companhia.

— Com essa sua falsa aparência de cão farejador, eu me pergunto qual de nós dois está passando por uma crise de solidão.

— Então combinado! Para não ferir o seu amor-próprio, assumo toda a responsabilidade por ter vindo sem ser chamado!

Julia tirou a capa impermeável e jogou-a em cima da poltrona ao lado da lareira. Reinava na sala o cheiro agradável da glicínia que se espalhava por toda a fachada de tijolos vermelhos.

— É realmente muito simpática essa sua casa — disse Stanley, sentando-se no sofá.

— Foi uma boa coisa que eu consegui esse ano — disse Julia, abrindo a geladeira. — Pelo menos isso.

— Conseguiu o quê?

— Reformar o andar desse prédio velho. Quer uma cerveja?

— Cerveja é terrível para a silhueta! Prefiro um vinho tinto.

Julia rapidamente arrumou louça e talher para os dois, na mesa de madeira; trouxe um prato de queijos, abriu uma garrafa, enfiou no CD player um disco de Count Basie e chamou Stanley com um gesto, para que viesse se sentar à frente. Stanley deu uma olhada no rótulo do cabernet e assobiou de admiração.

— Um verdadeiro jantar de gala — devolveu Julia, sentando-se à mesa. — Com duzentos convidados e alguns canapés, a gente quase poderia, fechando os olhos, achar que é a minha noite de casamento.

— Uma dança, querida? — perguntou Stanley.

E antes mesmo que Julia respondesse, ele a obrigou a se levantar, conduzindo-a em passos de swing.

— Viu? É mesmo uma noite de festa — ele riu.

Julia descansou a cabeça em seu ombro.

— O que seria de mim sem você, meu velho Stanley?

— Um zero, mas isso eu já sei há muito tempo.

A música parou e Stanley voltou a se sentar.

— Pelo menos ligou para o Adam?

Julia aproveitara a longa caminhada para se desculpar com o futuro marido. Adam compreendia a sua necessidade de ficar sozinha. Lamentou ter sido, ele sim, tão insensível no enterro. Voltando do cemitério, conversara com a mãe, que o repreendera pela indelicadeza. Viajaria, ainda naquela noite, para passar com a família o que restava do fim de semana, na casa de campo dos pais.

— Às vezes me pergunto se o seu pai não fez uma boa ação sendo enterrado hoje — cochichou Stanley, servindo-se mais uma taça de vinho.

— Você não gosta mesmo dele!

— Nunca disse isso!

— Fiquei sozinha por três anos, numa cidade com dois milhões de solteiros. Adam é delicado, generoso, cuidadoso e atento. Aceita meus horários absurdos de trabalho. Faz o que pode para que eu esteja feliz e, acima de tudo, Stanley, ele me ama. Por isso, por favor, seja mais tolerante com ele.

— Mas eu não tenho nada contra o seu noivo, ele é perfeito! Só que gostaria de ver na sua vida alguém que te empolgasse, mesmo que fosse cheio de defeitos, em vez de alguém que você só escolheu por ter certas qualidades.

— É fácil me dar lição de moral, e você, está sozinho por quê?

— Não estou sozinho, Julia, sou viúvo, não é a mesma coisa. E não é por ter morrido que quem eu amava se afastou. Você devia ter visto como Edward ainda era bonito no leito do hospital. A doença nada roubou do esplendor dele. Foi engraçado até a última frase que pôde pronunciar.

— E que frase foi? — perguntou Julia, tomando a mão de Stanley na sua.

— Eu te amo!

Os dois amigos ficaram se olhando em silêncio. Stanley se levantou, vestiu o casaco e beijou Julia no rosto.

— Vou dormir. Dessa vez, você que ganhou, era minha a crise de solidão.

— Espera um pouco. As últimas palavras dele foram realmente para dizer que te amava?

— Era o mínimo que ele podia fazer, estava morrendo por ter me enganado — disse Stanley, com um sorriso.

*

Pela manhã, dormindo no sofá, Julia abriu os olhos e viu que Stanley a havia coberto com uma manta escocesa. Pouco depois, viu o bilhete deixado sob a xícara do café da manhã. Leu:

"Apesar de tudo que dizemos um ao outro, você é minha melhor amiga e eu também amo você, Stanley."

4.

Às 10 horas, Julia saiu de casa, decidida a passar o dia no escritório. Tinha trabalho atrasado e de nada servia ficar em casa andando de um lado para outro ou, pior, arrumando coisas que, forçosamente, estariam bagunçadas dias depois. Também seria bobagem telefonar para Stanley, que certamente ainda estaria dormindo; no domingo, a não ser que fosse arrancado da cama e arrastado a um brunch com a promessa de panquecas de canela, ele só acordava no meio da tarde.

Horatio Street estava ainda deserta. Julia cumprimentou alguns vizinhos nas mesas do terraço do Pastis e apertou o passo. Subindo a Ninth Avenue, enviou do celular uma mensagem carinhosa a Adam e, duas esquinas depois, entrou no prédio do Chelsea Farmer's Market. O ascensorista levou-a até o último andar. Ela passou o cartão no leitor ótico que dava acesso ao escritório e empurrou a pesada porta de metal.

Três infografistas estavam em seus computadores. Pelo aspecto que tinham e pelo número de copos descartáveis de café amassados no cesto de lixo, Julia deduziu que tinham passado a noite ali. Certamente, então, o problema que mobilizava a sua equipe há vários dias não fora resolvido. Ninguém conseguia estabelecer o rebuscado algoritmo que daria vida a uma unidade de libélulas que devia defender um castelo da iminente invasão de um exército de louva-a-deus. A planilha fixada na parede indicava que o ataque estava programado para aquela segunda-feira. Se até lá o esquadrão não decolasse, a cidadela cairia sem a menor resistência nas mãos do inimigo ou então o novo desenho animado se atrasaria enormemente; e as duas opções eram péssimas.

Julia puxou a cadeira de rodinhas e se meteu entre os seus ajudantes. Depois de ver em que pé estava o trabalho, resolveu apelar para o procedimento de emergência. Pegou o telefone e sucessivamente chamou todos os membros da equipe. Desculpando-se com cada um por estragar a tarde de domingo, convocou-os à sala de reunião para dali a uma hora, disposta a rever todo o conjunto de dados, mesmo que noite adentro. Não haveria manhã de segunda-feira sem que as libélulas invadissem o céu de Enowkry.

Enquanto a primeira equipe depunha suas armas, Julia desceu correndo até o mercado e encheu duas caixas com doces e sanduíches de todo tipo que alimentassem satisfatoriamente suas tropas.

Ao meio-dia, 37 pessoas tinham respondido ao chamado. Ao clima calmo daquela manhã no escritório, se sucedeu uma agitação de colmeia, em que desenhistas, infografistas, coloristas, programadores e especialistas em animação apresentaram relatórios, análises e as mais bizarras ideias.

Às cinco da tarde, um caminho proposto por um novíssimo integrante da equipe deu início a uma efervescência e a uma conferência no salão de reuniões. Chamava-se Charles aquele jovem técnico em informática, contratado há pouco tempo como reforço, tendo só oito dias de trabalho ativo. Quando Julia pediu que tomasse a palavra e explicasse a teoria que apresentara, sua voz tremeu e ele só conseguiu balbuciar algo quase ininteligível. A chefe de equipe não facilitou as coisas, zombando da sua maneira de falar. Mas isso durou só até o rapaz começar a digitar no teclado do computador, por longos segundos, ouvindo ainda risos às suas costas; os risos cessaram em definitivo quando uma libélula se pôs a bater asas no centro da tela e voou, traçando um perfeito círculo no céu de Enowkry.

Julia foi a primeira a parabenizá-lo e os demais 35 colegas o aplaudiram. Faltava fazer com que 740 outras libélulas decolassem, bem armadas. O jovem técnico já se sentia mais seguro e expôs o método pelo qual, talvez, conseguissem multiplicar a fórmula. Enquanto dava detalhes do projeto, o telefone tocou. Quem atendeu fez sinal a Julia, avisando ser para ela e parecendo ser urgente. Ela pediu baixinho para quem estava ao seu lado que prestasse atenção ao que Charles explicava e saiu da sala, querendo atender a ligação na sua própria mesa.

*

Julia imediatamente reconheceu a voz do senhor Zimoure, dono da loja no térreo do seu prédio, em Horatio Street. Com certeza algum encanamento do apartamento devia ter estourado de novo. A água devia estar escorrendo do teto sobre as coleções de sapatos do senhor Zimoure, com cada par custando o equivalente à metade do seu salário ou, em períodos de liquidação, a uma semana. Julia sabia disso, até porque fora exatamente o que dissera à sua seguradora, ao entregar no ano anterior um cheque vultoso ao senhor Zimoure, pelos danos que causara. Julia tinha deixado aberta a torneira da antiga máquina de lavar roupas e saído de casa... mas quem nunca se esquece de pequenos detalhes desse tipo?

Naquele dia, o agente de seguros lhe dissera ser a última vez que assumia os custos de um acidente daquele tipo. Só por Tilly ser ídolo dos seus filhos e salvar as suas manhãs de domingo, desde que ele comprara o DVD do desenho animado, é que se esforçara para convencer a companhia de não romper, pura e simplesmente, com a apólice dela.

Depois do incidente, reatar relações com o senhor Zimoure havia exigido um esforço ainda mais considerável. Um convite para a festa de Thanksgiving organizada na casa de Stanley, uma retomada de trégua no Natal e inúmeros outros cuidados foram necessários para que o ambiente entre os vizinhos voltasse ao normal. O homem tinha maneiras pouco cordiais, com ideias feitas sobre todo tipo de assunto e, em geral, ria apenas das próprias piadas. Com a respiração em suspenso, Julia esperou que o interlocutor anunciasse a extensão da catástrofe.

— Senhorita Walsh...

— Senhor Zimoure, não importa o que aconteceu, saiba que lamento infinitamente.

— Não tanto quanto eu, senhorita Walsh, tenho uma quantidade louca de gente na minha loja e muito mais coisa a fazer, não quero então ter que me preocupar, quando a senhorita não está em casa, com seus problemas de entrega.

Julia tentou acalmar as batidas do coração e entender de que se tratava.

— Que entrega?

— Cabe à senhorita saber!

— Sinto muito, mas eu não fiz encomenda alguma e, de qualquer maneira, as que eu faço são entregues no meu escritório.

— Pois bem, tudo indica que dessa vez não foi o caso. Tenho um caminhão enorme parado à minha porta. O domingo é o dia mais importante para mim, e isso me causa um prejuízo considerável. Os dois brutamontes que descarregaram o caixote que lhe foi endereçado dizem que não vão embora enquanto alguém não se responsabilizar. O que nós fazemos? É essa a minha pergunta.

— Um caixote?

— É exatamente o que eu acabo de dizer, quer que eu repita tudo outra vez, enquanto a minha clientela se impacienta?

— Estou confusa, senhor Zimoure — retomou Julia —, não sei o que dizer.

— Diga por exemplo quando vai poder estar aqui, para que eu informe a esses senhores o tempo que todos vamos perder graças à senhorita.

— Mas eu não posso sair agora de jeito nenhum, estou em pleno trabalho...

— E acha que estou cozinhando panquecas, senhorita Walsh?

— Senhor Zimoure, não estou esperando entrega alguma. Nenhuma caixa, nem envelope, muito menos um caixote! Repito que foi certamente um engano.

— No papel que posso ler, mesmo sem óculos, pela vitrine da minha loja, pois a sua encomenda foi descarregada bem em frente, está o seu nome em letras garrafais, logo acima do nosso endereço comum e abaixo da palavra "frágil"; trata-se provavelmente de algum lapso seu! E não seria a primeira vez que a sua memória a engana, não é?

Quem poderia ter enviado aquilo? Talvez fosse um presente de Adam? Uma encomenda que tivesse esquecido? Algum equipamento para o escritório que ela tivesse, inadvertidamente, mandado entregar em casa? De qualquer maneira, Julia não podia abandonar as pessoas que havia convocado ao estúdio em pleno domingo. Com o tom que o senhor Zimoure estava empregando, era preciso ter alguma ideia no mais curto prazo, ou seja, imediatamente.

— Eu creio ter uma solução para o nosso problema, senhor Zimoure. Com a sua ajuda, nós podemos sair dessa situação.

— Aprecio mais uma vez o seu raciocínio matemático. Se tivesse dito ser capaz de resolver isso que, até aqui, é exclusivamente problema seu e não meu, sem que eu tivesse que fazer alguma coisa, eu ficaria espantado, senhorita Walsh. Então, estou ouvindo com toda atenção.

Julia contou que escondia uma cópia da chave do apartamento debaixo do tapete da escada, na altura do sexto degrau. Bastava contá-los, se não fosse o sexto, seria o sétimo ou, nunca se sabe, o oitavo. O senhor Zimoure poderia então abrir a porta para os carregadores que, com certeza, não demorariam a ir embora, levando com eles aquele grande caminhão que obstruía sua vitrine.

— E imagino que o ideal é que eu espere eles irem embora e tranque em seguida a porta do seu apartamento, não é?

— De fato, seria o ideal, não posso encontrar palavras mais exatas, senhor Zimoure...

— Trata-se de um eletrodoméstico, senhorita Walsh, eu ficaria então extremamente grato se a instalação ficasse a cargo de bons profissionais. A senhorita entende o que eu quero dizer!

Julia quis tranquilizá-lo, não tinha encomendado nada assim, mas o vizinho já havia desligado. Ela deu de ombros, pensou por uns segundos e voltou ao que mais a preocupava naquele momento.

*

Ao cair da noite, todos se puseram à frente da tela do salão de reuniões. Charles comandava o computador e os resultados pareciam encorajadores. Mais algumas horas de trabalho e a "batalha das libélulas" poderia acontecer no horário previsto. Os técnicos em informática confirmavam os cálculos, os infografistas afinavam os últimos detalhes do cenário e Julia começava a sentir que sua presença era dispensável. Foi até o canto em que preparavam o chá e lá encontrou Dray, um desenhista amigo, que tinha sido seu colega, quando estudante.

Vendo-a se alongar, ele imaginou a dor nas costas que começava a ameaçar e aconselhou que fosse para casa. Tinha a sorte de morar a poucas quadras dali, que aproveitasse então essa vantagem. Ele a chamaria assim que os testes terminassem. Julia ficou agradecida, mas se sentia no dever de permanecer junto à tropa; Dray lembrou então que vê-la ir de sala em sala acrescentava uma tensão desnecessária ao cansaço geral.

— E desde quando minha presença aqui é um peso? — perguntou Julia.

— Vê se não complica, todo mundo está nas últimas. Não tivemos um dia de descanso nas seis últimas semanas.

Julia deveria estar de férias até o domingo seguinte, e Dray confessou que o pessoal esperava aproveitar para respirar um pouco mais livre.

— Todo mundo achava que você estaria em viagem de lua de mel... Não leva a mal, Julia. Não estou sendo porta-voz — desculpou-se Dray, sem graça. — É o preço que se paga pela responsabilidade aceita. Desde que você foi nomeada diretora do departamento de criação, não é mais uma simples colega de trabalho, representa certa autoridade... Como prova disso, olha a quantidade de gente que você conseguiu reunir com alguns telefonemas e, ainda por cima, no domingo!

— Tenho impressão de que valeu a pena, não? Mas acho que entendi o principal — respondeu Julia. — Já que minha autoridade pesa sobre a criatividade de uns e de outros, eu vou embora. Me liga então sem falta quando tiverem acabado, não por eu ser chefe, mas por fazer parte da equipe!

Julia pegou sua capa, largada no encosto de uma cadeira, confirmou que as chaves estavam no fundo do bolso do jeans e se dirigiu apressada ao elevador.

Saindo do edifício, ligou para Adam, mas caiu na gravação da caixa postal.

— Sou eu — disse ela — Queria só ouvir a sua voz. Sábado sinistro e também um domingo triste. Não sei, afinal, se foi tão boa ideia querer ficar sozinha. Pelo menos te poupei do meu mau humor. Acabo de ser quase despedida pelos meus colegas de escritório. Vou dar uma caminhada, talvez você já tenha voltado do campo e já esteja na cama. Sua mãe com certeza te deixou exausto. Podia ter me deixado uma mensagem. Um beijo. Ia pedir para me ligar, mas é idiotice, você já deve estar dormindo. Aliás, parece meio idiota tudo que eu acabo de dizer. Até amanhã. Liga quando acordar.

Julia guardou o celular na bolsa e foi andar pela margem do rio. Meia hora depois, foi para casa e achou um envelope colado na porta de entrada do prédio, com seu nome escrito à mão. Abriu-o, intrigada. "Perdi uma cliente por causa da sua entrega. A chave está de volta no lugar. P.S.: No 11º degrau e não no sexto, sétimo ou oitavo! Bom domingo!" O bilhete dispensava qualquer assinatura.

— Ele podia pôr setinhas marcando o lugar para os ladrões! — resmungou, subindo a escada.

E à medida que se aproximava do primeiro andar, foi sendo tomada pela curiosidade, querendo saber o que podia haver no tal volume que estaria em casa. Acelerou o passo, pegou a chave debaixo do tapete, resolvida a encontrar um novo esconderijo, e acendeu a luz ao entrar.

Um enorme caixote, deixado de pé, estava plantado bem no meio da sala.

— O que pode ser isso? — pensou, largando suas coisas em cima de uma mesinha baixa.

O papel colado na lateral, logo abaixo do *Frágil*, de fato estampava o seu nome. Julia começou dando a volta ao redor daquele trambolho em madeira clara. Era pesado demais para que se animasse a deslocá-lo, mesmo que por uns poucos metros. Sem martelo e chave de parafusos, não via como abrir. Adam não atendia o telefone e restava então o recurso de praxe: digitar o número de Stanley.

— Estou incomodando?

— Num domingo, a essa hora? Estava esperando você me ligar para sair.

— Por via das dúvidas, você não teria mandado entregar na minha casa um caixote estúpido de quase 2 metros de altura?

— Do que você está falando, Julia?

— Como eu pensava! Pergunta seguinte: como é que se abre um caixote estúpido de 2 metros de altura?

— Ele é de quê?

— De madeira.

— Que tal um serrote?

— Muito obrigada pela ajuda, Stanley, devo ter um na minha bolsa ou no armário de remédios — respondeu Julia.

— Sem querer parecer indiscreto, o que tem dentro?

— É o que eu gostaria de saber! E se quiser satisfazer sua curiosidade, Stanley, salta para dentro de um táxi e vem dar uma mãozinha.

— Estou de pijama, querida!

— Eu entendi que você estava se preparando para sair.

— Da cama!

— Vou me virar sozinha.

— Espera, deixa eu pensar. Tem alguma alça?

— Não!

— Dobradiças?

— Não vejo nenhuma.

— Talvez seja arte moderna, um caixote que não se abre, assinado por um grande artista? — emendou Stanley, rindo.

O silêncio de Julia deixou claro não ser a melhor hora para brincadeiras.

— Você tentou dar simplesmente um pequeno sacolejo, uma pancada seca, como para abrir certas portas de armário? Um empurrão e... pimba!

Enquanto o amigo seguia com a explicação, Julia pôs a mão na madeira. Fez o que Stanley sugeria e a frente da caixa se moveu lentamente.

— Alô? Alô? — berrava Stanley do outro lado da linha. — Está me ouvindo?

O telefone havia caído da mão de Julia. Pasma, ela contemplava o interior da caixa e o que descobria mal parecia imaginável.

A voz de Stanley continuava a ranger no fone a seus pés. Julia se abaixou lentamente para pegá-lo, sem despregar em momento algum os olhos da caixa.

— Stanley?

— Você me deu um susto enorme, está tudo bem?

— De certa forma, sim.

— Quer que eu vista umas calças e vá imediatamente para aí?

— Não — ela respondeu, com uma voz quase apagada —, não é preciso.

— Conseguiu abrir a caixa?

— Consegui — respondeu, ausente —, volto a ligar amanhã.

— Está me deixando preocupado!

— Volta para a cama, Stanley, um beijo.

E Julia desligou.

— Quem pode ter enviado uma coisa dessas? — disse em voz alta, sozinha no meio do apartamento.

*

Dentro do caixote, uma espécie de estátua de cera, com o tamanho de uma pessoa, uma perfeita réplica de Anthony Walsh, estava de pé à sua frente. A semelhança era impressionante; se abrisse os olhos, pareceria estar viva. Julia se esforçava para recuperar a respiração normal. Algumas gotas de suor escorriam pela nuca. Pé ante pé, ela se aproximou. A reprodução em tamanho natural do seu pai era incrível, com autenticidade embasbacante na cor e na textura da pele. Sapatos, terno cinza-escuro, camisa branca de algodão, tudo absolutamente idêntico ao que Anthony Walsh invariavelmente usava. Ela teve vontade de lhe tocar a face, de arrancar um fio de cabelo para ter certeza de que não era ele, mas Julia e o pai há muito tempo tinham perdido todo prazer em qualquer contato físico. Nunca o menor abraço para um beijo, sequer um aperto de mãos, nada que pudesse se assemelhar a um gesto de carinho. O fosso aberto pelos anos não podia mais se preencher, e menos ainda com uma cópia.

Era preciso então fazer algo diante daquela situação inimaginável. Alguém tivera a terrível ideia de mandar fazer uma réplica de Anthony Walsh, semelhante ao que se via em certos museus de cera em Quebec, em Paris e em Londres, uma figura com um realismo mais gritante do que tudo que ela já havia visto até aquele dia. E gritar era exatamente o que Julia ardentemente desejava fazer.

Observando melhor a escultura, na dobra da manga ela reparou um papelzinho preso com alfinete, em que uma flecha desenhada com caneta azul apontava para o bolsinho de cima do paletó. Julia despregou-a e leu as duas palavras rabiscadas no verso: "Ligue-me." Ela imediatamente reconheceu a caligrafia do pai, que era bem particular.

Do bolso que a flecha indicava, onde normalmente Anthony Walsh guardava um lenço de seda, saía algo que parecia ser um comando de controle remoto. Julia pegou-o. Havia um único botão na frente, branco, a ser pressionado.

Julia achou que ia desmaiar. Era um pesadelo, acordaria em poucos minutos, suando e rindo por ter se deixado levar por tamanho delírio. No entanto, vendo o caixão do pai descer à terra, estava convicta de vir trabalhando o seu luto há muito tempo e que então não sofreria com aquela ausência que já se impunha há quase vinte anos. Orgulhava-se tanto de ter amadurecido e agora caía naquela cilada armada pelo inconsciente, era algo que beirava o absurdo e o ridículo. O pai a havia abandonado em suas noites de infância e não viria agora assombrar as de sua vida de mulher.

Mas parecia bem real o barulho de latões de lixo arrastados na calçada. Julia estava perfeitamente desperta e, à frente, tinha uma improvável estátua de olhos fechados que parecia esperar que ela se decidisse ou não a apertar o botão de um simples controle remoto.

O caminhão se afastou na rua e Julia teria preferido que não fosse embora; ela correria até a janela e suplicaria aos lixeiros que livrassem o seu apartamento daquele sonho impossível e funesto. Mas a rua voltou a ficar silenciosa.

O dedo encostou de leve na tecla, muito de leve, sem que ela tivesse força para imprimir a menor pressão.

Precisava dar fim ao suplício. O mais razoável seria fechar de novo o caixote, procurar no papel as coordenadas da companhia de transporte, ligar logo de manhã, ordenar que viessem retirar aquele boneco sinistro e, enfim, descobrir a identidade do autor da brincadeira de mau gosto. Quem poderia ter imaginado semelhante farsa, quem à sua volta seria capaz de tamanha crueldade?

Julia abriu bem a janela e respirou fundo o ar suave da noite.

Lá fora, o mundo continuava como ela o havia deixado ao atravessar a porta de casa. As mesas do restaurante grego estavam empilhadas, as luzes da vitrine apagadas, uma mulher atravessava o cruzamento das ruas levando o cachorro para passear. O labrador de cor chocolate andava em zigue-zague, puxando a correia da coleira para ir cheirar a base de um poste ou a parede abaixo de uma janela.

Julia manteve suspensa a respiração, com o controle remoto na mão. Por mais que repassasse o rol das pessoas conhecidas, só um nome incessantemente se apresentava, uma só pessoa capaz de ter imaginado aquela situação, aquela encenação. Com raiva, virou-se, atravessou a sala, já decidida a confirmar a fundamentação do pressentimento que tinha.

O dedo apertou o botão, ouviu-se um pequeno estalo e as pálpebras daquilo que deixava de ser uma estátua se ergueram; o rosto esboçou um sorriso e a voz do seu pai perguntou:

— Já sente um pouco a minha falta?

5.

— Eu vou acordar! Nada do que está acontecendo esta noite pertence ao universo do possível! Me diz isso antes que eu me convença de ter enlouquecido.

— Vamos, vamos, calma, Julia — respondeu a voz do seu pai.

Ele deu um passo à frente para sair do caixote e se espreguiçou, fazendo uma careta. A perfeição dos movimentos, inclusive os do rosto, apenas ligeiramente fixos, era absurda.

— Imagine, você não está louca, de forma alguma — ele continuou —, só um pouco surpresa, o que é bem normal, dadas as circunstâncias.

— Isso não é nada normal, você não pode estar aí — murmurou Julia, balançando a cabeça —, é estritamente impossível!

— É verdade, não sou exatamente eu à sua frente.

Julia colocou a mão diante da boca e bruscamente deu uma grande risada.

— O cérebro é mesmo uma máquina incrível! Quase acreditei. Estou em pleno sono, bebi alguma coisa no caminho que não caiu bem. Vinho branco? Foi isso, não me dou bem com vinho branco! Que idiota, caí no jogo da minha própria imaginação — continuou a falar, percorrendo a sala de um lado para outro. — É preciso, no mínimo, concordar que, de todos os meus sonhos, esse é de longe o mais maluco!

— Pare, Julia — pediu delicadamente o pai. — Está perfeitamente acordada e completamente lúcida.

— Quanto a isso, eu tenho minhas dúvidas, pois estou te vendo e falando com você, que está morto!

Anthony Walsh observou-a por alguns segundos, em silêncio, e respondeu, amavelmente:

— Isso é verdade, Julia, eu estou morto!

E como ela permanecia ali, paralisada a olhá-lo, ele colocou a mão em seu ombro e apontou para o sofá.

— Pode se sentar por um momento e ouvir?

— Não! — disse ela, se soltando.

— Julia, você precisa realmente ouvir o que eu tenho a dizer.

— E se eu não quiser? Por que as coisas seriam sempre como você decide?

— Não mais. Basta que você aperte de novo o botão do controle e eu volto à imobilidade. Mas você nunca terá a explicação para o que está acontecendo.

Julia olhou para o objeto na palma da sua mão, pensou um pouco, apertou os maxilares e se sentou de má vontade, obedecendo ao estranho mecanismo que se parecia diabolicamente com o seu pai.

— Estou ouvindo! — murmurou.

— Eu sei que tudo isso é um tanto perturbador. Sei também que há muito tempo não temos notícias um do outro.

— Um ano e cinco meses!

— Tudo isso?

— E 22 dias!

— Tem a memória tão precisa assim?

— Lembro ainda bastante bem da data do meu aniversário. Você mandou o seu secretário ligar para dizer que não o esperássemos, que chegaria durante o jantar, e nunca chegou!

— Não me lembro disso.

— Eu me lembro!

— De qualquer maneira, não é esta a questão de hoje.

— Não coloquei questão nenhuma — respondeu Julia, de imediato.

— Não vejo bem por onde começar.

— Para tudo há um início, é uma das suas respostas costumeiras, comece então explicando o que está acontecendo.

— Há alguns anos, eu virei acionista de uma empresa de alta tecnologia, que é o nome que se dá a elas. No decorrer de alguns meses, as necessidades financeiras aumentaram e a minha participação em capital também, o bastante para que eu acabasse tendo uma cadeira no conselho administrativo.

— Uma empresa a mais absorvida pelo seu grupo?

— Não, era um investimento que eu fazia a título exclusivamente pessoal; permaneci um acionista como tantos outros, mas um investidor de peso.

— E o que desenvolve essa empresa em que você investiu tanto dinheiro?

— Robôs!

— O quê? — exclamou Julia.

— Você ouviu muito bem. Humanoides, se preferir assim.

— Para quê?

— Nós não fomos os primeiros a pensar em criar máquinas de aparência humana que nos livrem de todas as tarefas que não queremos cumprir.

— Você voltou ao mundo para vir passar o aspirador aqui em casa?

— ... Fazer compras, tomar conta da casa, atender o telefone, dar resposta a todo tipo de pergunta, são, de fato, aplicações possíveis. Mas digamos que a sociedade de que eu falo desenvolveu um projeto mais elaborado e de certa forma mais ambicioso.

— Como?

— Como o de dar a possibilidade de alguns dias suplementares de presença.

Julia o olhava siderada, sem entender de fato o que estava sendo dito. Anthony Walsh então acrescentou...

— Alguns dias a mais, depois de morto!

— Isso é alguma piada? — perguntou Julia.

— Vendo a cara que você fez ao abrir a caixa, o que você chama de piada parece ser um sucesso — respondeu Anthony Walsh, olhando-se num espelho preso à parede. — Eu devo dizer que beiro a perfeição. Mas acho que nunca tive todas essas rugas na testa. Eles exageraram um pouco.

— Você já tinha quando eu era criança. A menos que tenha feito um lifting, não creio que elas tenham desaparecido sozinhas.

— Obrigado! — respondeu Anthony Walsh, sorridente.

Julia se levantou para prestar atenção mais de perto. Se o que tinha à sua frente era uma máquina, devia confessar se tratar de uma obra notável.

— É impossível, é tecnologicamente impossível!

— O que é que você não executou ontem mesmo, diante da tela do seu computador, que não jurasse ser impossível apenas um ano atrás?

Julia foi se sentar à mesa da cozinha e segurou a cabeça com as mãos.

— Investimos uma quantidade enorme de dinheiro para chegar a esse resultado e, para dizer a verdade, eu sou só um protótipo. Você é a nossa primeira cliente, mas no seu caso, é claro, é gratuito. Um presente! — acrescentou Anthony Walsh, afável.

— Um presente? E quem seria suficientemente louco para querer esse tipo de presente?

— Você tem ideia do número de pessoas que diz nos últimos instantes de vida "Se eu soubesse, se eu tivesse compreendido ou ouvido, se pelo menos eu pudesse ter dito, se eles soubessem..."

Como Julia permanecia muda, Anthony Walsh acrescentou:

— É um mercado imenso!

— Essa coisa com que eu estou falando é mesmo você?

— Quase! Digamos que essa máquina contém minha memória, uma boa parte do meu córtex, é um dispositivo implacável, composto de milhões de processadores, dotado de uma tecnologia reproduzindo a cor e a textura da pele, capaz de uma mobilidade próxima da perfeição da mecânica humana.

— Por quê? Para quê? — perguntou Julia, assombrada.

— Para podermos dispor desses poucos dias que sempre faltaram, algumas horas a mais, roubadas da eternidade, simplesmente para que você e eu possamos finalmente compartilhar as tantas coisas que nunca nos dissemos.

*

Julia tinha se levantado do sofá. Andava de um lado para outro da sala, admitindo por vezes a situação que tinha à sua frente e rejeitando-a por outras. Foi buscar um copo d'água na cozinha, bebeu de uma só vez e voltou para perto de Anthony Walsh.

— Ninguém vai acreditar em mim — disse, quebrando o silêncio.

— Não é o que você diz a si mesma, toda vez que imagina uma das suas histórias? Não é a pergunta que te preocupa por completo quando a sua caneta ganha alma para dar vida aos personagens? Não me disse, quando eu me negava a acreditar na sua profissão, que eu era um ignorante que não entendia do poder dos sonhos? Não me explicou inúmeras vezes que milhares de crianças carregam os pais pelos mundos imaginários que os seus amigos e você inventam nos seus monitores? Não me fez lembrar de que eu podia não acreditar na sua carreira, mas que você era uma autora premiada pelos especialistas? Você deu à luz uma lontra com cores absurdas e acreditou nela. Vai agora dizer, só porque um personagem improvável ganha vida à sua frente, que se nega a acreditar, pois o personagem, em vez de ter a aparência de um animal estranho, tem a do seu pai? Se a resposta for sim, nesse caso, já disse, basta apertar esse botão! — concluiu Anthony Walsh, apontando para o controle remoto que Julia tinha deixado em cima da mesa.

Julia bateu palmas.

— Não aproveite que eu estou morto para ser insolente, por favor!

— Se realmente basta apertar esse botão para que você enfim se cale, fico até sem graça!

E enquanto no rosto do seu pai se esboçava a tão familiar expressão que sempre revelava o quanto estava irritado, eles foram interrompidos por duas pequenas buzinadas na rua.

O coração de Julia voltou a bater a toda velocidade. Ela reconheceria entre cem outros o ranger da caixa de marchas que se ouvia toda vez que Adam engatava a ré. Ele sem dúvida estava estacionando lá embaixo.

— Droga! — murmurou, correndo até a janela.

— Quem é? — perguntou o pai.

— Adam!

— Quem?

— Aquele com quem eu devia ter me casado no sábado.

— Devia?

— Sábado eu estava no seu enterro!

— Ah, é verdade!

— Ah, é verdade...! Voltamos a falar disso mais tarde! Enquanto isso, você volta imediatamente para a caixa!

— Como?

— Assim que Adam conseguir passar no exame de baliza, o que ainda nos dá alguns minutos, ele vai subir. Cancelei o casamento por causa do enterro, se nós pudermos evitar que ele te encontre no meu apartamento, eu prefiro!

— Não vejo por que manter segredos desnecessários. Se Adam é com quem você queria passar a sua vida, devia confiar nele! Posso perfeitamente explicar a situação, como acabei de fazer.

— Para começar, retire o pretérito porque o casamento foi só adiado! Quanto às explicações, é exatamente este o problema; se, para mim, já foi difícil acreditar, não peça a ele o impossível.

— Talvez ele tenha o espírito mais aberto do que você.

— Adam não consegue fazer funcionar uma câmera de vídeo, tenho sérias dúvidas quanto a robôs. Volta para a caixa, vamos!

— Me permita observar que essa é uma ideia idiota!

Julia olhou para o pai, irritada.

— Não precisa fazer essa cara — emendou ele. — Basta que você pense por dois segundos. Uma caixa com dois metros de altura no meio da sala, não acha que ele vai querer saber o que tem dentro?

Diante do silêncio de Julia, Anthony acrescentou, satisfeito: "É o que eu pensava!"

— Rápido — implorou Julia, se debruçando à janela —, vai se esconder em algum lugar, ele acabou de desligar o motor.

— É bem pequeno o seu apartamento — notou Anthony Walsh, olhando ao redor.

— Do tamanho certo para mim e para o que eu posso pagar!

— Não é a impressão que dá. Se tivesse, sei lá, uma saleta, uma biblioteca, uma sala de sinuca ou até uma lavanderia eu podia pelo menos esperar lá.

Esses apartamentos com um só cômodo amplo... Que maneira mais estranha de viver! Como vai querer ter qualquer intimidade aqui?

— A maioria das pessoas não tem biblioteca nem sala de sinuca nos apartamentos.

— Está falando dos seus amigos, querida!

Julia se virou para ele e lançou um olhar ameaçador.

— Você fez o que pôde para me arruinar a vida enquanto estava vivo, mandou fabricar essa máquina de três bilhões para continuar a me encher também depois de morto? É isso?

— Mesmo sendo só um protótipo, essa máquina, como você chamou, está longe de ter custado uma soma tão louca, caso contrário é claro que ninguém poderia comprar uma.

— Seus amigos, provavelmente? — replicou Julia, irônica.

— Você realmente tem um gênio ruim, minha Julia. Bom, deixemos de lado a conversa fiada, já que parece urgente que o seu pai suma tão logo reapareceu. O que tem no andar de cima? Um celeiro? O sótão?

— Outro apartamento!

— Com uma vizinha que você conhece o bastante para que eu bata e peça um pouco de manteiga ou sal, por exemplo, enquanto você se livra do noivo?

Julia correu para as gavetas da cozinha, que abriu, uma a uma.

— O que você está procurando?

— A chave — cochichou, já ouvindo a voz de Adam na rua, que chamava.

— Tem a chave do apartamento de cima? Vou logo avisando, se estiver pensando em me mandar para a *cave*, é muito possível que eu encontre o seu noivo na escada.

— O apartamento de cima é meu! Comprei no ano passado com o prêmio que eu ganhei, mas ainda não tenho como reformar, está uma bagunça lá!

— Acha então que aqui está arrumado?

— Vou matar você, se continuar assim!

— Lamento te contradizer, mas é tarde demais. E se a casa estivesse de fato arrumada, já teria notado as chaves que eu estou vendo penduradas naquele prego ao lado do fogão.

Julia ergueu a cabeça e correu até o molho, que entregou às pressas ao pai.

— Sobe e não faz barulho. Ele sabe que o andar está desocupado!

— Faria melhor indo atender, em vez de me dar lições; de tanto berrar o seu nome na rua, ele vai acabar acordando toda a vizinhança.

Julia correu para a janela e se dependurou na beirada.

— Já toquei mais de dez vezes! — disse Adam, recuando na calçada.

— O interfone está quebrado, sinto muito — respondeu Julia.

— Você não me ouviu?

— Ouvi, quer dizer, não, só agora. Estava vendo televisão.

— Você abre?

— É claro — respondeu Julia, hesitante, ainda na janela, enquanto a porta do apartamento se fechava e ela ouvia os passos do pai.

— Parece que minha visita-surpresa causou uma alegria incrível!

— É claro! Por que está dizendo isso?

— Porque eu continuo na calçada. Pela sua mensagem, achei que não estava muito bem, quer dizer, foi o que eu imaginei... então vim, voltando do campo, mas se preferir, eu vou embora...

— É claro que não, vou abrir!

Foi até o interfone e apertou a tecla que comandava a porta. O trinco fez barulho no térreo e ela ouviu os passos de Adam na escada. Mal teve tempo de correr até o cubículo da cozinha, pegar um controle remoto, imediatamente jogá-lo de lado horrorizada — ele não teria o menor efeito sobre a televisão — abrir a gaveta da mesa, pegar o bom e rezar para que as pilhas ainda estivessem funcionando. A televisão ligou no momento em que Adam abria a porta da sala.

— Não tranca mais a porta de casa? — ele perguntou, entrando.

— Claro que sim, destranquei agora mesmo para você — improvisou Julia, reclamando do pai por dentro.

Adam tirou o paletó e deixou-o numa cadeira. Olhou o chuvisco que brilhava na tela, parecendo uma tempestade de neve.

— Estava mesmo vendo televisão? Achei que tinha horror a isso.

— Vejo muito raramente, não chega a ser um hábito — disse Julia, tentando recuperar o sangue-frio.

— Devo dizer que isso que você está vendo não parece muito apaixonante.

— Não debocha de mim, tentei desligar, mas uso tão pouco que apertei o botão errado.

Adam olhou em volta e viu o estranho objeto bem na entrada.

— O quê? — perguntou Julia, com flagrante má-vontade.

— Caso não tenha percebido, tem uma caixa com 2 metros de altura na sua sala.

Julia se aventurou numa explicação improvisada. Tratava-se de uma embalagem especial, prevista para um computador enguiçado. Os entregadores tinham levado por engano para a casa dela, em vez do escritório.

— Deve ser tremendamente frágil para terem colocado numa caixa desse tamanho.

— É uma máquina extremamente complexa — continuou Julia —, uma coisa volumosa e, é verdade, muito frágil!

— E eles se enganaram de endereço? — continuou Adam, intrigado.

— Foi, quer dizer, eu me enganei, preenchendo o pedido. Com o cansaço acumulado das últimas semanas, acabo fazendo de tudo e de qualquer maneira.

— Toma cuidado, pode ser acusada de desvio de bens da empresa.

— Não, ninguém vai me acusar de nada — respondeu Julia, traindo pelo tom de voz uma certa impaciência.

— Você quer me contar alguma coisa?

— Por quê?

— Por ter precisado tocar dez vezes a campainha e berrar na rua para que você viesse até a janela, por te encontrar um tanto alvoroçada, com a televisão ligada e o cabo da antena desplugado, veja você mesma! Está estranha, só isso.

— E o que você vai querer que eu esteja escondendo, Adam? — retrucou Julia sem procurar mais esconder a irritação.

— Não sei, não disse que esconde alguma coisa, ou diga você.

Julia abriu bruscamente a porta do quarto, depois a do guarda-roupa atrás dela; foi em seguida à cozinha e começou a abrir cada armário, primeiro o de cima da pia, depois o do lado e assim por diante, até o último.

— O que você está fazendo, Julia? — exclamou Adam.

— Procurando onde eu posso ter escondido meu amante, é isso que você está perguntando, não é?

— Julia!

— Que Julia o quê!

O início de briga foi interrompido pela campainha do telefone. Os dois olharam para o aparelho, intrigados. Julia atendeu. Ouviu por um bom tempo o que diziam, agradeceu o telefonema e felicitou a pessoa, antes de desligar.

— Quem era?

— Do escritório. Resolveu-se afinal o problema que atrasava a continuidade do desenho animado, a produção pode seguir em frente, estamos dentro do prazo.

— Está vendo — disse Adam com voz mais suave —, se viajássemos amanhã de manhã, como nós tínhamos previsto, você inclusive estaria tranquila durante a lua de mel.

— Eu sei, Adam, realmente sinto muito, você não imagina quanto! Preciso, aliás, te devolver as passagens, estão no escritório.

— Pode jogar fora ou guardar de lembrança, eu não posso trocar nem ser reembolsado.

Julia fez um trejeito que lhe era característico. Sempre que deixava de fazer algum comentário sobre algo que a incomodava, erguia as sobrancelhas.

— Não me olha assim — justificou-se imediatamente Adam. — Admita ser bem raro que alguém anule a viagem de lua de mel três dias antes do embarque! E nós podíamos ir, afinal...

— Só porque eles não devolvem o dinheiro das passagens?

— Não é o que eu quis dizer — emendou Adam, tomando-a nos braços. — Bom, o seu recado não mentia a respeito do mau-humor, eu não devia ter vindo. Você precisa estar só, eu já disse que entendia isso, mantenho a palavra. Vou embora, amanhã é outro dia.

Ele já atravessava a soleira da porta quando se ouviu um ligeiro rangido através do teto. Adam ergueu a cabeça e olhou para Julia.

— Por favor, Adam! Algum rato está correndo lá em cima.

— Não sei como você consegue viver nesse pardieiro.

— Me sinto muito bem aqui, um dia eu vou poder morar num apartamento grande, você vai ver.

— Nós devíamos ter nos casado esse fim de semana, você bem que poderia, quem sabe, dizer *nós*!

— Desculpe, não foi o que eu quis dizer.

— Por quanto tempo ainda vai ficar indo e vindo da sua casa para a minha, pequena demais para você?

— Não vamos começar essa eterna discussão, não é o melhor momento. Assim que nós pudermos fazer as obras e juntar os dois andares, prometo, vamos ter espaço suficiente para os dois.

— Só por amor eu aceitei não te arrancar desse lugar a que você parece mais ligada do que a mim, mas se quisesse mesmo, podíamos morar aqui desde já.

— O que você quer dizer? — perguntou Julia. — Se for alguma alusão à fortuna do meu pai, eu nunca a aceitei enquanto ele estava vivo e não vai ser agora, com ele morto, que eu vou mudar de opinião. Preciso dormir; em vez de uma viagem, eu tenho é um dia cheio, amanhã.

— Tem razão, vai dormir, vou deixar a sua última observação por conta do cansaço.

Adam deu de ombros e saiu, sem nem olhar para trás, ao pé da escada, para ver o aceno de mão que Julia lhe dava. A porta da rua foi fechada.

*

— Obrigado por me chamar de rato! Eu ouvi! — reclamou Anthony Walsh entrando de novo no apartamento.

— Você preferiria, quem sabe, que eu dissesse que um robô de última geração, cópia do meu pai, estava andando impaciente logo acima das nossas cabeças... para que ele chamasse uma ambulância e me internasse imediatamente?

— Não deixaria de ser engraçado! — disse Anthony Walsh, divertindo-se.

— E, aliás, se a intenção for a de continuar a troca de amabilidades — retomou Julia —, agradeço então por ter arruinado minha cerimônia de casamento.

— Lamento ter morrido, querida!

— Obrigada também pela briga que eu tive com o proprietário da loja de baixo, que vai me encher a paciência por meses.

— Um vendedor de sapatos! Que importância tem?

— Não são sapatos isso que você tem nos pés? Obrigada também por estragar a minha única noite de descanso da semana.

— Na sua idade, eu só descansava na noite do Thanksgiving!

— Eu sei disso! E, enfim, obrigada, conseguiu se superar. Por sua culpa, eu me comportei como um monstro com o meu noivo.

— Não sou eu a causa da briga, reclame do gênio que você tem, nada a ver comigo!

— Nada a ver com você? — revoltou-se Julia.

— Bom, um pouco, talvez... e fazemos as pazes?

— Paz por essa noite, por ontem, pelos anos de silêncio ou por todas as nossas guerras?

— Nunca estive em guerra com você, Julia. Ausente, sem dúvida, mas nunca hostil.

— Está brincando, espero. Você sempre tentou controlar tudo a distância, sem o menor direito. Mas que diabos eu estou fazendo? Falando com um morto!

— Pode me desligar, se quiser.

— É provavelmente o que eu deveria fazer. Te colocar na caixa e enviar para sei lá qual empresa de alta tecnologia.

— 1-800-300 00 01 código 654.

Julia olhou para ele, pensativa.

— É a maneira de contatar a empresa em questão — ele continuou. — Basta digitar esse número, comunicar o código e eles podem me desligar a distância, se você não tiver coragem, e em 24 horas você estará livre de mim. Mas pensa bem. Quantas pessoas não gostariam de passar uns dias a mais com o pai ou a mãe que acabou de morrer? Não vai haver segunda chance. Temos seis dias, mais nada.

— Por que seis?

— Foi uma solução encontrada, por um problema ético.

— Como assim?

— Como você pode imaginar, uma invenção assim não deixa de colocar algumas questões de ordem moral. Consideramos ser importante que os clientes não se apeguem a esse tipo de máquina, por mais aperfeiçoadas que elas sejam. Existiam já vários meios de comunicação após a morte, como testamentos, livros, gravações sonoras ou de imagens. Digamos que o processo é inovador e, principalmente, interativo — acrescentou Anthony Walsh, tão entusiasmado quanto se estivesse tentando convencer um comprador. — Trata-se simplesmente de oferecer àquele ou àquela que vai morrer um meio mais elaborado do que o papel ou o vídeo para a transmissão das suas últimas vontades e, para os que vivem, a possibilidade de usufruir por alguns dias mais da companhia da pessoa amada. Mas nem por isso seria admissível a transferência emocional para uma máquina. Aproveitamos a experiência do que foi feito antes de nós. Não sei se você se lembra, mas bonecas-bebê foram tão aperfeiçoadas pelo fabricante que alguns clientes acabaram se comportando com elas como se fossem recém-nascidos de verdade. Não quisemos repetir esse tipo de desvirtuamento. Está fora de cogitação a possibilidade de se conservar para sempre um clone do pai ou da mãe. Mesmo que isso possa ser tentador.

Anthony olhou para Julia, que tinha uma expressão cheia de dúvidas.

— Bom, aparentemente, pelo menos no que nos concerne... No final de uma semana, então, as baterias se esgotam e não há como recarregá-las. Todo o conteúdo da memória se apaga, e os últimos sopros de vida voltam à morte.

— E não há a menor possibilidade de impedir isso?

— Não, pensou-se em tudo. Se alguém mais esperto tentar ter acesso às baterias, a memória é imediatamente reformatada. É triste de se dizer, isto é, pelo menos para mim, mas eu sou como uma lanterna descartável! Seis dias de luz e, depois, o grande salto nas trevas. Seis dias, Julia, seis curtos dias para recuperar o tempo perdido, é sua a decisão...

— Só você, realmente, seria capaz de imaginar algo tão tortuoso. Tenho certeza de que foi muito mais do que um simples acionista nessa empresa.

— Se resolver participar do jogo e não apertar o botão desse controle remoto para me desligar, prefiro que continue a falar comigo no presente. É um pequeno brinde que eu ganhei, por assim dizer.

— Seis dias? Não tenho esse tempo para mim há uma eternidade.

— Há males que vêm para o bem, não é?

Julia fuzilou o pai com os olhos.

— Falei por falar, você não é obrigada a levar tudo ao pé da letra! — voltou Anthony.

— E o que eu vou dizer ao Adam?

— Você parecia bem eficiente mentindo ainda há pouco.

— Não menti, escondi, não é a mesma coisa.

— Desculpe, não tinha percebido a sutileza. É só continuar a... esconder.

— E Stanley?

— O seu amigo homossexual?

— Meu melhor amigo, só isso!

— É, é a ele mesmo que eu me referia! — respondeu Anthony Walsh. — Se for de fato seu melhor amigo, vai precisar ser mais refinada.

— E você vai ficar aqui o dia inteiro, enquanto eu estou no escritório?

— Você não ia tirar uns dias de folga para a lua de mel? Pode se ausentar!

— Como sabe que eu ia viajar?

— O piso do seu apartamento, ou o teto, como preferir, não é à prova de som. É sempre um problema nessas velhas habitações malcuidadas.

— Anthony! — esbravejou Julia.

— Ah, por favor, mesmo que eu não passe de uma máquina, me chama de papai, detesto quando me chama pelo nome.

— Que diabos, há vinte anos que eu não consigo dizer papai!

— Um motivo a mais para aproveitar plenamente esses seis dias! — respondeu Anthony Walsh com um amplo sorriso.

— Não tenho a menor ideia do que fazer — sussurrou Julia, indo até a janela.

— Vai se deitar, a noite é boa conselheira. É a primeira pessoa nesse mundo a quem se oferece essa possibilidade, vale a pena pensar nisso com serenidade. Amanhã de manhã você toma uma decisão e, qualquer que seja, será a melhor. Se me desligar, no máximo vai chegar um pouco atrasada ao escritório. O casamento custaria uma semana de ausência, a morte do pai pode muito bem valer umas horas de trabalho perdidas, não?

Julia observou detidamente aquele estranho pai que a encarava. Não fosse a pessoa que ela sempre tentara conhecer, acharia ter percebido alguma ternura na maneira como a olhava. E mesmo sendo uma cópia do que ele havia sido, ela quase lhe deu boa noite, mas desistiu. Fechou a porta do quarto e foi para a cama.

Os minutos se engrenaram, passou-se uma hora e depois mais uma. As cortinas estavam abertas e a claridade da noite caía sobre as prateleiras na parede. Para além da janela, a lua cheia parecia vir dançar no piso do seu quarto. Deitada na cama, Julia revia lembranças de infância. Foram tantas noites como aquela, à espera da volta daquele que agora aguardava do outro lado da porta. Tantas insônias de adolescência em que o vento reinventava as viagens do pai, descrevendo mil países com fronteiras maravilhosas. Igual número de vigílias passadas a remodelar sonhos. O hábito não se perdera com o passar dos anos. Quantos riscos de lápis e consertos com a borracha não foram necessários para que os personagens inventados adquirissem vida, se unissem e satisfizessem, de imagem em imagem, a sua necessidade de amor. Julia sempre soubera que quando a gente imagina, é em vão que se procura a claridade do dia, e que basta desistir por um só momento dos sonhos para que eles desapareçam, expostos à luz demasiadamente viva da realidade. Onde se encontra a fronteira da infância?

Uma pequena boneca mexicana dormia ao lado da estatueta em gesso de uma lontra, primeira modelagem daquela esperança improvável e, no entanto, tornada realidade. Julia se levantou e pegou-a nas mãos. A intuição sempre tinha sido sua melhor aliada, o tempo havia alimentado o seu imaginário. Por que, então, não acreditar?

Colocou de volta a estatueta, vestiu um roupão de banho e abriu a porta do quarto. Anthony Walsh estava sentado no sofá da sala, tinha ligado a televisão e assistia a uma série transmitida pela NBC.

— Tomei a liberdade de conectar o cabo. Que besteira, não estava ligado à saída da parede! Sempre adorei essa série.

Julia se sentou ao seu lado.

— Não tinha visto esse episódio, quer dizer, pelo menos não foi incluído na minha memória — continuou o pai.

Julia pegou o controle remoto e tirou o som.

Anthony ergueu os olhos para o teto.

— Não queria conversar? — disse ela. — Conversemos, então.

Ficaram em silêncio por bons 15 minutos.

— Que ótimo, não tinha visto esse episódio, quer dizer, pelo menos não foi incluído na minha memória — repetiu Anthony Walsh, aumentando o volume.

Julia, dessa vez, desligou a televisão.

— Você está tendo um bug, acaba de dizer duas vezes a mesma frase.

Mais 15 minutos de silêncio, com Anthony de olhos fixos na tela escura.

— Na noite de um aniversário seu, festejamos seus 9 anos, acho, depois de jantarmos num restaurante chinês de que você gostava muito, passando a noite inteira vendo televisão, assim, só nós dois. Estava deitada na minha cama e mesmo depois de terminada a programação você continuou olhando o chuvisco da tela. Não vai se lembrar, era muito pequena. Acabou dormindo lá pelas duas da manhã. Quis te levar para o seu quarto, mas você apertava tão forte o almofadão da cabeceira que não pude te tirar dali. Estava dormindo atravessada na cama e ocupava todo o espaço. Sentei então na poltrona em frente e fiquei olhando para você o resto da noite. Não, você não vai se lembrar, tinha só 9 anos.

Julia nada dizia, Anthony Walsh ligou de novo a televisão.

— Onde eles vão buscar essas histórias? É preciso uma tremenda dose de imaginação. Fico sempre fascinado com isso! O mais engraçado é que a gente acaba realmente se apegando à vida desses personagens.

Julia e o pai continuaram ali, sentados lado a lado, sem dizer mais nada. As duas mãos descansavam, uma ao lado da outra, e em momento algum se aproximaram, assim como palavra alguma veio perturbar a quietude daquela noite tão particular. Quando a primeira claridade do dia penetrou no cômodo, Julia se levantou, ainda em silêncio, atravessou a sala e, já na porta do quarto, se virou.

— Boa noite.

6.

Na mesinha de cabeceira, o rádio-despertador já indicava nove horas. Julia abriu os olhos e deu um salto da cama.

— Droga!

Correu ao banheiro, não sem dar uma topada no beiral da porta.

— Já é segunda-feira — resmungou. — Que noite!

Puxou a cortina do chuveiro, entrou na banheira e por muito tempo deixou a água escorrer pela pele. Um pouco depois, escovando os dentes, olhou para o rosto no espelho em cima da pia e desandou a rir. Enrolou uma toalha no corpo, amarrou outra em torno dos cabelos e resolveu preparar o chá matinal. Cruzando o quarto, prometeu que assim que o engolisse telefonaria para Stanley. Contar aqueles delírios noturnos não deixava de apresentar riscos, ele provavelmente ia querer arrastá-la à força ao divã de um psicanalista. Mas era bobagem resistir, ela nunca conseguiria passar meio dia sem ligar ou até mesmo ir à casa dele. Um sonho tão rocambolesco não podia deixar de ser contado ao melhor amigo.

Com um sorriso nos lábios, ia abrir a porta do quarto que dava para a sala quando um barulho de louça fez com que tivesse um sobressalto.

O coração voltou a bater com toda força. Largando no chão as duas toalhas, enfiou às pressas uma calça jeans e uma camisa polo, deu uma ajeitada nos cabelos, voltou ao banheiro e decidiu, diante do espelho, que um leve toque de blush não faria mal algum. Depois entreabriu a porta da sala, passou a cabeça e perguntou baixinho, preocupada:

— Adam? Stanley?

— Não sei o que você toma de manhã, então fiz café — disse seu pai na kitchenette, mostrando a cafeteira fumegante que brandia gloriosamente. — Bem forte, como eu gosto! — acrescentou, jovial.

Julia olhou para a velha mesa de madeira; seu café da manhã estava preparado. Dois vidros de geleia traçavam uma perfeita diagonal com o de mel. Um pouco adiante, a manteigueira estava em esquadro com o pacote de cereais. Uma caixa de leite se postava em frente ao açucareiro.

— Para com isso!

— O quê? O que eu fiz dessa vez?

— Essa brincadeira idiota de bancar o pai modelo. Você nunca me preparou o café da manhã, não vai começar agora que...

— Não, sem pretérito! É a regra que foi combinada. Tudo deve ser dito no presente... já que o futuro é um luxo acima do que eu posso me permitir.

— É a regra que você instituiu! Além disso, de manhã, é chá que eu tomo.

Anthony pôs café na xícara de Julia.

— Leite? — perguntou.

Julia abriu a torneira da pia e encheu a chaleira elétrica.

— E então, tomou uma decisão? — perguntou Anthony Walsh, tirando duas torradas da torradeira.

— Se a finalidade era a de conversar, nossa noitada de ontem não foi das mais conclusivas — respondeu Julia, com uma voz suave.

— Pois eu gostei muito do momento que nós passamos juntos, você não?

— Não era o meu aniversário de 9 anos; era o de 10. O primeiro fim de semana sem mamãe. Foi num domingo, ela tinha ido para a clínica na quinta-feira. O restaurante chinês se chamava Wang, fechou no ano passado. Segunda de manhã, comigo dormindo, você fez a mala e foi pegar um avião, sem se despedir de mim.

— Tinha um encontro marcado em Seattle no começo da tarde! Não, acho que era em Boston. Droga... não sei mais onde. Voltei na quinta... ou na sexta?

— Para que tudo isso? — perguntou Julia, sentando-se à mesa.

— Com duas pequenas frases nós dissemos um bocado de coisa, não acha? O chá nunca vai ficar pronto se você não apertar o botão da chaleira.

Julia sentiu o perfume da xícara à frente dela.

— Acho que eu nunca tomei café na vida — disse, molhando os lábios na bebida.

— Como pode então saber que não gosta? — perguntou Anthony Walsh, vendo a filha tomar a xícara toda de uma só vez.

— Tenho minhas razões! — ela respondeu, com uma careta, colocando de volta a xícara na mesa.

— A gente se habitua ao amargo... e acaba gostando da sensualidade inerente ao café — disse Anthony.

— Preciso ir trabalhar — emendou Julia, abrindo o vidro de mel.

— Tomou a decisão? Sim ou não? É irritante essa situação, tenho o direito de saber!

— Não sei o que dizer, não me peça o impossível. Seus sócios e você esqueceram outro problema ético.

— Diga qual, isso ainda me interessa.

— Botar de cabeça para baixo a vida de alguém que não pediu isso.

— Alguém? — devolveu Anthony Walsh, sublinhando a palavra.

— Não brinca com as palavras. Não sei o que dizer, faça como quiser, pega o telefone, liga para eles, dá o código e eles que decidam por mim, de longe.

— Seis dias, Julia, só seis dias para que você faça o luto do seu pai e não o de um desconhecido, tem certeza de não querer decidir por si mesma?

— Seis dias para você, então!

— Não estou mais nesse mundo, o que você quer que eu ganhe com isso? Nunca imaginei dizer algo assim um dia, mas é exatamente o caso. Aliás, quando se pensa nisso, é bem engraçado — continuou Anthony Walsh. — É outra coisa que não tínhamos previsto. É incrível! Admita, até o aperfeiçoamento dessa invenção genial dificilmente se podia conceber a situação de um homem dizer à própria filha que está morto e observar a reação dela. Não acha? Bom, estou vendo que isso nem de longe te diverte, não deve ser tão engraçado assim, afinal.

— De fato, não é!

— Tenho uma má notícia para você. Não posso ligar para eles. Não é possível. A única pessoa que pode interromper o programa é a cliente. Na verdade, já esqueci a senha que te comuniquei, ela imediatamente se apagou da minha memória. Espero que a tenha anotado... caso queira...

— 1-800-300 00 01 código 654!

— Ah, vejo que decorou bem!

Julia se levantou e foi deixar a xícara na pia.

Virou-se para olhar fixamente o pai e tirou o telefone preso na parede da cozinha.

— Sou eu — disse ao colega de trabalho que atendeu. — Vou seguir seu conselho, ou quase... vou tirar o dia de hoje e o de amanhã também, talvez até um pouco mais, ainda não sei, mas aviso. Me manda um e-mail toda noite informando como o projeto está avançando e não deixe de ligar se tiverem o menor problema. Mais uma coisa, dê toda a atenção a esse Charles, o novato, nós devemos muito a ele. Não quero que fique de lado, ajuda ele a se integrar à equipe. Conto realmente com você, Dray.

Julia colocou de volta o fone na base, sem deixar de olhar para o pai.

— Faz muito bem em cuidar dos seus auxiliares — disse Anthony Walsh —, eu sempre disse que uma empresa se apoia em três bases: equipe, equipe e equipe!

— Dois dias! São dois dias, está ouvindo? Decida você se aproveita ou não. Dentro de 48 horas eu quero de volta a minha vida e você...

— Seis dias!

— Dois!

— Seis! — fincou o pé Anthony Walsh.

A campainha do telefone deu um basta à negociação. Anthony pegou o aparelho e Julia o arrancou imediatamente, abafando com a mão o fone e fazendo sinal para que o pai ficasse o mais possível em silêncio. Adam se preocupava por não tê-la encontrado no escritório. Lamentava ter sido melindroso e desconfiado dela, que se desculpou por ter sido irritadiça na noite anterior e agradeceu por ele ter respondido à sua mensagem, vindo vê-la. E mesmo que a ocasião não tivesse sido das mais perfeitas, a aparição inesperada à sua janela tinha, afinal, um lado muito romântico.

Adam propôs passar para pegá-la depois do horário de trabalho. Enquanto Anthony Walsh lavava a louça com o máximo de barulho possível, Julia explicou que a morte do pai a havia afetado mais do que admitira. A noite tinha sido povoada de pesadelos e ela estava exausta. Para que repetir a cena da véspera? Uma tarde calma, uma noite em que ela se deitaria cedo e no dia seguinte, ou no máximo no outro, os dois se veriam. Até lá, recuperaria uma aparência digna da mulher com quem ele pretendia se casar.

— É o que eu dizia, há males que vêm para bem — repetiu Anthony Walsh, no momento em que Julia desligava.

Ela o fuzilou com os olhos.

— O que, dessa vez?

— Você nunca lavou um prato na vida!

— Isso você não sabe, além do mais, lavar louça consta do meu novo programa! — respondeu jovialmente Anthony Walsh.

Julia o deixou falar e pegou o molho de chaves pendurado no prego.

— Aonde você vai? — perguntou o pai.

— Estou subindo para arrumar um quarto para você no andar de cima. Está fora de questão que passe a noite na minha sala, andando de um lado para outro. Tenho horas de sono a recuperar, não sei se você percebe o que eu quero dizer.

— Se for por causa do barulho da televisão, posso baixar o som...

— Essa noite, vai lá para cima, é pegar ou largar!

— Não vai querer me deixar num sótão...

— Dê um bom motivo para que não seja assim.

— Tem ratos... você mesma disse — lembrou o pai, com uma entonação de criança que acaba de ser posta de castigo.

Com Julia se preparando para deixar o apartamento, o pai chamou-a com uma voz firme.

— Nós nunca vamos conseguir nada aqui!

Julia fechou a porta e subiu a escada.

Anthony Walsh olhou as horas no relógio do micro-ondas, hesitou por um instante e pegou o controle remoto branco que Julia deixara na bancada da pia.

Ouviu os passos da filha lá em cima, móveis sendo arrastados, barulho da janela sendo aberta e fechada. Quando ela voltou, o pai estava de volta a seu lugar dentro do caixote, com o controle remoto na mão.

— O que está fazendo? — ela perguntou.

— Vou me desligar, é provavelmente o melhor para nós dois, quer dizer, principalmente para você, vejo que estou incomodando.

— Achei que você não podia fazer isso — disse ela, tirando das suas mãos o controle.

— Só você pode ligar para a empresa e dar o código, mas creio ser ainda capaz de apoiar o dedo num botão! — resmungou ele, voltando a sair da caixa.

— Bom, faça como quiser — ela respondeu, devolvendo o aparelho. — Está me deixando exausta!

Anthony Walsh colocou-o na mesinha e parou à frente da filha.

— Aliás, para onde vocês iam viajar?

— Para Montreal, por quê?

— Puxa, ele não procurou muito, o tal noivo — assobiou entre os lábios.

— Tem algo contra Quebec?

— De jeito nenhum! Montreal é uma cidade encantadora, aliás eu passei ótimos momentos lá! Quer dizer, não é esse o problema — disse, pigarreando.

— E qual é o problema?

— É só que...

— O quê?

— Uma viagem de lua de mel a uma hora de avião... francamente, não é ir muito longe! Por que não ir numa caminhonete de camping para não pagar hotel?

— E se de repente fui eu que escolhi? Se por acaso eu adorar a cidade ou se Adam e eu tivermos boas lembranças de lá? Quem sabe?

— Se fosse você a ter escolhido passar a noite de núpcias a uma hora de casa, não seria filha minha, só isso! — afirmou Anthony, com um tom irônico. — Admito que possa até gostar do mel da seiva de bordo, mas a esse ponto...

— Nunca vai se livrar das suas ideias feitas, não é?

— Concordo ser meio tarde para isso. Tudo bem, vamos admitir que você tenha resolvido passar a noite mais memorável da sua vida numa cidade que já conhece. Nenhum afã de descoberta! Nenhum romantismo! Recepcionista, nós queremos o mesmo quarto da última vez, afinal, é uma noite como qualquer outra! Sirva o jantar de sempre, meu futuro marido, o que eu estou dizendo?, meu recentíssimo esposo detesta mudar os hábitos dele!

Anthony Walsh caiu na gargalhada.

— Acabou?

— Acabei — desculpou-se ele. — Por Deus, a morte tem suas vantagens, a gente pode dizer tudo que nos passa pelos circuitos, é quase um gozo!

— Você tinha razão, não vamos conseguir nada! — disse Julia, dando um fim à hilaridade do pai.

— Não aqui, em todo caso. Precisamos de um território neutro.

Julia olhou para ele, perplexa.

— Vamos parar de brincar de esconde-esconde nesse apartamento, combinado? Mesmo levando em consideração o cômodo de cima, onde você quer me armazenar, não há espaço suficiente e nem tantos desses preciosos minutos que nós desperdiçamos como duas crianças. Não vamos ter outros.

— E o que você propõe?

— Uma pequena viagem. Sem telefonemas do escritório, sem aparições de surpresa do seu noivo, sem noitadas nos olhando como dois enfeites de móvel na frente da televisão, e sim passeios, em que falemos os dois. Foi por isso que eu vim de tão longe. Por um momento, alguns dias, nós dois, só nós dois!

— Está querendo que eu te dê algo que nunca foi capaz de me dar, é isso?

— Para com essa guerra, Julia. Vai ter a eternidade inteira para retomar o combate e as minhas armas só vão existir na sua memória. Seis dias é tudo o que nos resta, e é o que eu peço.

— E para onde seria essa pequena viagem?

— Montreal!

Julia não pôde impedir o sorriso franco que acabava de tomar o seu rosto.

— Montreal?

— Bom, já que não se recupera o dinheiro das passagens... podemos tentar mudar o nome de um dos passageiros...

E vendo Julia prender o cabelo, pôr um casaco nos ombros e com toda a clareza se preparar para sair sem responder, Anthony Walsh parou diante da porta.

— Não fica com essa cara, Adam disse que você inclusive podia jogá-las fora!

— Ele disse que eu as guardasse de lembrança e, caso isso tenha escapado dos seus ouvidos indiscretos, ele estava sendo irônico. Não creio que, nem por isso, tenha sugerido que eu viajasse com outro.

— Com o seu pai, não um outro!

— Deixa eu passar, por favor!

— Aonde você está indo? — perguntou Anthony Walsh, abrindo passagem.

— Tomar um pouco de ar.

— Está zangada?

Como resposta, ouviu os passos da filha descendo a escada.

*

Um táxi diminuiu a velocidade na esquina de Greenwich Street e Julia embarcou nele, às pressas. Não precisava absolutamente erguer os olhos até a fachada da casa; sabia que Anthony Walsh devia estar na janela da sala, olhando o Ford amarelo se afastar em direção à Ninth Avenue. Assim que ela desapareceu num cruzamento de ruas, ele pegou o telefone e fez duas ligações.

Julia pediu para descer na entrada do SoHo. Em situação normal, teria feito a pé o caminho, que conhecia de cor. Eram apenas 15 minutos andando, mas para fugir de casa, teria roubado uma bicicleta se alguém tivesse deixado alguma sem cadeado na esquina. Empurrou a porta de uma pequena loja de antiguidades, o sininho tocou. Sentado numa poltrona barroca, Stanley interrompeu sua leitura.

— Greta Garbo em *Rainha Cristina* não teria sido mais fulgurante!

— Do que você está falando?

— Da sua entrada, princesa, ao mesmo tempo majestosa e aterradora!

— Não é um dia dos melhores para debochar de mim.

— Dia nenhum, por mais bonito que seja, pode dispensar uma ponta de ironia. Não está trabalhando?

Julia se aproximou de uma velha estante e olhou atentamente o relógio com douraduras delicadas, erguido na prateleira mais alta.

— Está fazendo gazeta para verificar que horas são no século XVIII? — perguntou Stanley, erguendo os óculos da ponta do nariz.

— É muito bonito.

— É verdade, e eu também, o que está acontecendo?

— Nada, passei para te ver, só isso.

— Tudo bem, e eu estou pensando em parar com o Luís XVI e me dedicar à *pop art*! — disse Stanley, deixando de lado o livro.

Levantou-se e se sentou no canto de uma mesa de mogno.

— Uma sombra de aflição nesse rostinho de boneca?

— Algo assim, é verdade.

Julia encostou a cabeça no ombro de Stanley.

— É verdade, está mesmo bem pesada! — disse ele, abraçando-a. — Vou preparar um chá que um amigo enviou do Vietnã. É um desintoxicante, você vai ver, tem virtudes insuspeitas, até porque o amigo em questão não tem nenhuma.

Stanley pegou um bule numa prateleira. Acendeu a chaleira elétrica para a água, em cima da escrivaninha de época que servia como mesa para o caixa. Deixou por alguns minutos em infusão, e duas xícaras em porcelana, retiradas naquela hora de um armário antigo, foram enchidas com a bebida mágica. Julia sentiu o perfume de jasmim que se desprendia e bebeu um pequeno gole.

Sou todo ouvidos, e não tenta resistir, essa poção divina faz se soltarem as línguas mais travadas.

— Você partiria em viagem de lua de mel comigo?

— Se tivesse me casado com você, sim... mas você precisaria se chamar Julio, minha Julia, ou nossa lua de mel seria extremamente sem fantasias.

— Stanley, se você fechasse a loja por uma semaninha e deixasse eu te sequestrar...

— Seria tremendamente romântico, para onde?

— Montreal.

— De jeito nenhum!

— O que você também tem contra o Quebec?

— Passei seis meses de sofrimentos insuportáveis para perder 3 quilos e não os quero de volta em poucos dias. Eles têm restaurantes irresistíveis e, aliás, os garçons também! Além disso, detesto a ideia de ser uma segunda opção.

— Por que você diz isso?

— Quem, antes de mim, não quis ir?

— Pouco importa! De qualquer maneira, você não acreditaria.

— Quem sabe se começasse me dizendo o que te aflige...

— Mesmo que eu contasse tudo, desde o início, nem assim acreditaria.

— Admitamos que eu seja um imbecil... qual foi a última vez que você tirou um meio expediente de folga, em plena semana?

Diante do silêncio de Julia, Stanley continuou:

— Chega numa manhã de segunda-feira na minha loja, com um bafo tremendo de café, que você detesta... Por baixo desse blush, muito mal passado, aliás, se esconde o rostinho de alguém cujas horas de sono se contaram aos minutos, pedindo, sem o menor aviso, que eu substitua o noivo numa viagem. O que está acontecendo? Passou a noite com outro homem, que não era Adam?

— Não! — exclamou Julia.

— Volto à minha pergunta. De quem ou de quê você está com medo?

— Medo nenhum.

— Tenho o que fazer, querida, se não confia mais em mim, vou voltar ao meu balanço — declarou Stanley, fingindo se encaminhar para os fundos da loja.

— Estava bocejando na frente de um livro, quando eu entrei! Como você mente mal! — disse Julia, rindo.

— Enfim se apaga aquela expressão sinistra! Quer ir dar uma volta? As lojas do bairro logo vão estar abertas, e você certamente precisa de um par de sapatos novos.

— Se visse a quantidade que eu tenho encostada no armário e nunca uso!

— Não estava falando de satisfazer aos pés, mas ao espírito!

Julia pegou o pequeno relógio dourado de mesa. Estava sem o vidro de proteção. Alisou com a ponta dos dedos o contorno.

— É realmente bonito — disse, recuando o ponteiro dos minutos.

Com esse movimento, o ponteiro das horas se pôs também a regredir.

— Seria tão bom poder voltar atrás...

Stanley observou Julia.

— Fazer o tempo voltar? Nem assim devolveria juventude a essa velharia. Veja as coisas por outro ângulo, ela nos oferece a beleza da idade — respondeu Stanley, pondo o relógio de volta na prateleira. — Vai afinal dizer o que é que te preocupa?

— Se te propusessem uma viagem, para partir em busca de traços da vida do seu pai, você aceitaria?

— Qual seria o risco? No que me concerne, se fosse preciso ir ao fim do mundo para encontrar mesmo que um fragmento da vida da minha mãe, eu já estaria sentado no avião, enchendo a paciência das aeromoças, e não perdendo tempo com uma maluca, mesmo que seja quem eu escolhi como melhor amiga. Se tiver a oportunidade de uma viagem assim, vá sem hesitar.

— E se for tarde demais?

— Tarde demais, só quando as coisas se tornam definitivas. Mesmo desaparecido, seu pai continua a viver do seu lado.

— Não imagina o quanto!

— Apesar daquilo de que quer se convencer, você sente falta dele.

— Foram tantos anos que me acostumei com a ausência dele. Aprendi muito bem a viver sem ele.

— Querida, até crianças que nunca conheceram os pais de verdade cedo ou tarde sentem necessidade de buscar suas raízes. Frequentemente é cruel com quem as educou e amou, mas assim é a natureza humana. Dificilmente se segue adiante na vida quando não se sabe de onde se vem. Então, se for preciso não sei qual périplo que te leve a descobrir, enfim, quem era o seu pai e reconcilie o seu passado e o dele, não deixe de fazer isso.

— Não temos muitas lembranças juntos, sabe?

— Provavelmente mais do que você imagina. Por uma única vez, esqueça esse orgulho que eu adoro e faça a tal viagem! Se não for por você mesma, que seja por uma grande amiga minha, que eu te apresentarei um dia e que é uma mãe formidável.

— Quem? — perguntou Julia, com uma ponta de ciúme na voz.

— Você, daqui a alguns anos.

— Você é um amigo maravilhoso, Stanley — disse Julia, beijando-lhe a face.

— Não fiz nada, amiga, foi o chá!

— Agradeça então ao seu amigo do Vietnã, esse chá tem realmente qualidades espantosas — acrescentou Julia, saindo.

— Se gostou mesmo, eu peço uma caixa para você, vai estar aqui quando voltar. Compro naquele armazém da esquina!

7.

Julia subiu a escada saltando os degraus e entrou no apartamento. A sala estava vazia. Chamou várias vezes, sem resposta alguma. Sala, quarto, banheiro e uma ida ao andar de cima confirmaram não haver ninguém. Notou a fotografia de Anthony Walsh na pequena moldura de prata, posta recentemente sobre a lareira.

— Onde você esteve? — perguntou seu pai, fazendo-a dar um pulo.

— Que susto! E você, como desapareceu?

— Fico sensibilizado que você se preocupe comigo. Fui passear. Estava entediado aqui sozinho.

— O que é isso? — perguntou Julia, apontando o porta-retratos na lareira.

— Fui preparar o quarto lá em cima, já que é onde eu serei armazenado essa noite, e encontrei isso por acaso... debaixo de um monte de poeira. Não ia querer dormir com uma foto minha por perto! Deixei aí, mas pode pôr em outro lugar, se quiser.

— Continua querendo que a gente viaje? — perguntou Julia.

— Estou justamente voltando da agência do outro lado da rua. Nada nunca há de substituir o contato humano. Uma jovem encantadora, até meio parecida com você, só que mais sorridente... o que eu estava dizendo?

— Uma jovem encantadora.

— Exatamente! Ela topou dar um jeitinho. Depois de teclar no computador por uma boa meia hora, dando a impressão de copiar a obra completa de Hemingway, conseguiu reimprimir uma passagem no meu nome. Aproveitei também para melhorar nossos assentos!

— Você é realmente incrível! O que te leva a crer que eu aceitaria...?

— Nada, de modo algum; mas já que vai colar essas passagens no seu álbum de recordações, melhor que sejam de primeira classe. Questão de status familiar, minha cara!

Julia foi para o quarto. Anthony Walsh perguntou o que ela ia fazer.

— Preparar uma bolsa de viagem para dois dias — respondeu, frisando bem o número — não é o que você queria?

— Nossa aventura durará seis dias. Não foi possível modificar as datas, por mais que eu suplicasse à Élodie, essa encantadora moça da agência de quem eu falava ainda há pouco. Ela se manteve irredutível nesse ponto.

— Dois dias! — berrou Julia, no banheiro.

— Ah, faça como quiser, se for preciso, compramos uma calça para você onde estivermos. Não sei se já notou, mas o seu jeans está rasgado, dá para ver o joelho!

— E você, não leva nada? — perguntou Julia, passando a cabeça pela porta.

Anthony Walsh foi até o caixote de madeira no meio da sala e ergueu um alçapão que se abria para um fundo falso. Lá havia uma maleta de couro preto.

— Previu-se o necessário para que a elegância seja mantida por seis dias, o tempo médio da minha bateria! — disse, não sem uma certa satisfação... — Tomei a liberdade, enquanto você estava fora, de pegar de volta meus documentos, que te entregaram. E também, ao mesmo tempo, o meu relógio — acrescentou, mostrando com orgulho o pulso. — Não se incomoda que eu o use, por enquanto? Será seu quando chegar a hora; quer dizer, você entende o que eu quero dizer...

— Se puder parar de mexer nas minhas coisas, eu agradeço!

— Mexer nas suas coisas, querida, exige conhecimentos de espeleólogo! Encontrei meus objetos pessoais num envelope de papel pardo, largado no sótão, no meio daquela bagunça!

Julia fechou o zíper da sacola e deixou-a na entrada.

Avisou ao pai que sairia por alguns minutos e voltaria logo que fosse possível. Precisava agora se justificar com Adam a respeito da partida.

— O que você vai dizer? — perguntou Anthony Walsh.

— Acho que isso só concerne a ele e a mim — respondeu Julia.

— Não me preocupo com o que concerne a ele, é você que me interessa.

— Verdade? Também faz parte do seu novo programa?

— Qualquer que seja a desculpa que você dê, desaconselho que diga para onde nós vamos.

— E creio que eu deva seguir os conselhos de um pai que tem muita experiência em matéria de segredos.

— Encare só como um conselho masculino com relação aos homens. Agora vá, precisamos sair de Manhattan em duas horas, no máximo.

*

O táxi deixou Julia na Avenue of the Americas, em frente ao nº 1350. Ela entrou no grande edifício de vidro em que funcionava a seção de literatura infantil de uma importante editora nova-iorquina. O sinal para o celular era insuficiente no hall, ela se apresentou na recepção e pediu que ligassem para o senhor Coverman.

— Tudo bem? — perguntou Adam, reconhecendo a voz de Julia.

— Está em reunião?

— Estou vendo uma prova, terminamos em 15 minutos. Quer que eu reserve uma mesa para as oito no nosso italiano?

Só então Adam reparou na tela do aparelho telefônico.

— Você está aqui?

— Na recepção...

— Não é uma boa hora, estamos todos em reunião de apresentação dos lançamentos...

— Nós precisamos conversar — interrompeu Julia.

— Não pode esperar até a noite?

— Não vou poder jantar com você, Adam.

— Estou descendo! — ele respondeu e desligou.

Encontrou Julia no hall, com a expressão sombria que anunciava más notícias.

— Tem uma cafeteria no subsolo, vamos até lá — disse Adam.

— Prefiro dar uma caminhada no parque, vai ser melhor lá fora.

— É tão grave assim? — ele perguntou, saindo do prédio.

Julia não respondeu. Subiram a Sixth Avenue. Três quarteirões adiante, entraram no Central Park.

As alamedas verdejantes estavam quase desertas; com fones nos ouvidos, esportistas corriam em velocidade, concentrados no ritmo das passadas, fechados ao mundo e àqueles que se contentam com um simples passeio. Um esquilo com a pelagem ruça veio até eles e se colocou nas patas traseiras, pedindo comida. Julia enfiou a mão no bolso da capa impermeável, se ajoelhou e mostrou a ele um punhado de avelãs. Ousado, o pequeno roedor se aproximou, hesitando um pouco, mas de olho no cobiçado petisco. O apetite foi maior do que o medo e, com um movimento rápido, ele pegou a avelã e se afastou alguns metros para comê-la, diante do olhar satisfeito de Julia.

— Você sempre tem avelãs no bolso da capa? — perguntou Adam, achando engraçado.

— Sabia que a gente viria aqui, então comprei um pacote antes de pegar o táxi — respondeu Julia, jogando outra avelã para o esquilo, ao qual alguns colegas já tinham se juntado.

— Me fez largar uma reunião para uma demonstração dos seus talentos de domadora?

Julia jogou na grama o restante do pacote e se endireitou para retomar a caminhada. Adam se pôs à sua frente.

— Vou embora — disse ela, com a voz triste.

— Está me largando? — preocupou-se Adam.

— Não, seu bobo, é só por uns dias.

— Quantos?

— Dois, talvez seis, não mais do que isso.

— Dois ou seis?

— Não tenho ideia.

— Julia, você chega ao meu trabalho sem avisar, pede para te acompanhar como se o mundo ao redor fosse desabar, podia ao menos me poupar de ter que arrancar palavra por palavra da sua boca?

— O seu tempo é tão precioso assim?

— Você está com raiva, é um direito seu, mas não é contra mim. Não sou eu o inimigo, Julia, eu me limito a ser quem te ama, o que nem sempre é tão fácil. Não me faz pagar por coisas que não têm nada a ver comigo.

— O secretário particular do meu pai me ligou de manhã. Preciso acertar certas coisas dele, fora de Nova York.

— Onde?

— Ao norte de Vermont, na fronteira do Canadá.

— Por que não vamos os dois, no fim de semana?

— É urgente, não pode esperar.

— Tem algo a ver com o fato de a agência de viagens ter entrado em contato comigo?

— O que eles disseram? — perguntou Julia, insegura.

— Que alguém os procurou e, por algum motivo que eu não entendi direito, devolveram o valor da minha passagem, mas não o da sua. Não me deram maiores explicações. Eu estava em reunião, não tive como fazer perguntas.

— Foi provavelmente coisa do secretário do meu pai, ele é bom nesse tipo de coisa, foi bem treinado.

— Você vai ao Canadá?

— À fronteira, como eu falei.

— Tem mesmo vontade de fazer essa viagem?

— Acho que sim — ela respondeu sombriamente.

Adam tomou Julia pelo ombro e apertou-a contra si.

— Vai então para onde você deve ir. Não pergunto mais nada. Não quero correr o risco de passar duas vezes por alguém que não confia em você. Além disso, preciso voltar ao trabalho. Você me acompanha até o escritório?

— Vou continuar mais um pouco aqui.

— Com os seus esquilos? — perguntou Adam, com ironia.

— Isso, com meus esquilos.

Ele deu-lhe um beijo na testa, caminhou alguns passos de costas, agitando a mão e foi embora pela alameda.

— Adam?

— Sim?

— Que pena você ter essa reunião, eu bem que gostaria...

— Eu sei, mas não tivemos muita sorte, você e eu, nesses últimos dias.

Ele enviou um beijo, de longe.

— Preciso realmente ir! Telefona de Vermont, dizendo que chegou bem.

E Julia ficou vendo ele se afastar.

*

— Foi tudo bem? — perguntou Anthony Walsh, jovial, à filha que entrava.

— Incrível!

— Por que então essa cara de enterro? Aliás, melhor tarde do que nunca...

— Por que será? Talvez por ter mentido pela primeira vez a quem eu amo?

— Isso não, foi a segunda vez, Julia, está esquecendo de ontem... Mas, se você preferir, podemos dizer que foi só um *test drive* e não contava.

— Cada vez melhor! Traí Adam pela segunda vez em dois dias e ele é tão formidável que teve a delicadeza de me deixar ir sem o menor questionamento. Entrando no táxi, me vi na pele de uma mulher que eu jurei nunca vir a ser.

— Não vamos exagerar!

— Não? O que pode ser pior do que enganar alguém que confia em você a ponto de não perguntar nada?

— Estar ocupado demais no trabalho para de fato se interessar pela vida do outro!

— Vindo de quem vem, é uma observação que não deixa de ter seu peso.

— É verdade, e como disse você, vem de alguém experiente nisso! Acho que o carro está lá embaixo... é melhor não demorar. Com as medidas de segurança, passa-se mais tempo no aeroporto agora do que no voo.

Enquanto Anthony Walsh descia levando as duas malas, Julia deu uma olhada no apartamento. Viu o porta-retratos de prata na lareira e virou a foto do pai para a parede, fechando a porta em seguida.

*

Uma hora depois, a limusine entrava na via de acesso aos terminais do aeroporto John Fitzgerald Kennedy.

— Devíamos ter pegado um táxi — disse Julia, olhando os aviões estacionados na pista.

— É possível, mas admita que esses automóveis são bem mais confortáveis. Já que encontrei na sua casa meus cartões de crédito e como percebi que não quer a minha herança, me dê o privilégio de desperdiçá-la eu mesmo. Se soubesse a quantidade de caras que passaram a vida juntando dinheiro e adorariam poder, como eu, gastá-lo depois de morto, é um luxo formidável, pensando bem! Vamos, Julia, tira esse ar triste do rosto. Vai voltar a ver o seu Adam daqui a uns dias e ele vai estar ainda mais apaixonado. Aproveite plenamente esses poucos momentos com o seu pai. Quando foi a última vez que viajamos juntos?

— Eu tinha 7 anos, mamãe ainda estava viva e nós duas passamos as férias à beira de uma piscina, enquanto você passava as suas na cabine de telefone do hotel, cuidando dos seus negócios — respondeu Julia, descendo da limusine que acabava de estacionar junto à calçada.

— Não é culpa minha se na época não existia telefone celular! — exclamou Anthony Walsh, abrindo a sua porta.

*

O terminal internacional estava lotado. Anthony ergueu os olhos ao céu e se encaminhou para a longa fila de passageiros que serpenteava até os guichês de atendimento. Depois de pegarem os cartões de embarque, valiosos abre-te sésamo conseguidos a custo de interminável espera, o esforço precisava ser repetido, agora para passar pelos portões de segurança.

— Veja o nervosismo das pessoas, o desconforto acaba com o prazer da viagem. E como não ser assim, como não ficar impaciente se nos obrigam a ficar horas de pé, alguns com crianças no colo e outros com o peso da idade nas pernas? Acha mesmo que essa moça à nossa frente está escondendo explosivos nos potinhos do neném? Purê de damasco e ruibarbo à dinamite!

— Tudo é possível, acredite!

— Vamos, é preciso um pouco de bom senso! Que fim levaram os *gentlemen* ingleses que tomavam chá durante os ataques aéreos dos nazistas?

— Debaixo de bombas? — cochichou Julia, sem graça por Anthony falar tão alto. — Pelo visto, você não perdeu nada da mania de reclamar. Enquanto isso, se eu disser ao encarregado da segurança que a pessoa com quem estou viajando não é exatamente meu pai e der os detalhes da sutileza da nossa relação, ele talvez se sinta no direito de perder um pouco do bom senso, não acha? Porque, na verdade, eu larguei o meu num caixote de madeira no meio da minha sala!

Anthony deu de ombros e avançou, pois era sua vez de passar pelo portão. Julia pensou na última frase que dissera e chamou-o de volta imediatamente, traindo na voz a brusca urgência para que não seguisse em frente.

— Vamos sair daqui — disse, quase em pânico. — Ir de avião foi uma ideia idiota. A gente aluga um carro, eu dirijo, em seis horas chegamos em Montreal e eu prometo que conversamos no caminho. Conversa-se melhor de carro, não?

— O que está acontecendo, minha Julia, o que te assusta a esse ponto?

— Não tá vendo? — ela cochichou no ouvido dele. — Você vai ser descoberto em dois segundos. Está entupido de material eletrônico, quando passar os detectores vão fazer um escândalo. A polícia vai pular em cima de você, vai ser preso, revistado, radiografado da cabeça aos pés e depois desmontado para que se entenda como tal prodígio tecnológico foi possível.

Anthony sorriu e deu um passo na direção do agente de segurança. Abriu o passaporte, tirou uma carta oculta na dobra da capa e entregou-a.

O encarregado leu-a, chamou seu superior e pediu que Anthony ficasse fora da fila. O chefe em questão tomou por sua vez conhecimento do documento e assumiu uma atitude das mais solícitas. Pediram que Anthony Walsh se afastasse um pouco e o apalparam com infinita cortesia, autorizando-o em seguida, terminada a operação, a circular à vontade.

Julia precisou aceitar o tratamento imposto aos demais passageiros. Foi obrigada a tirar os sapatos e o cinto da calça jeans. O grampo que prendia os cabelos foi confiscado por ter sido considerado longo e pontudo demais, assim como um cortador de unhas que esquecera na bolsa, cuja lima tinha mais de 2 centímetros de comprimento. Em função disso, foi advertida pelo supervisor, que censurou sua inconsequência.

Os painéis não indicavam com letras suficientemente grandes a lista de objetos proibidos a bordo dos aviões? Ela ainda se aventurou a dizer que seria mais simples relacionar o que era autorizado e o agente da segurança assumiu o tom de um sargento-instrutor, perguntando se ela via algum problema com o regulamento em vigor. Julia garantiu que de forma alguma, seu voo decolaria em 45 minutos e ela não esperou a reação do interlocutor, pegou de volta sua bolsa e foi encontrar Anthony, que de longe a observava, parecendo achar tudo bem divertido.

— Posso saber por que você tem esse tratamento vip?

Anthony mostrou a carta que tinha nas mãos, entregando-a, alegre, à filha.

— Você usa um marca-passo cardíaco?

— Há dez anos, minha Julia.

— Por quê?

— Porque tive um infarto e meu coração precisou de uma ajuda.

— Quando isso aconteceu?

— Se eu contar que foi no aniversário da morte da sua mãe, você vai acusar outra vez o meu lado teatral.

— E por que eu nunca fui informada?

— Talvez por estar ocupada demais vivendo a sua própria vida?

— Ninguém me avisou.

— Seria preciso saber onde encontrar você... Bom, não vamos fazer todo um caso por causa disso! Nos primeiros meses, eu ficava furioso por ter que carregar o aparelho. E quando penso que agora é um aparelho que me carrega! Vamos indo? Senão, acabamos perdendo o voo — disse Anthony Walsh, consultando o painel que mostrava os horários das decolagens. — Ah, não — emendou — uma hora de atraso. Era só o que faltava: os aviões serem pontuais!

Julia aproveitou o tempo que tinham disponível para explorar as prateleiras de uma banca de jornal. Escondida atrás de uma estante, ficou olhando Anthony, sem que ele percebesse. Sentado na sala de embarque, com os olhos perdidos ao longe, nas pistas de voo, pela primeira vez Julia teve a impressão de o pai lhe fazer falta. Virou-se e discou o número de Stanley.

— Estou no aeroporto — disse baixinho no fone.

— Já vai decolar? — perguntou o amigo, com a voz também quase inaudível.

— Tem gente na loja, estou incomodando?

— Eu ia fazer a mesma pergunta!

— Não, pois fui eu que liguei — respondeu Julia.

— Por que então está cochichando?

— Não tinha percebido.

— Você devia passar aqui com mais frequência, pois me dá sorte, vendi o relógio do século XVIII uma hora depois que você saiu. Há dois anos ele estava encalhado.

— Se, de fato, era do século XVIII, uns meses a mais ou a menos não fazem diferença.

— Era uma peça que também mentia bem. Eu não sei com quem você está e nem quero saber, mas não me tome por idiota, tenho horror disso.

— Não é, de jeito nenhum, o que você crê que seja!

— Crença é coisa de religião, querida!

— Eu vou realmente sentir a sua falta, Stanley.

— Aproveite bem esses dias; as viagens formam a juventude!

E desligou sem dar a Julia a menor chance de ter a última palavra. Com a ligação cortada, ele olhou para o telefone e acrescentou:

— Vá com quem você quiser, mas não se empolgue com nenhum canadense que a faça ir morar lá. Um dia sem você é longo demais e eu já me entedio!

8.

Às 17h30, o voo 4742 da American Airlines pousava no aeroporto Pierre Trudeau, em Montreal. Eles passaram pela alfândega sem maiores problemas. Um carro os aguardava. A autoestrada estava com trânsito bom e, meia hora depois, cruzavam o centro financeiro. Anthony apontou para um arranha-céu envidraçado.

— Eu vi esse prédio ser construído — suspirou. — Tem a sua idade.

— Por que está contando isso?

— Já que gosta dessa cidade em particular, é uma recordação que eu deixo. Um dia, passeando por aqui, vai lembrar que o seu pai passou alguns meses da sua vida trabalhando nesse edifício. Essa rua será menos anônima para você.

— Vou me lembrar — disse ela.

— Não vai perguntar o que eu fazia?

— Negócios, imagino.

— Não, naquele tempo eu me contentava com uma banca de jornal. Você não nasceu em berço de ouro. Isso veio mais tarde.

— Fez isso por muito tempo? — perguntou Julia, surpresa.

— Um dia, tive a ideia de vender também bebidas quentes. Foi quando eu realmente comecei a fazer negócios! — continuou Anthony, com os olhos brilhando. — As pessoas se enfiavam no prédio, congeladas pelo vento que sopra a partir do fim do outono e só para na primavera. Devia ver como corriam para o café, o chocolate quente ou o chá que eu vendia... por preço duas vezes maior que o de mercado.

— E depois?

— Depois, acrescentei sanduíches ao cardápio. Sua mãe os preparava de madrugada. A cozinha do apartamento logo virou um verdadeiro ateliê culinário.

— Mamãe e você moraram em Montreal?

— Vivíamos cercados de saladas, de fatias de presunto e de papel celofane. Quando comecei a oferecer o serviço de entrega nos andares do prédio e no outro que acabara de ser construído ao lado, precisei contratar meu primeiro empregado.

— Quem foi?

— Sua mãe! Ela tomava conta da banca, enquanto eu fazia as entregas. Era tão bonita que os clientes faziam até quatro encomendas por dia só para vê-la. Como ríamos naquele tempo! Cada freguês tinha uma ficha e sua mãe controlava todos eles. O contador da sala 1407 tinha uma queda por ela, os sanduíches dele iam com recheio em dobro; o diretor de recursos humanos do 11º andar ganhava restos em fim de linha e folhas de alface murchas, sua mãe não gostava dele.

Chegaram diante do hotel. O carregador os acompanhou até a recepção.

— Não temos reserva — avisou Julia, entregando o passaporte ao funcionário.

Ele foi checar na tela do computador os quartos disponíveis. Digitou o sobrenome.

— Mas vocês têm um quarto, e não é qualquer um!

Julia olhou para ele, surpresa, enquanto Anthony recuava alguns passos.

— Senhor e senhora Walsh... Coverman! — exclamou o recepcionista — e se não me engano, ficam conosco a semana inteira.

— Você não se atreveu a fazer isso! — bufou Julia, dirigindo-se ao pai, que estampava um ar perfeitamente inocente.

O recepcionista salvou a situação, interrompendo-os.

— Vocês têm a suíte... — constatando a diferença de idade entre o senhor e a senhora Walsh, acrescentou, com uma ligeira inflexão na voz... — nupcial.

— Podia ao menos ter escolhido outro hotel! — disse Julia, ao ouvido do pai.

— Era um pacote! — explicou-se Anthony. — O seu futuro marido tinha comprado um pacote completo, com voo e estadia. E não podemos reclamar, pois pelo menos dispensou o jantar no próprio hotel. E prometo que ele não terá que pagar por isso, nós lançaremos os custos no meu cartão de crédito. Como minha herdeira, é você que está me convidando! — completou ele, achando engraçado.

— Não é exatamente isso o que me incomoda! — reclamou Julia.

— Mesmo? É o que, então?

— Suíte... nupcial?

— Não tem com o que se preocupar, verifiquei na agência, são dois quartos ligados internamente por uma sala, no último andar. Você não sofre de vertigem, não é?

E enquanto Julia reclamava com o pai, o recepcionista do hotel entregou a chave, desejando uma excelente estadia...

O carregador os conduziu até os elevadores; Julia subitamente deu meia-volta e voltou à recepção.

— Não é absolutamente o que você está pensando! Ele é meu pai.

— Não estou pensando coisa alguma, senhora — respondeu o homem, pouco à vontade.

— Está sim, com certeza, e está errado!

— Senhorita, com a profissão que tenho, posso garantir que já vi de tudo — disse ele, se debruçando por cima do balcão para evitar que ouvissem a conversa. — Sou um túmulo — complementou, achando que com isso a tranquilizava!

Como Julia se preparava para nova e definitiva argumentação, Anthony pegou-a pelo braço, forçando-a a se afastar da recepção.

— Você se preocupa demais com o que os outros pensam!

— E que diferença faz para você?

— Perde com isso um pouco de liberdade e muito do bom humor. Venha, o rapaz está segurando a porta do elevador e não somos os únicos a querer subir e descer nesse hotel.

*

A suíte estava bem de acordo com a descrição de Anthony. As janelas dos dois quartos, separados por uma saleta, davam para a parte antiga da cidade. Mal deixou a sacola em cima da cama, Julia precisou ir atender à porta. O garçom do andar estava atrás de um carrinho, com uma garrafa de champanhe dentro de um balde com gelo, duas taças compridas e um pote de chocolates.

— O que significa isso? — perguntou Julia.

— Com os cumprimentos do hotel, senhora — respondeu o funcionário. — É o nosso serviço "recém-casados".

Julia lançou um olhar furibundo e leu o cartão que acompanhava aquilo tudo. O gerente do hotel agradecia ao senhor e à senhora Walsh-Coverman por terem escolhido o hotel para a celebração da lua de mel. Toda a sua equipe se punha à disposição para tornar inesquecível aquela estadia. Julia rasgou o bilhete, deixou-o em pedaços no carrinho e bateu a porta no nariz do rapaz.

— Senhora, está incluído no preço do quarto! — ainda o ouviu explicar, no corredor.

Ela não respondeu e as rodas do carrinho rangeram até o elevador. Mas Julia então voltou a abrir a porta, dirigiu-se com firmeza até o garçom, pegou os chocolates e deu meia-volta. Ele teve um sobressalto quando a porta da suíte 702 bateu com força, pela segunda vez.

— O que foi isso? — perguntou Anthony Walsh, saindo do seu quarto.

— Nada! — respondeu Julia, encostada na beira da janela da saleta.

— Belíssima vista, não é? — comentou o pai, contemplando a paisagem do bairro de Saint-Laurent ao longe. — Está uma temperatura agradável, não quer sair para dar uma volta?

— Qualquer coisa, menos ficar aqui!

— Não fui eu que escolhi o lugar — respondeu Anthony, colocando um pulôver nos ombros da filha.

*

As ruas da velha Montreal, com sua pavimentação irregular, se comparam em charme aos mais belos bairros da Europa. O passeio de Anthony e Julia começou pela praça das Armas, e Anthony Walsh se achou no dever de contar à filha a vida do cavalheiro Maisonneuve, cuja estátua se ergue no centro de um laguinho. Ela o interrompeu com um bocejo, deixando-o diante do monumento em homenagem ao fundador da cidade, se interessando mais explicitamente pela venda de docinhos, a alguns metros dali.

Voltou logo depois, mostrando um pacote bem sortido ao pai e oferecendo, mas ele recusou "com a boca em cu de galinha", como diriam os locais. Julia olhou para a estátua do cavalheiro Maisonneuve, no alto do pedestal, depois para o pai e, de novo, para o bronze, balançando afinal a cabeça em sinal de aprovação.

— O que há? — perguntou Anthony.

— Vocês dois formam uma boa dupla. Teriam se entendido bem.

E foi levando o pai em direção à rua Notre Dame. Anthony quis parar em frente ao número 130. Era a mais antiga construção da cidade, e ele começou a explicar à filha que ali ainda moravam alguns monges sulpicianos, acrescentando que a Ordem, por muito tempo, tivera enorme importância na ilha de Montreal.

Novo bocejo de Julia e ela apertou o passo ao passar à frente da basílica, temendo que o pai quisesse entrar.

— Não imagina o que está perdendo! — exclamou ele, vendo-a se apressar mais ainda. — A cúpula representa o céu estrelado, é magnífica!

— Que ótimo, agora já sei! — cortou ela, já longe.

— Sua mãe e eu te batizamos aqui! — precisou berrar Anthony.

Julia imediatamente parou e se virou para o pai, que procurava se mostrar indiferente.

— Vamos ver essa cúpula estrelada! — ela capitulou, intrigada, subindo os degraus da Notre Dame de Montreal.

O espetáculo que a nave oferecia era realmente belíssimo. Cercadas de suntuosos madeiramentos, a cúpula e a pista central pareciam ter sido revestidas em lápis-lazúli. Maravilhada, Julia andou até o altar.

— Não imaginava algo assim tão bonito — murmurou.

— Fico encantado em saber — respondeu Anthony, triunfante.

Levou-a até a capela dedicada ao Sagrado Coração.

— Verdade que me batizaram aqui? — perguntou Julia.

— Imagine! Sua mãe era ateia, não teria permitido.

— Por que então você disse aquilo?

— Porque senão você não veria o quanto é bonito! — respondeu Anthony, voltando às majestosas portas de madeira.

Percorrendo a rua Saint-Jacques, por um instante Julia teve a impressão de estar ao sul de Manhattan, de tanto que as fachadas brancas com colunas se pareciam com as de Wall Street. Os lampadários da rua Sainte Hélène acabavam de ser acesos. Perto dali, chegando a uma praça com alamedas margeadas de vegetação fresca, Anthony se apoiou de repente num banco, quase caindo. Com um gesto de mão, tranquilizou Julia, que se precipitara em sua direção.

— Nada grave — avisou. — Um outro bug, dessa vez na rótula do joelho.

Julia o ajudou a se sentar.

— Dói muito?

— Infelizmente, há dias eu ignoro todo tipo de dor — disse ele, fazendo uma careta. — Morrer tinha que ter algumas vantagens, não acha?

— Para de dizer isso! Por que está fazendo essa cara? Parece realmente estar sentindo dor.

— Imagino que seja do programa. Alguém que se machucasse e não demonstrasse a menor expressão de dor pareceria suspeito.

— Está bem! Não preciso saber de todos os detalhes. Posso ajudar de alguma forma?

Anthony tirou do bolso um caderninho preto e uma caneta, passando-os a Julia.

— Pode anotar que no segundo dia a perna direita parece ter feito uma das suas? E peço que envie a eles esse carnê, domingo que vem. Vai provavelmente ajudar para os próximos modelos.

Julia nada disse, mas assim que começou a escrever numa página em branco o que o pai havia dito, não conseguiu.

Anthony a observava e tirou a caneta das suas mãos, que tremiam.

— Não é nada. Viu? Já estou andando normalmente — disse, se levantando. — Uma pequena anomalia que se corrigiu sozinha. Nem precisa informar.

Uma charrete puxada por um cavalo de tração passava pela praça d'Youville e Julia inventou que sempre sonhara com um passeio assim. Mil vezes passeara no Central Park, sem nunca ter tido coragem para isso, era o momento ideal. Fez sinal ao cocheiro. Anthony olhou para ela, querendo fazê-la desistir, mas ficou claro que o assunto não estava mais em discussão e ele subiu a bordo, com expressão resignada.

— Grotescos, estamos sendo grotescos! — suspirou.

— Não disse que não devemos nos preocupar com o que os outros acham?

— Claro, mas até certo ponto!

— Quis que viajássemos juntos, não pode reclamar, estamos viajando! — disse ela.

Com ar de infelicidade, Anthony olhava para o traseiro do animal, que balançava de um lado para outro, a cada passo.

— Estou avisando, se eu vir o rabo desse paquiderme se levantar, mesmo que só um pouquinho, desço.

— Cavalos não pertencem a essa família de animais! — corrigiu Julia.

— Com um traseiro desses, tenho minhas dúvidas.

*

A charrete parou no porto antigo, à frente do café frequentado pelos operadores das eclusas. Os imensos silos erguidos junto ao cais da ponta do moinho de vento escondiam a margem oposta. Suas imponentes curvas pareciam emergir das águas e subir ao escuro do céu.

— Vem, vamos embora daqui — disse Anthony, de cara feia. — Sempre achei horríveis esses monstros de concreto tapando o horizonte. Não entendo por que ainda não tenham sido demolidos.

— Devem fazer parte do patrimônio — respondeu Julia. — E talvez, um dia, veja-se neles algum charme.

— Não estarei mais nesse mundo e posso apostar que nem você!

Ele carregou a filha ao longo do passeio do porto antigo. A caminhada prosseguiu pelos espaços verdes margeando o Saint-Laurent. Julia seguia alguns passos à frente. Gaivotas voando a fizeram levantar a cabeça. A brisa noturna agitou seus cabelos.

— O que está olhando? — perguntou ela ao pai.

— Você!

— E em que você estava pensando enquanto me olhava?

— Que é bem bonita e se parece com a sua mãe — ele respondeu, com um ligeiro sorriso.

— Estou com fome! — lembrou Julia.

— Vamos escolher algo que te convenha, logo adiante. Está cheio de pequenos restaurantes aqui no cais... cada um mais infecto do que o outro!

— Qual você acha mais infame?

— Não se preocupe, tenho certeza de que, juntos, vamos encontrá-lo.

No caminho, Julia e Anthony perambularam diante das lojas na junção do cais dos Événements. O antigo embarcadouro avançava bastante, rio adentro, no Saint-Laurent.

— Aquele homem lá longe! — exclamou Julia, apontando para um vulto que se misturava na multidão.

— Que homem?

— Perto do sorveteiro, de paletó preto — explicou.

— Não estou vendo!

Ela puxou Anthony pelo braço, forçando-o a acelerar o passo.

— Mas o que deu em você?

— Não perca tempo, vamos acabar perdendo ele!

Julia foi bruscamente envolvida pelo fluxo de visitantes que vinha pelo embarcadouro.

— Qual é o problema, afinal? — reclamou Anthony, que tinha dificuldade para segui-la.

— Vem, estou dizendo! — ela insistiu, sem querer perder tempo.

Mas Anthony não quis dar nem um passo a mais, se sentou num banco e Julia o deixou, indo quase a correr atrás do misterioso personagem que parecia mobilizar toda sua atenção. Voltou minutos depois, decepcionada.

— Perdi ele de vista.

— Pode explicar agora a brincadeira?

— Ali, perto dos vendedores ambulantes, tenho certeza de ter percebido o seu secretário particular.

— Meu secretário tem uma aparência sem nada de extraordinário. Está enganada, só isso.

— Nesse caso, por que parou tão de repente?

— Minha rótula... — respondeu Anthony Walsh em tom de queixa.

— Achei que não sentisse dor!

— Ainda algum problema desse programa estúpido. Além disso, seja um pouco mais tolerante, não tenho todos os comandos, sou uma máquina muito sofisticada... E mesmo que Wallace esteja aqui, é direito dele. Tem todo o tempo do mundo, agora que está aposentado.

— Provavelmente, mas seria uma coincidência bem estranha.

— O mundo é tão pequeno! Mas posso garantir que você o confundiu com alguém. Não disse que está com fome?

Julia ajudou o pai a se levantar.

— Acho que tudo voltou ao normal — ele afirmou, agitando a perna. — Está vendo? Posso até dar piruetas. Vamos andar um pouco mais, antes de comer.

*

Com a chegada da primavera, camelôs vendendo bobagens, suvenires e bugigangas de todo tipo para turistas armam seus estandes ao longo do passeio.

— Vem, vem por aqui — disse Anthony, levando a filha mais adiante no embarcadouro.

— Achei que íamos jantar.

Anthony viu uma bonita jovem que, por dez dólares, desenhava ao carvão o retrato de quem quisesse servir de modelo.

— Que ótimo traço! — exclamou Anthony, contemplando o trabalho.

Alguns esboços pregados numa grade atrás dela comprovavam o talento, e o retrato em execução naquele momento, de um turista, o confirmava. Julia não prestava atenção alguma à cena. Quando estava com fome, nada mais tinha importância para ela. E isso a levava a uma irresistível voracidade. À mesa, ela sempre impressionara os homens que a acompanhavam, fossem colegas de trabalho ou alguém que tivesse compartilhado momentos da sua vida. Adam, um dia, a desafiara com uma montanha de panquecas. Julia já atacava a sétima, quando o companheiro desistiu, ainda na quinta, vivendo os primeiros instantes de uma indigestão memorável. O mais injusto é que a silhueta parecia nunca se abalar com nenhum dos seus excessos.

— Vamos indo? — ela insistiu.

— Espera! — respondeu Anthony, tomando o lugar que o turista acabava de deixar.

Julia ergueu os olhos aos céus.

— O que está fazendo? — perguntou com impaciência.

— Um retrato meu! — respondeu Anthony, com uma voz satisfeita. E, olhando a artista que apontava o carvão, perguntou: — De frente ou de perfil?

— De viés? — propôs a moça.

— Lado esquerdo ou direito? — interrogou Anthony, mexendo-se no banquinho. — Sempre me disseram que, desse lado, meu perfil é mais elegante. O que acha? E você, Julia, o que diz?

— Nada! Absolutamente nada! — ela respondeu, virando as costas.

— Com todos aqueles doces borrachudos que devorou ainda há pouco, o seu estômago pode esperar um pouco mais. Nem entendo como pode ainda ter fome, tendo comido tanto.

Solidária, a retratista sorriu para Julia.

— É o meu pai, não nos víamos há anos, porque ele estava ocupado demais consigo mesmo, e a última vez que fizemos um passeio como esse foi me levando à escola, eu estava no jardim de infância! Está retomando nossa relação a partir daquele momento! Não conte que eu tenho mais de 30 anos, seria um choque para ele!

A moça encostou o carvão e olhou para Julia.

— Não vou conseguir, se continuar me fazendo rir.

— Está vendo? Você está perturbando o trabalho da senhorita. Dá uma olhada nos desenhos expostos, vai ser rápido.

— Ele está pouco ligando para o desenho, só se sentou aqui porque você é bonita! — explicou Julia à desenhista.

Anthony fez sinal para que a filha se aproximasse, como se quisesse contar um segredo. De má vontade, ela se debruçou.

— Quantas moças — perguntou ao seu ouvido — não sonhariam ver o pai tirando um retrato três dias depois de morto. Já pensou nisso?

Sem ter o que responder, Julia se afastou.

Mantendo a postura, Anthony observou a filha olhando os desenhos que não tinham sido comprados e outros que a jovem artista fazia por prazer, pela arte.

De repente, o rosto de Julia ficou paralisado. Os olhos se arregalaram e ela entreabriu os lábios, como se lhe faltasse ar. Seria possível que um traço de carvão reabrisse toda uma memória? O rosto preso à grade, a covinha esboçada no queixo, o leve calo ósseo que exagerava a maçã do rosto, o olhar que ela contemplava na folha de papel e que parecia igualmente contemplá-la, a fronte quase insolente fizeram-na recuar anos, na direção de emoções passadas.

— Tomas? — balbuciou.

9.

... Julia havia completado 18 anos no primeiro dia de setembro de 1989. Para comemorar, ia abandonar as aulas da faculdade em que Anthony Walsh a inscrevera, preferindo um programa de intercâmbio internacional, numa área bem diferente daquela que o pai havia escolhido. O dinheiro economizado nos últimos meses, trabalhando às escondidas como modelo nas salas do departamento de artes gráficas, junto às quantias extorquidas de colegas de jogatina, em fantásticas mesas de baralho, se juntariam a uma bolsa de estudos finalmente conseguida. A cumplicidade do secretário de Anthony Walsh fora fundamental para que Julia a obtivesse sem a oposição da diretoria da faculdade, tendo em vista a fortuna de seu pai. A contragosto e com vários "O que a senhorita me obriga a fazer... seu pai não pode saber jamais", Wallace aceitara assinar o formulário confirmando que seu patrão há muitos anos não assumia o sustento da própria filha. Apresentando seus certificados de trabalho, Julia convencera o administrador da universidade.

O passaporte foi pego numa breve e tumultuada visita à casa onde o pai vivia, em Park Avenue, a porta batida com toda a força, e Julia conseguiu tomar o ônibus rumo ao aeroporto JFK, aterrissando em Paris na manhã de 6 de outubro de 1989.

Um quartinho de estudante que ela, de repente, revia. A mesa de madeira colada à janela, com aquela vista única para os telhados do Observatório, a cadeira em liga de ferro, a luminária sobrevivente de outro século, a cama com lençóis um tanto ásperos, mas muito cheirosos, e as duas colegas que moravam no mesmo andar, cujos nomes ficaram perdidos no passado. Havia o bulevar Saint-Michel, que ela diariamente descia a pé, até a École des Beaux-arts. O boteco da esquina da rua Arago, com aquelas pessoas que fumavam no balcão, tomando café com conhaque pela manhã. Os sonhos de independência se realizavam e flerte algum vinha perturbar os estudos. Da noite à manhã e da manhã à noite, Julia desenhava. Tinha experimentado quase todos os bancos do Jardin du Luxembourg, percorrido cada uma das alamedas, deitado nos gramados proibidos, observado o passeio desajeitado dos passarinhos, que eram os únicos com autorização para estar ali. O mês de outubro passou, e a aurora do primeiro outono em Paris se apagou com os primeiros dias cinzentos de novembro.

No café Arago, numa noite como outra qualquer, estudantes da Sorbonne discutiam com fervor os acontecimentos na Alemanha. Desde o início de setembro, milhares de alemães do Leste atravessavam a fronteira húngara, tentando passar para o Ocidente. Na véspera, tinha havido em Berlim uma manifestação reunindo um milhão de participantes.

— É um acontecimento histórico! — gritou um dos estudantes.

Ele se chamava Antoine.

E uma onda de recordações despertou sua memória.

— Temos que ir lá — propôs um outro.

Este último era Mathias. Como me lembro, fumava o tempo todo, por qualquer coisa se empolgava, falava sem parar e, se não tivesse o que dizer, cantarolava. Eu nunca tinha visto alguém com tanto medo do silêncio.

Um grupo se organizou. Um carro partiria naquela mesma noite rumo à Alemanha. Revezando-se na direção, chegariam a Berlim por volta do meio-dia.

O que havia feito Julia erguer a mão naquele fim de tarde, no meio do café Arago? Qual força a fizera ir até a mesa dos estudantes da Sorbonne?

— Posso ir com vocês? — ela perguntou, se aproximando.

Lembro de cada palavra.

— Sei dirigir e dormi o dia inteiro.

Era mentira.

— Posso ficar no volante por horas a fio.

Antoine consultou o grupo. *Foi Antoine ou Mathias?* Não fazia diferença, pois a votação, quase por unanimidade, a integrou à epopeia que se preparava.

— Uma americana, devemos isso a eles! — acrescentara Mathias, com Antoine ainda hesitante.

E concluiu, erguendo a mão:

— Quando voltar ao seu país, vai poder confirmar a simpatia dos franceses com relação a todas as revoluções em andamento.

Abriu-se espaço na mesa e Julia se sentou no meio dos novos amigos. Um pouco mais tarde, distribuíram-se abraços no bulevar Arago, beijos em rostos desconhecidos, mas, já que fazia parte da viagem, era preciso se despedir dos que continuariam em Paris. Tinham 1.000 quilômetros pela frente, não podiam perder tempo. Naquela noite de 7 de novembro, subindo o Sena pelo cais de Bercy, Julia não imaginava de forma alguma estar se despedindo de Paris e que não voltaria a ver o telhado do Observatório da janela do seu quartinho de estudante.

Senlis, Compiègne, Amiens, Cambrai, nomes misteriosos, escritos em placas que passavam à beira da estrada, de cidades desconhecidas. Antes de meia-noite, se dirigindo à Bélgica, em Valenciennes, Julia assumiu o volante.

Na fronteira, os guardas da alfândega estranharam o passaporte americano apresentado por Julia, mas a carteira de estudante em belas-artes funcionou como salvo-conduto e a viagem prosseguiu.

Mathias cantava o tempo todo e isso irritava Antoine, mas eu mesma me exercitava, tentando guardar as letras que nem sempre compreendia. Isso me manteve acordada.

Essa lembrança fez Julia sorrir e outras vieram em sequência. Primeira parada, num estacionamento da autoestrada. *O dinheiro que tínhamos era contado; havíamos optado por baguetes de pão e fatias de presunto.* Uma garrafa de Coca-Cola fora comprada em homenagem a ela que, afinal, tomou só um gole.

Os companheiros de viagem falavam rápido demais e muitas frases escapavam do seu entendimento. E ela que achava que seis anos de curso de francês tinham-na tornado quase bilíngue! *Por que papai tinha querido que eu aprendesse a língua? Seria por gratidão aos meses passados em Montreal?* Mas era preciso voltar à estrada.

Depois de Mons, eles se enganaram de saída em La Louvière. Atravessar Bruxelas foi uma aventura. Ali também se falava francês, mas com um sotaque que tornava a língua mais compreensível para uma americana, apesar de muitas expressões lhe serem totalmente desconhecidas. E por que Mathias achou tão engraçado quando um transeunte, muito gentil, indicou o caminho para Liège? Antoine refez os cálculos, o desvio custaria pelo menos uma hora, e Mathias pediu encarecidamente que acelerassem. A revolução não os esperaria. Nova consulta ao mapa, meia-volta imediata e, como a estrada pelo norte seria comprida demais, fomos pelo sul, em direção a Düsseldorf.

Antes disso, foi preciso atravessar o Brabant flamengo, onde o francês já desaparecia. Que extraordinário país, em que se falam três línguas tão diferentes, a poucos quilômetros de distância! "O país dos quadrinhos e do humor", respondera Mathias, insistindo para que Julia acelerasse mais. Nas proximidades de Liège, as pálpebras estavam pesadas e o carro deu uma preocupante derrapada.

Parada na pista lateral para que recuperassem os espíritos, reclamação de Antoine e ela foi deixada de quarentena, no banco de trás.

Julia não se ofendeu com o castigo e mal se lembrava da travessia da fronteira alemã-ocidental. Mathias, que tinha salvo-conduto diplomático, por seu pai ser embaixador, conseguiu, com jeitinho, que o funcionário da alfândega não acordasse sua meio-irmã àquela hora tardia. Ela acabava de chegar da América.

Compreensivo, o guarda se contentou com uma inspeção dos documentos que estavam no porta-luvas. Quando Julia abriu os olhos, estavam chegando a Dortmund. Por unanimidade, com uma abstenção, pois ela não fora consultada, decidira-se por uma escala para um café da manhã de verdade. Era a manhã de 8 de novembro e, pela primeira vez em toda a sua vida, ela acordava na Alemanha. No dia seguinte, o mundo que ela havia até então conhecido mudaria de rumo, carregando junto a sua vida de jovem estudante, em sua corrida imprevista.

Depois de Bielefeld, foram para Hannover e Julia voltou ao volante. Antoine quis se opor, mas nem ele nem Mathias estavam em condições de dirigir e Berlim ainda estava longe. Os dois cúmplices logo pegaram no sono e Julia pôde, finalmente, aproveitar alguns curtos instantes de silêncio. O carro já se aproximava de Helmstedt. A travessia, ali, era mais perigosa. Logo adiante, o arame farpado delimitava a divisa da Alemanha Oriental. Mathias abriu os olhos e mandou que Julia encostasse o mais rapidamente possível ao lado da estrada.

Distribuíram-se os papéis, Mathias assumiu o volante, Antoine se sentou à frente e Julia no banco de trás. O passaporte diplomático seria o abre-te sésamo para convencer a alfândega a deixá-los continuar. "Ensaio geral", insistiu Mathias. Nada de falar do verdadeiro objetivo. Quando perguntassem o motivo da viagem à República Democrática Alemã, Mathias diria que ia visitar o pai, diplomata em Berlim. Julia usaria sua nacionalidade americana, dizendo que o pai também era funcionário em Berlim. "E eu?", perguntara Antoine. "Você, bico calado!", respondeu Mathias, dando a partida.

À direita, um espesso bosque de pinheiros margeava a estrada. Logo adiante, surgiu o volume sombrio do posto de fronteira. A zona era tão ampla que parecia uma estação rodoviária. O carro deles entrou entre dois caminhões. O policial fez sinal para que mudassem de fila. Mathias já não sorria mais.

Bem mais altas do que as árvores que desapareciam no horizonte, duas torres cheias de holofotes se erguiam de ambos os lados. Apenas um pouco mais baixas e frente a frente, quatro cabines de vigilância se perfilavam. Uma placa indicando "Marienborn, Guarita de fronteira" dominava os portões gradeados que se fechavam atrás de cada veículo.

No primeiro controle, o porta-malas foi aberto. As bolsas de Antoine e de Mathias foram examinadas e Julia se deu conta de que não trouxera bagagem alguma. Nova indicação para que avançassem, com uma passagem obrigatória por um corredor cercado de barracões brancos em metal laminado, para o controle dos documentos. Um policial ordenou que Mathias estacionasse no acostamento e o seguisse. Antoine resmungou que fazer aquela viagem tinha sido pura loucura, coisa que vinha dizendo desde o início, e Mathias relembrou a todos o que haviam combinado antes de ele pegar o volante. Com um olhar, Julia perguntou o que se esperava dela. *Mathias pegou nossos passaportes, lembro como se fosse ontem. Seguiu o guarda da alfândega. Antoine e eu o esperamos e, apesar de estarmos a sós, debaixo de uma lúgubre estrutura de metal, não dissemos uma palavra, obedecendo ao pé da letra o que ele nos dissera. Depois Mathias voltou a aparecer, com o policial atrás. Nem Antoine nem eu podíamos adivinhar o que aconteceria. O jovem soldado nos olhou, um de cada vez. Entregou os passaportes a Mathias e fez sinal para que seguisse em frente. Eu nunca havia passado por aquele tipo de medo, nunca havia tido aquela sensação de invasão que entra por baixo da pele e nos gela até os ossos. O carro avançou lentamente, até o ponto seguinte de controle e de novo parou numa gigantesca área coberta, onde tudo recomeçou. Mathias voltou a se dirigir a outros barracões, mas, quando voltou, vimos logo, pelo sorriso, que dessa vez a estrada para Berlim estava aberta. Proibiram-nos de sair da autoestrada até chegarmos ao destino.*

*

A brisa que soprava no passeio do antigo porto de Montreal fez Julia estremecer. Mas seus olhos permaneceram presos à imagem, desenhada com carvão, de um rosto de homem surgido de outro tempo, sobre um fundo bem mais alvo do que o de metal laminado dos barracões erguidos na fronteira que costumava dividir a Alemanha.

*

Tomas, eu caminhava na sua direção. Éramos despreocupados e você ainda estava vivo.

Foi preciso mais de uma hora para que Mathias voltasse a ter vontade de cantar. Com exceção de alguns caminhões, todos os veículos por que passávamos ou ultrapassávamos eram modelos Trabant. Como se todos os moradores do país quisessem possuir o mesmo automóvel, para nunca rivalizar com o do vizinho. O nosso, então, causava grande impacto, uma Peugeot 504, que parecia bastante imponente naquela autoestrada; não havia motorista que não a olhasse, maravilhado, ao ser ultrapassado.

Vieram Schermen, Theessen, Köpernitz, Magdeburg e enfim Potsdam; só faltavam 50 quilômetros para Berlim. Antoine quis imperativamente ser ele a dirigir quando entrassem no subúrbio. Julia deu uma risada, lembrando que seus compatriotas tinham libertado a cidade há quase 45 anos.

— E continuam lá! — respondeu imediatamente Antoine, com tom mordaz.

— Com vocês, franceses — replicou Julia, igualmente ferina.

— Os dois me cansam! — cortou Mathias.

E, de novo, todos se calaram, até a fronteira seguinte, às portas da ilha ocidental incrustada na Alemanha Oriental. Ninguém disse uma palavra até entrar na cidade e, de repente, Mathias exclamou: *Ich Bin ein Berliner!*

10.

Todos os cálculos de itinerário que haviam feito se mostraram errados. A tarde de 8 de novembro já quase chegava ao fim, mas ninguém se incomodava com o atraso acumulado na estrada. Estavam exaustos e ignoravam o cansaço. Na cidade, a excitação era palpável, sentia-se que algo ia acontecer. O que Antoine dissera estava certo; quatro dias antes, do outro lado da Cortina de Ferro, um milhão de alemães-orientais tinham se manifestado exigindo maior liberdade. O muro, patrulhado noite e dia por soldados e cães policiais, tinha separado pessoas que se amavam, que tinham vivido juntas e se mantinham na expectativa, sem realmente ousar imaginar o momento em que, finalmente, voltariam a se reunir. Famílias, amigos ou simples vizinhos, isolados há 28 anos por 43 quilômetros de concreto, de arame farpado, de postos de vigilância tão brutalmente erguidos durante o triste verão que havia marcado o início da Guerra Fria.

À mesa de um café, os três amigos estavam atentos ao que se dizia ao redor. Antoine se concentrava ao máximo, pondo à prova os conhecimentos adquiridos no liceu e traduzindo simultaneamente para Mathias e Julia os comentários dos berlinenses. O regime comunista não duraria muito tempo mais. Muitos inclusive achavam que os pontos de travessia não demorariam a ser abertos. Tudo tinha mudado desde a visita de Gorbachev à Alemanha Oriental, no mês de outubro. Vindo tomar uma cerveja às pressas, um repórter do jornal *Tagesspiegel* disse que a redação em que trabalhava estava em plena ebulição.

As manchetes normalmente já definidas àquela hora continuavam à espera. Algo importante estava prestes a acontecer, ele nada mais podia acrescentar.

Ao cair da noite, o cansaço da viagem falou mais alto. Julia não continha mais os bocejos e foi tomada por uma crise de soluços. Mathias apelou para todo truque que sabia, a começar pelo susto, mas cada tentativa dava em gargalhadas e as contrações de Julia dobravam de intensidade. Antoine quis ajudar, impondo posições de ginástica acrobática para engolir um copo d'água de cabeça baixa e braços em cruz. Era um artifício infalível, mas falhou e os espasmos continuaram cada vez mais fortes. Alguns clientes do bar propuseram outras estratégias. Tomar um chope de uma só vez resolveria o problema, parar de respirar o maior tempo possível, tapando o nariz, se deitar no chão e dobrar os joelhos sobre a barriga. Cada um tinha sua técnica pessoal, até que um médico solidário, que bebia sua cerveja de pé no balcão, disse a Julia, num inglês quase perfeito, que fosse dormir. As olheiras que tinha revelavam que estava exausta. Dormir seria o melhor remédio. Os três amigos partiram à procura de um albergue.

Antoine procurou se informar sobre onde poderiam se hospedar. Como o cansaço também não o poupara, o barman não conseguiu entender o que ele dizia. Acabaram encontrando dois quartos interligados num hotelzinho. Os dois rapazes ficaram em um e Julia no outro. Arrastaram-se até o terceiro andar e, separados, cada um desabou numa cama, exceto Antoine, que passou a noite num edredom, no chão mesmo. Mathias, mal chegou, havia caído na cama e pegado imediatamente no sono, atravessado no colchão.

*

A retratista lutava para terminar seu desenho. Três vezes ela chamara a atenção do cliente, mas Anthony Walsh não estava muito preocupado com isso. Enquanto a moça se esforçava para captar a expressão do rosto, ele sem parar mexia a cabeça para observar a filha. Mais adiante, Julia olhava fixamente o mostruário da desenhista. Com um ar ausente, ela parecia ter partido para outras paragens. Nenhuma vez, desde que ele se sentara, ela tirara os olhos do desenho que contemplava. Ele chamou-a, mas ela não respondeu.

*

Era quase meio-dia de 9 de novembro, quando os três se encontraram no hall do hotel. À tarde, visitariam a cidade. *Poucas horas, Tomas, mais algumas horas e eu o encontrarei.*

O primeiro passeio foi à Coluna da Vitória. Mathias achou que impressionava mais do que a da Place Vendôme, mas Antoine observou que esse tipo de comparação não leva a nada. Julia perguntou se os dois brigavam daquele jeito o tempo todo e os dois rapazes olharam surpresos para ela, sem entender do que estava falando. A rua de comércio de Ku'Damm foi a segunda etapa e eles percorreram a pé uma centena de outras vias, às vezes pegando um bonde, quando Julia não aguentava mais andar. No meio da tarde, se recolheram diante da Igreja da Lembrança, que os berlinenses haviam batizado "dente cariado", porque uma parte do prédio fora destruída em bombardeios da última guerra, ficando com a forma particular que lhe valera o apelido. Tinham-na mantido tal qual ficara, servindo ao mesmo tempo como memorial.

Às 18h30, Julia e os dois amigos se encontravam à beira de um parque, que decidiram atravessar a pé.

Um pouco mais tarde, um porta-voz do governo alemão-oriental deu uma declaração que mudaria a face do mundo, ao menos naquele fim de século XX. Os alemães do Leste estavam autorizados a sair, livres para ir ao lado ocidental, sem que soldado algum dos pontos de controle lhes soltasse os cachorros em cima ou os metralhasse. Quantos homens, mulheres e crianças não tinham morrido durante os tristes anos de Guerra Fria, tentando cruzar o Muro da Vergonha? Várias centenas haviam ali deixado a vida, abatidos por balas dos diligentes vigias.

Os berlinenses estavam simplesmente livres para sair. Um repórter quis saber do porta-voz a partir de quando a medida estaria em vigor. Entendendo mal a questão levantada, ele respondeu: Agora!

Às oito da noite, a informação foi divulgada por todas as rádios e TVs dos dois lados da Alemanha, como um eco persistente da incrível notícia.

Milhares de alemães-ocidentais foram até os pontos de passagem. Milhares de alemães-orientais fizeram o mesmo. E no meio dessa multidão que partia rumo à liberdade, dois franceses e uma americana se deixaram levar por aquela onda.

Às 22h30, nos lados oriental e ocidental, uma multidão se dirigia aos diferentes postos de controle. Os militares, atropelados pelos acontecimentos, pressionados pelos milhares de indivíduos sedentos de liberdade, se viram, literalmente, contra o muro. Em Bornheimer Strasse as barreiras foram suspensas e a Alemanha deu início à caminhada para a unificação.

Você percorria a cidade, correndo as ruas em busca da liberdade, e eu ia na sua direção, sem saber nem compreender qual força me empurrava a seguir em frente. Aquela vitória não era minha, aquele país não era o meu, aquelas avenidas eram estranhas para mim, mas era eu a estrangeira. Por minha vez, corri, corri para escapar daquela multidão opressiva. Antoine e Mathias me protegiam; andamos ao longo do interminável cercado de concreto que pintores da esperança tinham colorido sem parar. Alguns dos seus compatriotas, julgando insuportáveis aquelas últimas horas de expectativa, começavam a escalá-lo. Do lado de cá do mundo, nós olhávamos. À minha direita, alguns abriam os braços para amortecer a queda de vocês, à minha esquerda, outros subiam nos ombros dos mais fortes para vê-los vir correndo, ainda prisioneiros do torno de ferro por uns poucos metros. E nossos gritos se misturavam aos de vocês, tentando incentivá-los, tentando apagar o medo, assinalando que estávamos ali. E, de repente, eu, a americana que tinha fugido de Nova York, filha de uma pátria que havia combatido a sua, no meio de tanta humanidade restabelecida me tornava alemã. Na ingenuidade da minha adolescência, também murmurei Ich Bin ein Berliner *e chorei. Chorei tanto, Tomas...*

*

E nesta noite, perdida numa outra multidão, entre turistas passeando num embarcadouro em Montreal, Julia chorava. As lágrimas escorriam por seu rosto, enquanto contemplava um rosto desenhado a carvão.

Anthony Walsh não tirava os olhos dela. Chamou-a de novo.

— Julia? Está tudo bem?

A filha estava longe demais para ouvir, como se vinte anos os separassem.

*

... O tumulto na multidão aumentava. As pessoas se colavam ao muro. Alguns começaram a quebrá-lo com as ferramentas que encontravam: chaves de parafuso, pedras, picaretas de alpinismo, canivetes, meios derrisórios, mas era preciso que o obstáculo cedesse. Em seguida, a poucos metros de mim, o incrível aconteceu; um dos maiores violoncelistas do mundo estava em Berlim. Ao saber o que estava acontecendo, ele se juntara a nós, a vocês. Apoiou no chão o instrumento e começou a tocar. Foi naquela noite ou na noite seguinte? Pouco importa, suas notas musicais também derrubaram o muro. Fá, lá, si, *uma melodia que viajava até vocês, numa pauta em que flutuavam ares de liberdade. Eu não era mais a única a chorar, você sabe. Vi muitas lágrimas naquela noite. As de uma mãe e sua filha que se abraçavam tão forte, emocionadas demais por se encontrarem após 28 anos sem se verem, se tocarem, se respirarem. Vi pais de cabelos brancos acharem ter reconhecido o filho, no meio de mil outros. Vi aqueles berlinenses que apenas as lágrimas podiam libertar do mal que lhes fora feito. E, de repente, no meio de tudo, vi o seu rosto aparecer, lá no alto do muro, o rosto cinzento de poeira, e os olhos. Foi o primeiro homem que descobri assim, você, alemão do leste, e eu a primeira jovem do Ocidente que você via.*

*

— Julia! — gritou Anthony Walsh.

Ela lentamente se virou na sua direção, sem conseguir dizer uma palavra, e voltou ao desenho.

*

Você continuou içado por longos minutos no mesmo lugar e nossos olhos abismados não se desviavam um do outro. Você tinha um mundo novo que se oferecia inteiro e me encarava como se nossos olhos estivessem ligados por um fio invisível. Eu chorava como uma idiota e você sorriu para mim. Passou a perna por cima do muro e pulou, fiz como faziam todos e abri os braços. Você caiu em cima de mim e rolamos os dois por aquele chão em que você nunca havia pisado. Me pediu desculpas em alemão e respondi bom-dia em inglês. Você se levantou e bateu a poeira dos meus ombros como se esse gesto fosse seu desde sempre. Disse palavras que eu não entendia. De vez em quando, balançava a cabeça. Ri porque estava sendo ridículo e eu ainda mais. Estendeu a mão e articulou o nome que eu iria repetir tantas vezes, nome que há tanto tempo não pronunciava mais. Tomas.

*

No cais, uma mulher esbarrou nela, sem se dar o trabalho de parar. Julia não deu a menor bola. Um vendedor ambulante de bijuterias balançou à sua frente um colar de madeira clara e ela lentamente recusou com a cabeça, sem ouvir qualquer dos argumentos que ele dizia como se recitasse uma prece. Anthony deu os dez dólares à desenhista e se levantou. Ela mostrou o trabalho, a expressão estava correta e a semelhança perfeita. Satisfeito, ele pôs de novo a mão no bolso e dobrou a soma pedida. Deu alguns passos na direção de Julia.

— O que você tanto olha há dez minutos?

*

Tomas, Tomas, Tomas, eu tinha esquecido o quanto é bom dizer o seu nome. Esqueci sua voz, sua covinha e seu sorriso, até que esse desenho tão parecido me fizesse lembrar. Gostaria que nunca tivesse ido fazer a cobertura daquela guerra. Se eu tivesse sabido, no dia em que você disse que queria ser repórter, se soubesse como tudo terminaria, teria dito que era uma má ideia.

A resposta seria a de que não pode ser má profissão transmitir a verdade do mundo, mesmo que a fotografia seja cruel, principalmente as que incomodam.

Com a voz subitamente grave, teria gritado que se a imprensa conhecesse a realidade do que se passava do outro lado do muro, os que nos governam teriam vindo bem antes para derrubá-lo. Mas eles sabiam, Tomas, conheciam a vida de cada um de vocês, passavam o tempo a espiá-los; os que nos governam não têm essa coragem e eu consigo te ouvir dizer ser preciso ter crescido como eu, em cidades em que se pode pensar e falar livremente, para poder desistir de correr riscos. Teríamos discutido a noite inteira e ainda pela manhã e no dia seguinte. Se soubesse o quanto nossas discussões me fizeram falta, Tomas.

Sem mais argumentos, eu teria cedido, como no dia em que fui embora. Como retê-lo, já que fora tão privado de liberdade? Você tinha razão, Tomas, e seguiu uma das mais belas profissões do mundo. Encontrou Massud? Conseguiu enfim a entrevista, agora que ambos estão no céu? Valeu a pena? Ele morreu anos depois de você. Milhares de pessoas seguiram seu funeral pelo vale do Panchir, mas ninguém pôde juntar os restos do seu corpo. Qual teria sido a minha vida se aquela mina não tivesse explodido o seu carro, se eu não tivesse tido medo, se não o tivesse abandonado pouco tempo antes?

*

Anthony pôs a mão no ombro de Julia.

— Com quem afinal você está falando?

— Com ninguém — ela respondeu, com um sobressalto.

— Parece hipnotizada por esse desenho, seus lábios estão tremendo.

— Me deixa — ela respondeu baixinho.

*

Houve um momento de constrangimento, um instante de fragilidade. Te apresentei Antoine e Mathias, insistindo bem claramente na palavra "amigos", que repeti seis vezes para que entendesse. Bobagem, o inglês que você falava então não era dos melhores. Talvez tenha compreendido, e sorriu, abraçando-os. Mathias o apertou nos braços, congratulando-o, e Antoine se limitou a um aperto de mão, mas estava tão comovido quanto o companheiro. Partimos os quatro para a cidade. Você procurava alguém, achei que uma mulher, mas era um amigo de infância. Como ele conseguira cruzar o muro com a família dez anos antes, você nunca mais o havia visto. Mas como achar um amigo no meio de milhares de pessoas que se beijam, cantam, bebem e dançam em plena rua? Você disse: o mundo é grande, mas a amizade é imensa. Não sei se pelo sotaque ou pela ingenuidade da frase, Antoine debochou; mas achei delicioso o pensamento. Quem sabe aquela vida que tanto o maltratara havia preservado em você sonhos de criança que nossa liberdade sufocara? Resolvemos te ajudar e percorremos juntos as ruas de Berlim Ocidental. Você andava decidido como se há muito tempo tivessem marcado encontro em algum lugar. Andando, olhava atentamente todos os rostos, esbarrava nas pessoas, virava o tempo todo para trás. O sol não tinha ainda surgido quando Antoine parou no meio de uma praça e gritou: "Mas podemos pelo menos saber o nome desse sujeito que procuramos há horas, feito idiotas?" Você não entendeu a pergunta. Antoine gritou, mais forte ainda, "nome, Name, Vorname!". Você se aborreceu e respondeu, berrando "Knapp!". Era o nome do amigo procurado. Antoine, então, para que entendesse que não era com você que ele tinha se irritado, se pôs também a berrar "Knapp! Knapp!".

Com um riso descontrolado, Mathias se juntou a ele e eu também gritei "Knapp, Knapp". Você nos olhou como se estivéssemos loucos, riu também e também repetiu "Knapp, Knapp". Nós quase dançávamos, cantando aos berros o nome do amigo procurado há dez anos.

No meio da gigantesca multidão, um rosto se virou. Vi os seus olhares se cruzarem, um homem da sua idade te olhava fixo. Tive quase ciúmes.

Como dois lobos separados da matilha que se encontram num ponto da floresta, ficaram imóveis, se observando. E Knapp disse seu nome: "Tomas?" Eram belas as suas silhuetas no calçamento de Berlim Ocidental. Você apertou o amigo nos braços. A alegria dos rostos era sublime. Antoine chorou, Mathias o consolou. Se fossem separados por tanto tempo, a felicidade ao se reencontrarem seria igual, ele jurou. Antoine chorou ainda mais, dizendo que seria impossível, pois não se conheciam há tanto tempo. Você encostou a cabeça no ombro do melhor amigo. Percebeu que eu olhava e logo se endireitou e repetiu para mim "O mundo é grande, mas a amizade é imensa"; e Antoine ficou inconsolável.

Nos sentamos no terraço de um bar. O frio nos cortava a face, mas nem ligávamos. Knapp e você estavam um pouco afastados. Dez anos de vida a se recuperar é algo que exige muito vocabulário e, às vezes, alguns silêncios. Não nos separamos aquela noite nem no dia seguinte. Na outra manhã, você explicou a Knapp que precisava ir embora. Não podia ficar mais, sua avó morava do outro lado. Não podia deixá-la sozinha, era o seu único apoio. Ela teria 100 anos esse inverno, espero que ela também o tenha encontrado no lugar em que estão agora. Como gostei da sua avó! Era tão bonita quando fazia tranças nos compridos cabelos brancos, antes de vir bater na porta do nosso quarto. Você prometeu ao amigo que voltaria logo se a situação não retrocedesse. Knapp garantiu que nunca mais as portas se fechariam e você disse "Pode ser, mas se levar mais dez anos para a gente se rever, vou continuar a pensar diariamente em você".

Levantou-se então e nos agradeceu aquele presente que havíamos dado. Não tínhamos feito nada, mas Mathias disse que não havia de quê, se dizendo encantado por ter sido útil; Antoine propôs que o acompanhássemos até o ponto de passagem entre Oeste e Leste.

Lá fomos nós; seguimos todos os que, como você, voltavam porque, com ou sem revolução, suas famílias e suas casas estavam do outro lado da cidade.

No caminho, você pegou a minha mão, eu permiti e andamos assim por quilômetros.

*

— Julia, você está tremendo e vai acabar se resfriando. Vamos. Se quiser, podemos comprar o desenho e vai poder olhar para ele o quanto quiser, no quente.

— Não, ele não tem preço, deve continuar aqui. Só mais uns minutos e nós vamos embora.

*

Dos dois lados do posto de controle, alguns ainda insistiam em quebrar o concreto. Era preciso dizer adeus. Você se despediu de Knapp em primeiro lugar. "Telefone, assim que possível", ele acrescentou, entregando um cartão de visitas. Foi por ele ser jornalista que você quis seguir essa profissão? Alguma promessa de adolescente? Cem vezes fiz a pergunta e cem vezes você evitou responder, com um daqueles sorrisos com o canto da boca que me dirigia quando eu te irritava. Você apertou as mãos de Antoine e de Mathias e se virou para mim.

Se soubesse, Tomas, como tive medo naquele dia, medo de nunca vir a conhecer os seus lábios. Você havia entrado na minha vida como o verão, quando ele chega, sem avisar, com brilhos de luz que se encontram pela manhã. Passou a palma da mão na minha face, prosseguiu ao longo do rosto e beijou cada uma das minhas pálpebras. "Obrigado." Foi tudo que disse, já se afastando. Knapp nos observava, percebi seu olhar. Como se esperasse uma palavra minha, algo que ele próprio gostaria de encontrar para apagar para sempre os anos em que estiveram afastados. Anos que tinham organizado ambas as vidas de forma tão diferente; ele, que voltava ao jornal dele, e você, ao Leste.

Eu gritei "Me leva com você! Quero conhecer essa avó que está te fazendo ir embora" e não esperei a resposta, peguei a sua mão e juro que seria preciso juntar todas as forças do mundo para que alguém me fizesse soltar. Knapp deu de ombros e, diante da sua surpresa, disse: "O caminho agora está livre, voltem quando quiserem!"

Antoine quis me convencer a desistir, achando ser uma loucura o que eu fazia. Talvez, mas eu nunca havia sentido semelhante embriaguez. Mathias deu-lhe uma cotovelada, o que tinha ele que se meter? Foi até mim e me beijou. "Telefona quando voltar a Paris", disse, rabiscando seu número num pedaço de papel. Beijei também os dois e nós fomos embora. Eu nunca mais voltei a Paris, Tomas.

Eu te segui; no amanhecer de 11 de novembro, aproveitando a confusão reinante, atravessamos a fronteira e talvez eu fosse, naquela manhã, a primeira estudante americana a entrar em Berlim Oriental, mas mesmo que não fosse este o caso, era a mais feliz.

Sabe?, mantive minha promessa. Lembra daquele café sombrio em que você me fez jurar que, se o destino nos separasse, eu devia ser feliz, a qualquer custo? Sei que disse isso porque a minha maneira de te amar te sufocava, que havia sofrido o bastante por falta de liberdade para aceitar que eu prendesse minha vida à sua. E mesmo que eu te detestasse por abalar minha felicidade com o pior, mantive minha palavra.

Vou me casar, Tomas, quer dizer, devia ter me casado sábado, mas a cerimônia foi adiada. É uma longa história, mas foi o que me trouxe até aqui. Talvez por precisar rever mais uma vez o seu rosto. Dê um beijo na sua avó, no céu, por mim.

*

— Essa situação é ridícula, Julia. Se pudesse se ver, parece o seu pai com problemas de bateria! Está aí parada há 15 minutos, e ainda com murmúrios...

Como resposta, Julia se afastou. Anthony Walsh apertou o passo para chegar até ela.

— Posso enfim saber o que está acontecendo? — ele insistiu, ao alcançá-la.

Mas Julia permaneceu fechada em seu silêncio.

— Olha — voltou ele, mostrando seu retrato. — Está muito bom. Toma, é seu — acrescentou, jovial.

Julia o ignorou e continuou a andar na direção do hotel.

— Bom, dou mais tarde! Visivelmente, não é o melhor momento.

E como Julia continuava muda, Anthony Walsh emendou:

— Por que será que o desenho que você olhava tão atentamente me lembra alguma coisa? Imagino que deva ter alguma relação com o seu comportamento estranho lá no embarcadouro. Não sei, mas algo naquele rosto me é familiar.

— Porque a sua mão fechada socou o rosto em questão, no dia em que você veio me buscar em Berlim. Porque era o rosto do homem que eu amava quando tinha 18 anos, e de quem você me separou, me levando a força para Nova York!

11.

O restaurante estava quase lotado. Um garçom polido ofereceu duas taças de champanhe. Anthony não tocou na sua. Julia bebeu a primeira de uma só vez, tomou a do pai e fez sinal para que o garçom servisse mais. Antes até de trazerem o cardápio, ela já estava alta.

— Devia parar por aí — aconselhou Anthony no momento em que a filha pedia uma quarta taça.

— Por quê? É cheio de bolinhas e tem gosto bom!

— Você está bêbada.

— Ainda não — disse ela, com um riso agressivo.

— Podia ir um pouco mais devagar. Quer estragar o nosso primeiro jantar? Não há a menor necessidade de você passar mal, é só dizer que prefere ir embora.

— Isso é que não! Estou faminta!

— Você pede que te sirvam no quarto, se preferir.

— Ainda nesse assunto, creio que realmente eu não tenho mais idade para ouvir esse tipo de coisa.

— Quando você era criança, tinha exatamente o mesmo comportamento quando queria me provocar. E tem toda razão, Julia, não temos mais idade para isso, nem você nem eu.

— Pensando bem, foi a única escolha que você não fez no meu lugar!

— Qual?

— Tomas!

— Não, foi a primeira; por si só, você fez muitas outras em seguida, é só se lembrar.

— Você sempre quis controlar minha vida.

— É uma doença que afeta muitos pais e, ao mesmo tempo, uma crítica bastante contraditória a alguém que é acusado de ter estado tão ausente.

— Teria preferido que você estivesse ausente, mas você se contentou em não estar ali!

— Você está bêbada, Julia, está falando alto e sendo inconveniente.

— Inconveniente? Não foi inconveniente chegar sem avisar e aos gritos naquele apartamento em Berlim, a ponto de aterrorizar a avó do homem que eu amava até ela dizer onde nós estávamos? Ou derrubar a porta do quarto onde a gente estava dormindo e quebrar o maxilar do Tomas logo em seguida? Não acha que foi inconveniente?

— Digamos que excessivo, admito.

— Admite? Não foi inconveniente me puxar pelos cabelos até o carro que esperava na rua? Me fazer atravessar o hall do aeroporto, me sacudindo tão forte pelo braço que eu parecia uma boneca desarticulada? Quando apertou meu cinto, achando que eu podia saltar do avião em pleno voo, nada disso foi inconveniente? Não foi inconveniente quando, chegando em Nova York, me jogou no meu quarto como uma criminosa, trancando a porta a chave?

— Certas horas eu me pergunto se não fiz bem em morrer semana passada!

— Por favor, não vai começar com as suas frases grandiloquentes!

— Isso não tinha nada a ver com a sua deliciosa conversa, estava pensando em outra coisa.

— O quê, por exemplo?

— Na sua atitude desde que viu o desenho que se parecia com o Tomas.

Julia arregalou os olhos.

— Qual a relação com a sua morte?

— É engraçado como frase, não acha? Digamos que sem querer impedi que você se casasse sábado! — concluiu Anthony Walsh com um grande sorriso.

— E isso te alegra a esse ponto?

— Que o casamento tenha sido adiado? Até há bem pouco, eu lamentava sinceramente, agora menos...

Incomodado com os dois clientes que falavam um tanto alto, o garçom se aproximou, propondo anotar o pedido. Julia pediu uma carne.

— Qual o ponto? — perguntou o garçom.

— Provavelmente crua! — respondeu Anthony Walsh.

— E para o cavalheiro?

— Vocês teriam pilhas? — perguntou Julia.

E como o garçom não soube o que responder, Anthony Walsh avisou que não jantaria.

— Casar é uma coisa — disse à filha —, mas me permita dizer que passar a vida inteira com alguém não é igual. É preciso muito amor, muito espaço. Um território que se inventa a dois e no qual nós não podemos nos sentir sufocados.

— E quem é você para julgar meus sentimentos para com o Adam? Você nem conhece ele.

— Não estou falando do Adam, e sim de você, desse espaço que vai ser preciso oferecer; e se o horizonte de vocês já se esconde por trás da lembrança de um terceiro, a aposta numa vida em comum me parece longe de estar ganha.

— E você pode falar de cátedra, não é?

— Sua mãe morreu, Julia, e eu não tive nada a ver com isso, mesmo que você continue a me culpar.

— Tomas também morreu e mesmo que, igualmente, não tenha sido culpa sua, vou sempre ter uma má lembrança de você nisso tudo. Como você pode ver, em matéria de espaço, com relação ao Adam e a mim, nós temos todo o universo em aberto.

Anthony Walsh tossiu e algumas gotas de suor brotaram em sua testa.

— Você transpira? — perguntou Julia, surpresa.

— Uma ligeira disfunção tecnológica que eu evitaria de bom grado — disse ele, passando delicadamente o guardanapo no rosto. — Você tinha 18 anos, Julia, e queria começar a vida com um comunista que conhecia há poucas semanas!

— Quatro meses!

— Dezesseis semanas, então!

— E era alemão do Leste, não comunista.

— Isso melhora tudo!

— Se tem algo que eu nunca vou esquecer é por que, em certos momentos, eu te detestava tanto!

— Tínhamos combinado, nada de pretérito imperfeito entre nós, lembra? Não tenha medo de falar comigo no presente; apesar de morto, eu ainda sou seu pai, ou o que resta dele...

O garçom serviu o prato de Julia. Ela pediu que enchesse o seu copo. Anthony Walsh pôs a mão em cima da taça de champanhe.

— Nós ainda temos coisas a dizer, eu creio.

O homem se afastou sem esperar mais nada.

— Você estava morando em Berlim Oriental, eu não tinha notícias suas há meses. Qual seria a próxima etapa, Moscou?

— Como descobriu onde eu estava?

— Pelo artigo que você publicou num jornal alemão ocidental. Alguém teve a delicadeza de me enviar uma cópia.

— Quem?

— Wallace. Talvez fosse a maneira dele de me pagar por ter te ajudado a sair dos Estados Unidos sem me contar.

— Você soube disso?

— Ou talvez eu também estivesse preocupado com você e achei já ser hora de dar um basta às suas peripécias, antes que se metesse de fato em perigo.

— Eu nunca estive em perigo e amava o Tomas.

— Até uma certa idade, a gente se empolga de paixão pelo outro, mas isso frequentemente é amor por si mesmo! O seu destino era cursar Direito em Nova York, largou tudo por aulas de desenho no Beaux-Arts em Paris; depois de não sei quanto tempo, saiu de lá e foi para Berlim; apaixonou-se pelo primeiro que viu e, como por encanto, adeus Beaux-Arts, quis virar jornalista e, se minha memória não me engana, ele também, por acaso, queria ser jornalista; bem estranho...

— E qual o problema para você?

— Fui eu que disse para o Wallace que entregasse o seu passaporte quando você pedisse, Julia, e eu estava na sala ao lado quando você veio pegar na gaveta da minha escrivaninha.

— Por que tantos caminhos truncados, por que não me deu pessoalmente?

— Nossas relações não eram, por assim dizer, das melhores, não sei se você se lembra. Além disso, digamos que se tivesse feito isso, estaria provavelmente destruindo o seu gostinho de aventura. Deixando que partisse em plena revolta contra mim, a viagem ganhava mais sabor, não é?

— Você pensou de fato em tudo isso?

— Eu disse ao Wallace onde encontrar os seus documentos e realmente estava na sala ao lado; no mais, talvez houvesse um pouco de amor-próprio ferido da minha parte.

— Você, ferido?

— E o Adam?

— Adam não tem nada a ver com tudo isso.

— Lembro, por mais estranho que seja para mim dizer isso, que se eu não tivesse morrido, você agora já estaria casada com ele. Vou então tentar refazer a pergunta de outra forma, mas antes disso, você fecharia um pouco os olhos?

Sem entender o que o pai queria, Julia hesitou, mas, diante da insistência, aceitou.

— Fecha direito. Gostaria que mergulhasse na mais completa escuridão.

— Qual é a brincadeira?

— Pelo menos uma vez, faz o que eu peço, vai ser rápido.

Julia franziu as pálpebras e foi invadida pelo escuro.

— Pega o garfo e come.

Achando divertido, ela se prestou ao exercício. A mão tateou a toalha da mesa até achar o objeto cobiçado. Com um gesto desajeitado, tentou em seguida espetar um pedaço de carne no prato e, sem a menor ideia do que levava aos lábios, entreabriu a boca.

— O gosto da comida parece diferente por você não enxergar?

— Acho que sim — ela respondeu, mantendo os olhos fechados.

— Faz uma coisa por mim, mas continuando no escuro.

— Estou ouvindo — ela aceitou, com uma voz surda.

— Pensa num momento de felicidade.

E Anthony se calou, observando o rosto da filha.

*

A ilha dos Museus, eu me lembro, nós dois passeávamos. Quando você me apresentou à sua avó, a primeira pergunta dela foi o que eu fazia da vida. A conversa não foi fácil, você traduzia o que ela dizia com o seu inglês rudimentar e eu não falava a sua língua. Expliquei que estudava no Beaux-Arts de Paris. Ela sorriu e foi buscar numa cômoda um cartão-postal com um quadro de Vladimir Radskin, um pintor russo de que gostava. Depois, disse que saíssemos para o ar livre e aproveitássemos o belo dia. Você nada havia dito da sua extraordinária aventura, nenhuma palavra sobre a maneira como nos tínhamos conhecido. E quando a deixamos na entrada do apartamento, ela perguntou se você tinha visto Knapp. Você hesitou por um bom momento, mas a expressão do seu rosto revelava o encontro. Ela sorriu e disse estar contente por você.

Na rua, você me pegou pela mão e toda vez que eu perguntava para onde corríamos tão rápido, você respondia "Vem, vem". Atravessamos a pontezinha que cortava o rio Spree.

A ilha dos Museus, eu nunca havia visto tamanha concentração de prédios ligados à arte. Achava que seu país era todo cinzento, mas ali tudo era colorido. Fui levada à porta do Altes Museum. O edifício era um imenso quadrado, mas, ao entrarmos, o espaço interno tinha a forma de uma rotunda. Eu nunca tinha visto uma arquitetura como aquela, tão estranha, quase incrível. Você me levou ao centro da rotunda e tive que dar um giro completo em volta de mim mesma; depois um outro e ainda mais um, com você me forçando a girar cada vez mais rápido até ficar tonta. Me fez parar aquela valsa louca me apertando nos braços e disse, pronto, é isso o romantismo alemão, um redondo no meio de um quadrado, provando que todas as diferenças podem se combinar. E depois me levou para visitar o Museu Pergamon.

*

— Então? — perguntou Anthony — Reviu algum momento de felicidade?

— Sim — respondeu Julia, ainda de pálpebras fechadas.

— E quem você viu?

Julia reabriu os olhos.

— Não precisa me dizer, Julia, é algo que pertence só a você. Não vou mais viver no seu lugar.

— Por que está fazendo isso?

— Sempre que eu fecho os olhos, volto a ver o rosto da sua mãe.

— Tomas apareceu naquele retrato parecido com ele, como um fantasma, uma sombra dizendo que eu siga em paz, que eu posso me casar sem pensar nele, sem remorsos. Foi um sinal.

Anthony tossiu.

— Era só um esboço de desenho a carvão, pelo amor de Deus! Se eu jogar meu guardanapo longe, chegue ele ou não àquela caixa de guarda-chuvas da porta de entrada não vai mudar nada de nada. Que a última gota de vinho caia ou não no copo dessa mulher ao lado não vai fazer ela se casar esse ano com o grosseirão com quem ela está jantando. Não olha para mim como se eu fosse um marciano, se o imbecil não falasse tão alto com ela, eu não estaria ouvindo a conversa desde o início do jantar.

— Você diz isso porque nunca acreditou nos sinais da vida! Precisa sempre ter o controle de tudo!

— Sinais não existem, Julia. Joguei mil bolas de papel no cesto do meu escritório, certo de que, se eu acertasse o alvo, o que eu desejava iria acontecer; mas o telefonema esperado nunca vinha! Levei essa coisa estúpida ao ponto de achar que precisava de três ou quatro acertos consecutivos para ter a recompensa; em dois anos de prática insistente, eu conseguia acertar um pacote inteiro de folhas no centro de um cesto a 10 metros de distância e nada. Certa noite, três clientes importantes me acompanharam num jantar de negócios. Enquanto um dos meus sócios se esforçava com a lista dos países em que nós tínhamos filiais, eu me perguntava em qual deles se encontrava aquela que eu esperava; imaginava as ruas por onde andava ao sair de casa de manhã. Saindo do restaurante, um deles, um chinês, e por favor não me pergunte o nome dele, me contou uma lenda que eu adorei. Ao que parece, se nós saltarmos dentro de uma poça d'água em que se reflete a lua cheia, o seu espírito te leva imediatamente até aqueles de quem se sente falta. Precisava ver a cara do meu sócio, me vendo pular de pés juntos na sarjeta. O cliente ficou alagado até os ossos, escorria água até do chapéu. Em vez de me desculpar, eu disse a ele que o tal truque não funcionava! A pessoa dos meus sonhos não tinha aparecido. Não me vem então falar de sinais idiotas aos quais nos agarramos, depois de perdermos todo motivo de acreditar em Deus.

— Está proibido de dizer coisas assim! — exclamou Julia. — Quando era pequena, eu teria saltado em mil poças, em mil rios, para que você viesse à noite. É tarde demais para vir contar histórias desse tipo. Minha infância já está bem longe, lá atrás!

Anthony Walsh olhou triste para a filha. Julia não largaria essa ideia. Ela empurrou a cadeira, se levantou e saiu do restaurante.

— Desculpe-a — disse ao garçom, deixando algumas notas em cima da mesa. — Acho que foi o seu champanhe, tinha bolinhas demais!

*

Voltaram para o hotel. Palavra alguma quebrou o silêncio da noite. Subiram as ruelas da cidade velha. Julia não andava bem em linha reta. Às vezes tropeçava em alguma pedra mais alta do pavimento. Anthony corria para segurá-la, mas ela recuperava o equilíbrio e recusava a ajuda, sem nunca permitir que ele a tocasse.

— Eu sou uma mulher feliz! — disse ela, vacilante. — Feliz e perfeitamente realizada! Tenho um trabalho que eu amo, moro num apartamento que eu amo, tenho um melhor amigo que eu amo e vou me casar com o homem que eu amo! Realizada! — repetiu, enrolando a língua.

O tornozelo falseou, Julia se recuperou por um triz, se apoiou num poste e escorregou até o chão.

— Além do mais, droga! — resmungou, sentada na calçada.

Ignorou a mão que o pai oferecia para ela se levantar. Ele se ajoelhou e se sentou ao lado dela. A ruela estava deserta e os dois continuaram ali, encostados no poste. Dez minutos se passaram e Anthony tirou um saquinho do bolso da capa impermeável.

— O que é? — ela perguntou.

— Bombons.

Julia deu de ombros e virou a cabeça.

— Acho que tem dois ou três ursinhos de chocolate andando lá no fundo... Da última vez que soube deles, estavam brincando com uma cobrinha caramelada.

Julia continuou sem reação e ele fingiu estar guardando no bolso o pacote, que ela então arrancou das suas mãos.

— Quando você era criança, adotou um gato de rua — disse Anthony, enquanto Julia engolia o terceiro ursinho. — Gostava muito dele, e ele também, até ir embora, uns oito dias depois. Não quer ir para o hotel agora?

— Não — respondeu Julia, deixando o chocolate derreter na boca.

Uma charrete presa a um cavalo ruço passou à frente deles. Anthony cumprimentou o cocheiro com um aceno da mão.

*

Chegaram ao hotel uma hora depois. Julia atravessou o hall e tomou o elevador da direita, enquanto Anthony subiu pelo da esquerda. Voltaram a se encontrar no corredor do último andar, caminharam lado a lado até a porta da suíte nupcial e Anthony deu passagem à filha. Foram direto para os respectivos quartos.

Julia logo se jogou na cama e procurou na bolsa o celular. Olhou as horas no relógio e ligou para Adam. Caiu na caixa postal, esperou o final da mensagem e desligou antes do fatídico sinal. Digitou o número de Stanley.

— Vejo que está em plena forma.

— Sinto muito a sua falta, sabe?

— Nunca que podia imaginar. E então, e essa viagem?

— Acho que volto amanhã.

— Já? Encontrou o que procurava?

— O essencial, provavelmente.

— Adam acabou de sair daqui — contou Stanley, com uma voz sentenciosa.

— Ele foi te ver?

— Foi exatamente o que eu disse, você bebeu?

— Um pouco.

— Está se sentindo tão bem assim?

— Claro! Por que todos querem que eu esteja mal?

— No que me concerne, eu estou sozinho!

— O que ele queria?

— Falar de você, imagino, a menos que ele esteja mudando de time; e se for esse o caso, perdeu a viagem, não faz absolutamente o meu tipo.

— Adam foi falar de mim?

— Não, veio para que eu falasse de você. É o que fazem as pessoas com saudade de quem elas amam.

Stanley ouviu a respiração de Julia no fone.

— Ele está triste, querida. Não tenho grande simpatia, nunca escondi isso, mas não gosto de ver um homem infeliz.

— Por que ele está triste? — ela perguntou, com voz sinceramente desolada.

— Você ficou completamente idiota ou é burra mesmo? Está desesperado porque dois dias depois do cancelamento do casamento, a noiva... Deus, como eu odeio quando ele diz isso, é de uma cafonice..., enfim, a noiva dele partiu sem deixar endereço e sem dar explicações para a fuga. Parece bastante claro ou eu devo enviar por Fedex umas aspirinas?

— Para início de conversa, eu não fui embora sem dar endereço; além disso, eu passei para ver ele...

— Vermont? Você teve o desplante de dizer que ia para Vermont! Acha que isso é endereço que se dê?

— Qual o problema com Vermont? — perguntou Julia, parecendo um pouco constrangida.

— Nenhum, ao menos não até que eu fizesse uma gafe.

— O que aconteceu? — perguntou Julia com a respiração em suspenso.

— Eu disse que você estava em Montreal. Como queria que eu imaginasse uma idiotice assim? Da próxima vez que mentir me avisa que eu te dou umas aulas, ou ao menos nós afinamos os nossos violinos no mesmo tom.

— Droga!

— Tirou a palavra da minha boca...

— Vocês jantaram juntos?

— Fiz para ele uma coisinha de nada...

— Stanley!

— O quê? Não ia além de tudo deixar ele morrendo de fome! Não sei o que você anda arrumando em Montreal, querida, nem com quem, e entendi que não é da minha conta, mas liga por favor para o Adam, é o mínimo que você pode fazer.

— Não é de jeito nenhum o que você imagina, Stanley.

— E quem disse que eu imagino alguma coisa? Sei lá se isso te tranquiliza, mas jurei que sua viagem não tinha a ver com vocês dois e que você partiu em busca de traços do seu pai. Está vendo? Para mentir é preciso algum talento!

— Juro que não é mentira!

— Acrescentei que a morte dele te deixou balançada e que é importante para o casal que você feche portas do passado que permaneceram entreabertas. Ninguém precisa de correntes de ar na vida amorosa, não é?

De novo, Julia se calou.

— Então, em que pé andam as explorações sobre a história de papai Walsh? — retomou Stanley.

— Acho que descobri mais um pouco de tudo que faz com que eu o deteste.

— Ótimo! E o que mais?

— Talvez um pouco de tudo que me fazia gostar dele.

— E quer voltar amanhã?

— Não sei, mas é melhor que eu procure o Adam.

— Antes que...?

— Fui passear ainda há pouco, encontrei uma retratista...

Julia contou a Stanley a descoberta feita no porto antigo de Montreal e, excepcionalmente, o amigo não a brindou com uma das suas réplicas mordazes.

— Está vendo, é melhor que eu volte logo, não é? Sair de Nova York não me faz bem. Além disso, se não voltar amanhã, quem vai te dar sorte?

— Quer um conselho de verdade? Escreve numa folha de papel tudo que te passar pela cabeça e faz exatamente o contrário! Boa noite, amiga.

Stanley desligou. Julia saiu da cama e foi ao banheiro, sem ouvir os passos silenciosos do pai, que voltava ao seu próprio quarto.

12.

Um céu avermelhado se abria sobre Montreal. Na sala que separava os dois quartos do apartamento reinava uma claridade suave. Bateram à porta, Anthony abriu para o garçom do andar e o deixou empurrar o carrinho até o meio do cômodo. O rapaz se ofereceu para servir a mesa do café da manhã, mas Anthony enfiou no bolso dele alguns dólares, retirou os pratos e o dispensou. Ele se foi, com Anthony tomando cuidado para que a porta não fizesse barulho ao se fechar. Hesitou entre a mesinha e o balcão junto às janelas, que oferecia um belo panorama. Optou pela vista e dispôs com mil cuidados a toalha, os pratos, os talheres, a jarra com suco de laranja, a vasilha de cereais, o cesto de pãezinhos e uma rosa que orgulhosamente se erguia em seu vaso fino. Recuou um passo, moveu mais para o centro a flor, afastando também um pouco mais o bule de leite do cesto de pães. Colocou no prato de Julia um rolo de papel enfeitado com uma fita vermelha e cobriu com o guardanapo. Dessa vez, afastou-se pelo menos um metro, avaliando a harmonia da composição. Ajeitou o nó da gravata e foi bater com toda delicadeza na porta da filha, anunciando que o café da manhã de madame estava servido. Julia reclamou e perguntou as horas.

— Hora de levantar; o ônibus da escola passa em 15 minutos, vai se atrasar outra vez!

Enrolada até o nariz num edredom, Julia abriu os olhos e se espreguiçou. Há muito tempo não dormia tão profundamente. Arrumou rapidamente o cabelo e manteve os olhos franzidos até que a vista se acostumasse com a claridade do dia. Levantou-se bruscamente e voltou a se sentar na beira da cama, sentindo uma tontura. O despertador na mesinha de cabeceira indicava oito horas.

— Por que tão cedo? — resmungou, entrando no banheiro.

Enquanto Julia tomava uma chuveirada, Anthony Walsh, sentado numa poltrona da saleta, olhava para a fita vermelha que aparecia no prato, e suspirou.

*

O voo da Air Canada havia decolado às 7h10 do aeroporto de Newark. A voz do comandante rangeu nos alto-falantes, anunciando o início da descida em Montreal. O avião chegaria à porta de desembarque no horário previsto. O chefe de cabine o substituiu para lembrar as normas usuais a serem respeitadas durante a aterrissagem. Adam se espreguiçou, no limite do possível. Fechou a mesinha e olhou pela janela. O avião sobrevoava o Saint-Laurent. Ao longe, via os contornos da cidade e percebia o relevo do monte Royal. O MD-80 se inclinou, Adam apertou o cinto. À frente da cabine do piloto, já se viam as balizas da pista.

*

Julia apertou o cinto do roupão e entrou na saleta. Contemplou a mesa posta e sorriu para Anthony que lhe oferecia uma cadeira.

— Pedi um Earl Grey — disse, enchendo a xícara. — O sujeito do *room-service* disse ter chá preto, preto-preto, amarelo, branco, verde, escuro, chinês, das Seychelles, de Taiwan, Coreia, Sri Lanka, Índia, Nepal, e estou esquecendo os quarenta outros tipos que ele citou até que eu ameaçasse me matar se continuasse.

— Earl Grey está ótimo — respondeu Julia, desdobrando o guardanapo.

Olhou para o rolo de papel com a fita vermelha e se virou interrogativa para o pai.

Anthony o tirou imediatamente das mãos.

— Para abrir depois do café da manhã.

— O que é? — perguntou Julia.

— Ali — disse, indicando os pãezinhos —, essas coisas compridas e enroladas são croissants, esses retangulares de onde saem uns pedacinhos marrons são *pains au chocolat*, e esses caramujos grandes com frutas secas em cima são pães de uva.

— Me refiro ao que você está escondendo nas costas com a fita vermelha.

— Só depois, já disse.

— Por que então colocou no meu prato?

— Mudei de opinião, depois é melhor.

Julia aproveitou que Anthony tinha virado de costas e arrancou, com um golpe seco, o tubo que ele segurava.

Desamarrou a fita e desenrolou a folha de papel. O rosto de Tomas sorria de novo para ela.

— Quando você comprou? — perguntou.

— Ontem mesmo depois que nós saímos do embarcadouro. Você estava andando mais à frente, sem me dar bola. Eu tinha dado uma gorjeta boa para a desenhista e ela disse que eu o pegasse, era de um cliente que não quis e ela não iria fazer nada com ele.

— Por quê?

— Achei que você gostaria, passou tanto tempo admirando.

— Estou perguntando por que quis realmente comprar — insistiu Julia.

Anthony se sentou no sofá, olhando para a filha.

— Porque é preciso que a gente converse. Eu esperava nunca termos que falar disso e confesso que hesitei muito em tocar no assunto. Não imaginava aliás, em momento algum, que nossa escapulida me levasse a isso, correndo o risco de ficar comprometida, pois já posso prever a sua reação; mas já que os sinais, como disse você, me mostraram esse caminho... preciso então confessar uma coisa.

— Para de embromar e vai direto ao que interessa — disse ela, com um tom brusco.

— Julia, eu acho que na verdade o Tomas não morreu.

*

Adam estava furioso. Tinha viajado sem bagagem para sair mais rápido do aeroporto, mas os passageiros de um 747 vindo do Japão já tinham invadido os guichês da alfândega. Olhou o relógio. A fila que se estendia à frente o deixava prever bons vinte minutos até poder tomar um táxi.

"Sumimasen!" Essa palavra bruscamente ressurgiu em sua memória. Seu colega de uma editora japonesa a empregava com tanta frequência que Adam concluíra que se desculpar era certamente uma tradição nacional. "Sumimasen, me desculpe", ele ia repetindo, abrindo passagem entre os passageiros do voo da JAL. Dez "Sumimasen" mais tarde, conseguiu apresentar o passaporte ao guarda da alfândega canadense que o carimbou e imediatamente devolveu. Passando por cima da proibição de uso de telefones celulares até a saída da zona de liberação de bagagens, ele pegou o seu no bolso do paletó, ligou e discou o número de Julia.

*

— Acho que é o seu telefone, você deve ter esquecido no quarto — disse Anthony, pouco à vontade.

— Não muda de assunto. O que você quer dizer, "na verdade não morreu"?

— Vivo seria um termo que também conviria...

— Tomas está vivo? — perguntou Julia, tremendo.

Anthony concordou com a cabeça.

— Como você sabe?

— Por uma carta dele; normalmente gente que não está mais nesse mundo não pode escrever. Exceto eu, aliás... Nem tinha pensado nisso, mas é uma coisa surpreendente...

— Que carta? — perguntou Julia.

— A que você recebeu, seis meses depois do acidente terrível. Foi postada de Berlim e o nome dele estava no envelope, como remetente.

— Nunca recebi carta alguma de Tomas. Me diz que não é verdade!!

— Não podia ter recebido, uma vez que você tinha ido embora, sem deixar endereço. Imagino que isso será um bom motivo a se acrescentar à sua lista.

— Que lista?

— A daqueles motivos pelos quais me detestava.

Julia se levantou e empurrou a mesa do café da manhã.

— Tínhamos combinado não usar pretérito imperfeito entre nós, não lembra? Pode então colocar essa última frase no presente — gritou, saindo da sala.

A porta do quarto bateu e Anthony, sozinho, se sentou onde ela estava.

— Que desperdício! — murmurou, olhando o cesto de pãezinhos.

*

Não havia mais artimanha possível na fila de espera dos táxis. Uma mulher de uniforme indicava a cada passageiro o veículo que lhe cabia. Adam teria que esperar sua vez. Insistiu em ligar para Julia.

*

— Desliga isso, é irritante! — disse Anthony, entrando no quarto de Julia.

— Sai daqui!

— Julia, foi há quase vinte anos, que coisa!

— E em quase vinte anos nunca teve a chance de me contar? — ela gritou.

— Em vinte anos, apareceram poucas chances de nos falarmos! — respondeu, com tom autoritário. — De qualquer forma, não sei se teria contado! Para quê? Dar um pretexto a mais para você parar o que tinha começado? Tinha conseguido um primeiro emprego em Nova York, num estúdio na 42, um namoradinho que fazia aulas de teatro, se não me engano, e depois um outro que expunha umas pinturas horrorosas no Queens, que você, se bem me lembro, abandonou pouco antes de mudar de emprego e de corte de cabelo, ou talvez na ordem inversa?

— E como você estava a par disso tudo?

— Mesmo que a minha vida nunca tenha te interessado, eu sempre procurei seguir a sua.

Anthony olhou insistentemente a filha e voltou para a sala. Ela o chamou da porta.

— Você abriu?

— Nunca me permiti ler sua correspondência — ele disse, sem se virar.

— Você guardou?

— Está no seu quarto, quer dizer, no quarto que você ocupava quando morava em casa. Coloquei na gaveta da escrivaninha em que você estudava, achei ser o lugar em que devia esperar por você.

— Por que não me contou quando eu voltei para Nova York?

— E por que esperou seis meses para me telefonar depois de voltar para Nova York, Julia? E fez isso por ter percebido que eu tinha visto você na vitrine de uma farmácia do SoHo, não foi? Ou foi porque, após tantos anos de ausência sem dar notícia, tinha começado a sentir falta de mim? Se acha que nessa brincadeira entre nós dois eu sempre saí ganhando, está muito enganada.

— Para você então era uma brincadeira?

— Não seria a minha intenção, na infância você era muito boa em quebrar seus brinquedos.

Anthony colocou um envelope em cima da mesa.

— Deixo isso para você — acrescentou. — Provavelmente devia ter falado antes, não tive a possibilidade.

— O que é? — perguntou Julia.

— Nossas passagens para Nova York. Pedi ao recepcionista hoje de manhã, enquanto você dormia. Como disse, previ sua reação e imagino que nossa viagem acabe aqui. Pode se vestir, pegar sua sacola e me encontrar no hall. Vou pedir nossa conta.

Anthony saiu fechando devagar a porta do apartamento.

*

A autoestrada estava engarrafada, o táxi tomou a rua Saint-Patrick. O trânsito estava igualmente ruim. O motorista propôs voltarem para a 720 um pouco mais adiante e cortar pelo bulevar René-Lévesque. Adam estava pouco ligando para o itinerário, querendo só o mais rápido. O motorista deu um suspiro, pois mesmo que o passageiro se irritasse, ele nada podia fazer. Em trinta minutos chegariam ao destino, talvez menos, se o trânsito melhorasse, passada a entrada da cidade. E dizer que há quem ache que os taxistas não são amáveis... Ele aumentou o volume do rádio para dar um fim à conversa.

O alto de um arranha-céu do centro financeiro de Montreal já podia ser visto, o hotel não estava longe.

*

De sacola pendurada no ombro, Julia cruzou o hall e com passos decididos se dirigiu à recepção. O responsável saiu de trás do balcão para falar com ela.

— Senhora Walsh! — disse, abrindo os braços. — O senhor Walsh a espera lá fora, a limusine que chamamos está um pouco atrasada, os engarrafamentos estão terríveis hoje.

— Obrigada — respondeu Julia.

— Lamento muitíssimo, senhora Walsh, que estejam indo embora prematuramente e espero que a qualidade do nosso serviço em nada possa ser responsabilizada pela partida — ele fez questão de dizer, pesaroso.

— Seus croissants são maravilhosos! — devolveu Julia no mesmo tom. — E, de uma vez por todas, não é senhora, é senhorita!

Saiu do hotel e viu Anthony esperando na calçada.

— O carro não deve demorar — disse ele. — Aliás, já está ali.

Uma Lincoln preta parou perto deles. Antes de descer para recebê-los, o chofer acionou o botão que abria o porta-malas. Julia puxou a porta e se sentou no banco. Enquanto o carregador guardava as duas bagagens, Anthony contornou o veículo. Um táxi buzinou e por pouco não o atropelou.

*

— As pessoas não tomam o menor cuidado! — reclamou o taxista, estacionando em fila dupla diante do hotel Saint-Paul.

Adam lhe entregou um punhado de dólares e, sem esperar o troco, correu para a porta giratória. Apresentou-se na recepção e pediu o quarto da srta. Walsh.

Lá fora, uma limusine preta esperava pacientemente que o táxi que a bloqueava seguisse adiante. Mas o motorista contava o dinheiro ganho e não parecia absolutamente ter pressa.

— O senhor e a senhora Walsh já deixaram o hotel — respondeu, desolada, a funcionária a Adam.

— Senhor e senhora Walsh? — repetiu ele, claramente insistindo na palavra "senhor".

O chefe da recepção olhou para o alto com um suspiro e se apresentou.

— Posso ajudá-lo? — perguntou, tenso.

— Minha mulher estava hospedada nesse hotel na última noite?

— Sua mulher? — perguntou o homem, lançando um olhar por cima do ombro de Adam.

A limusine continuava ali.

— Srta. Walsh!

— A senhorita de fato esteve conosco na última noite, mas já partiu.

— Sozinha?

— Não creio tê-la visto acompanhada — respondeu o homem, cada vez menos à vontade.

Uma sinfonia de buzinas fez Adam se virar para a rua.

— Senhor? — tentou voltar a atrair a atenção o chefe da recepção. — Quem sabe podemos lhe oferecer um café?

— A moça no balcão acaba de me dizer que o senhor e a senhora Walsh deixaram há pouco o hotel! São duas pessoas, ela estava sozinha ou não? — insistiu Adam com firmeza.

— Nossa funcionária certamente se enganou — afirmou o chefe, fuzilando a jovem com o olhar — São tantos hóspedes... Café, então, ou chá?

— Há muito tempo que ela saiu?

De novo o homem lançou um olhar discreto para a rua. A limusine preta se movia, afinal. Ele respirou aliviado, vendo-a se afastar.

— Há um bom tempo, creio — respondeu. — Temos excelentes sucos de frutas! Deixe-me levá-lo ao salão do café da manhã, é meu convidado.

13.

Os dois não trocaram palavra alguma durante toda a viagem. Julia manteve o nariz colado à janela.

*

Toda vez que eu tomava o avião, procurava o seu rosto nas nuvens, sempre imaginando seus traços naquelas formas que se esgarçavam no céu. Tinha escrito cem cartas para você, recebido cem respostas, duas a cada semana que passava. Havíamos jurado nos reencontrar, assim que eu tivesse os meios para isso. Quando não estava estudando, trabalhava para ganhar o necessário e um dia voltar para junto de você. Fui garçonete em restaurantes, lanterninha em salas de cinema, e isso quando não estava distribuindo prospectos; e cada gesto que fazia era pensando na manhã em que, enfim, chegaria a Berlim, no aeroporto em que você estaria me esperando.

Quantas noites não adormeci com o seu olhar, com a lembrança das grandes risadas que nos invadiam nas ruas da cidade cinzenta? Sua avó me dizia às vezes, quando você me deixava sozinha com ela, não acreditar no nosso amor. Que ele não duraria. Havia diferenças demais entre nós: eu, uma moça do Ocidente; você, um rapaz da Europa Oriental. Mas toda vez que você chegava e me tomava nos braços, eu a olhava por cima dos seus ombros e sorria, recuperando a certeza de que ela estava errada. Quando meu pai me fez entrar à força no carro debaixo da sua janela, gritei seu nome, querendo que você ouvisse. Na noite em que o noticiário anunciou o "incidente" em Cabul que matara quatro jornalistas, entre os quais um alemão, eu imediatamente soube ser de você que falavam. O sangue pareceu se esvair do meu corpo. E desmaiei no restaurante em que enxugava copos atrás do balcão de madeira. O apresentador dizia que o carro em que estavam havia explodido ao passar por uma mina esquecida pelas tropas soviéticas. Como se o destino quisesse te pegar de volta, nunca deixar que chegasse à liberdade. Os jornais não davam informações precisas, eram quatro vítimas e isso bastava para o mundo; pouco importava a identidade dos que morrem, suas vidas, o nome daqueles que sofrem com a ausência deles. Mas eu sabia que era você o alemão de quem falavam. Precisei de dois dias para conseguir me comunicar com Knapp; dois dias sem conseguir engolir nada.

E depois ele me telefonou; pelo timbre da voz, imediatamente entendi que havia perdido um amigo e eu aquele a quem amava. Seu melhor amigo, ele dizia o tempo todo. Ele se sentia culpado por ter te ajudado a se tornar repórter, e eu, com a alma em farrapos, o consolava. Ele havia dado a possibilidade de você ser o que queria ser. Eu disse a ele o quanto você lamentava nunca ter encontrado as palavras certas para agradecer. Knapp e eu então falamos de você, para que não nos deixasse por completo. Foi ele que me contou que os corpos nunca seriam identificados. Uma testemunha contara que, quando a mina explodiu, a viatura em que estavam voou pelos ares. Pedaços da carroceria se espalhavam por dezenas de metros e no ponto em que tinham morrido restou só uma cratera aberta, uma carcaça desconjuntada para lembrar o absurdo dos homens e a sua crueldade. Knapp não se perdoava por ter te enviado ao Afeganistão. Uma substituição que foi preciso fazer no último minuto, contou ele aos prantos. Lamentou você estar por perto quando precisou de alguém que viajasse com urgência. Mas eu sabia que ele te oferecera o mais belo presente que podia esperar. Sinto muito, sinto muito, repetia Knapp entre soluços, e eu, desesperada, era incapaz de derramar uma lágrima, pois chorar me roubaria ainda um pouco de você. Não consegui desligar, Tomas, deixei o fone em cima do balcão, tirei o avental e fui para a rua. Andei sem saber aonde ir. Ao redor, a cidade vivia como se nada tivesse ocorrido.

Quem ali podia saber que, naquela manhã, num subúrbio de Cabul, um homem de 30 anos chamado Tomas tinha morrido na explosão de uma mina? Quem se preocuparia com isso? Quem compreenderia que eu não o veria mais, que o mundo para mim nunca mais seria o mesmo? Eu não comia há dois dias, já disse isso? Pouco importa. Contaria tudo duas vezes para continuar a falar de mim com você, para ouvi-lo falar de si. Numa esquina, eu desabei no chão.

Sabe que foi graças a você que conheci Stanley, que se tornou meu melhor amigo no minuto mesmo em que nos encontramos? Ele saía de um quarto ao lado do meu. Andava desvairado pelo comprido corredor do hospital; minha porta estava entreaberta, ele parou, me olhou deitada na cama e sorriu. Palhaço algum no mundo poderia pôr no próprio rosto um sorriso tão triste. Os lábios tremiam. De repente, ele murmurou as duas palavras que eu me proibia; mas, com ele, eu podia talvez dizer, pois não o conhecia. Abrir-se com um desconhecido não é como com alguém próximo, não torna a verdade irreversível, é um abandono que pode ser apagado com a borracha da ignorância. "Ele morreu", disse Stanley, e eu respondi: "É, morreu." Stanley falava do amigo dele e eu, de você. Foi como nos conhecemos,

Stanley e eu, no dia em que os dois perdemos quem amávamos. Edward tinha sucumbido à AIDS e você a uma outra pandemia que continua a devastar a humanidade. Ele se sentou à beira da minha cama, perguntou se eu tinha conseguido chorar e, como respondi a verdade, ele confessou que também não. Me estendeu a mão, eu a peguei e derramamos as nossas primeiras lágrimas, que te levaram para longe de mim e Edward para longe dele.

*

Anthony Walsh recusou a bebida que a aeromoça oferecia. Olhou para os fundos do avião, que estava quase vazio, e Julia tinha preferido se sentar dez fileiras atrás, junto à janela, com os olhos o tempo todo perdidos no céu.

*

Ao sair do hospital, deixei também a casa do meu pai, amarrei com uma fita vermelha suas cem cartas. Deixei na gaveta da escrivaninha do meu quarto. Não precisava mais relê-las para me lembrar. Enchi uma mala e parti sem dizer adeus, não podendo perdoar meu pai por ele ter nos separado. As economias feitas pensando em um dia ir te encontrar, eu usei para viver longe de casa. Alguns meses depois, comecei minha carreira de desenhista e o início da minha vida sem você.

Stanley e eu passávamos muito tempo juntos. Foi como nasceu nossa amizade. Na época ele trabalhava num mercado de pulgas no Brooklyn. Nós tínhamos nos habituado a encontros no fim de tarde no meio da ponte. Ficávamos às vezes por horas, os dois, apoiados no parapeito, olhando passarem os barcos que subiam ou desciam o rio; outras vezes, passeávamos pelas margens. Ele falava de Edward e eu de você; voltando para casa, ele levava um pouco de vocês dois em sua bagagem da noite.

Procurei a sombra do seu corpo naquelas que as árvores nas calçadas desenhavam pela manhã e os traços do seu rosto nos reflexos do Hudson; em vão procurei suas palavras em todos os ventos que atravessavam a cidade. Por dois anos revisitei, dessa mesma maneira, todos os nossos momentos em Berlim, rindo às vezes de nós e sem jamais deixar de pensar em você.

Nunca recebi sua carta, Tomas, aquela em que me contaria que ainda estava vivo. Não sei o que você escreveu. Foi há quase vinte anos e tenho a estranha sensação de que foi postada ontem. Depois de tantos meses sem notícias minhas, ela talvez anunciasse a decisão de nunca mais me esperar num aeroporto. Que o tempo após a minha partida se tornara longo demais. Que talvez tivéssemos chegado àquele momento em que os sentimentos se desgastam, pois o amor também passa pelo outono para quem esquece o gosto do outro. Talvez tivesse deixado de acreditar, talvez eu o tivesse perdido de outra forma. Vinte anos ou quase isso é tempo demais para uma carta chegar.

Não somos mais os mesmos. Será que eu refaria a estrada de Paris a Berlim? O que aconteceria se nossos olhares se cruzassem de novo, com você de um lado do muro e eu do outro? Ainda me abriria os braços, da maneira como fez com Knapp numa noite de novembro de 1989? Ainda perambularíamos pelas ruas de uma cidade que rejuvenesceu, enquanto nós envelhecemos? Seus lábios teriam hoje a mesma doçura? A carta talvez deva permanecer na gaveta da escrivaninha, talvez seja melhor assim.

*

A aeromoça tocou no ombro dela. Era hora de afivelar o cinto, o avião se aproximava de Nova York.

*

Adam precisou aceitar a ideia de passar uma parte do dia em Montreal. A funcionária da Air Canada havia tentado ao máximo agradá-lo, mas, infelizmente, a única poltrona disponível para voltar a Nova York era a bordo de um voo que decolava às quatro da tarde. Várias vezes ele tentara falar com Julia, mas caía sempre na caixa postal do celular.

*

Outra autoestrada e, pela janela, podiam ver os arranha-céus, agora os de Manhattan. A Lincoln entrou no túnel de mesmo nome.

— Tenho a estranha sensação de que não sou mais bem-vindo na casa da minha filha. Entre o seu sótão sujo e o meu apartamento, estarei melhor lá em casa. Venho no sábado para entrar no meu caixote antes que venham buscá-lo. É melhor que você ligue para o Wallace para saber se ele não está lá — disse Anthony dando a Julia um pedaço de papel com um número de telefone.

— Seu mordomo mora ainda na sua casa?

— Não sei exatamente o que faz o meu secretário particular. Desde minha morte, não tive como me informar com relação à sua agenda. Mas se não quiser causar um infarto nele, é melhor confirmar que não esteja em casa quando nós chegarmos. Se por acaso ele atender, prefiro que improvise algum bom motivo para que ele vá aos quintos dos infernos, pelo menos até o final dessa semana.

Julia se contentou em ligar para Wallace. Uma mensagem explicava que tendo em vista o desaparecimento de seu patrão, ele se ausentava por um mês. Era impossível deixar qualquer recado. Em caso de urgência em assuntos referentes ao senhor Walsh, devia-se procurar diretamente o seu advogado.

— Fica tranquilo, o caminho está livre! — disse Julia, guardando o telefone no bolso.

Meia hora depois, o automóvel estacionava ao longo da calçada, diante da residência particular de Anthony Walsh. Julia contemplou a fachada e seu olhar logo se dirigiu a uma janela do segundo andar. Foi onde ela havia visto, num fim de tarde ao voltar da escola, a mãe se debruçar perigosamente no parapeito. O que ela teria feito se Julia não tivesse gritado? Ao vê-la, a mãe acenou com a mão, como se o gesto apagasse todo resquício daquilo que se preparava para fazer.

Anthony abriu sua maleta e entregou a ela um molho de chaves.

— Deram a você as suas chaves?

— Digamos que previmos a hipótese de você não me querer em casa nem se dispor a me desligar mais cedo... Você abre para mim? Também não precisamos esperar que algum vizinho me reconheça.

— Você passou a levar em consideração os seus vizinhos, então? Isso é novidade também!

— Julia!

— Está bem! — ela suspirou, fazendo girar a maçaneta da pesada porta de ferro trabalhado.

A luz entrou com ela. Tudo estava intacto, de acordo com suas mais antigas lembranças; o piso quadriculado em preto e branco do hall de entrada, formando um gigantesco tabuleiro. À direita, a sucessão de degraus em madeira escura, subindo para o primeiro andar e formando uma elegante curva. A balaustrada era em madeira nobre, lavrada pelo cinzel de um marceneiro de renome, que o pai gostava de citar, levando os convidados em visita à casa. No fundo, a porta que dava para a copa e para a cozinha, maiores em área do que todos os lugares em que Julia havia morado desde que tinha ido embora. À esquerda, o escritório em que o pai preenchia seus livros de contas pessoais, nas raras noites em que estava ali. Por todo lado, eram muitos os sinais de riqueza que distanciavam Anthony Walsh do tempo em que servia café num arranha-céu de Montreal. Na parede maior, um retrato dela, criança. Restaria ainda em seus olhos, hoje em dia, algo do brilho que um pintor captara quando tinha

5 anos? Julia ergueu a cabeça para observar o teto com ornamentos em gesso. Se num ou noutro ponto houvesse teias de aranha pelos cantos, o cenário seria mal-assombrado, mas a casa de Anthony Walsh estava sempre impecavelmente limpa e arrumada.

— Sabe para que lado é o seu quarto? — perguntou Anthony, entrando no escritório. — Deixo você ir sozinha, tenho certeza de que se lembra do caminho. Se estiver com fome, provavelmente há de encontrar algo nos armários da cozinha, massas ou algumas latas. Não estou morto há tanto tempo assim.

E ele ficou olhando Julia subir os degraus de dois em dois, deixando a mão deslizar pelo corrimão, exatamente como fazia quando era criança; e chegando ao primeiro andar, como quando era criança, ela se virou para ver se alguém a seguia.

— O quê? — perguntou, olhando do alto da escada.

— Nada — respondeu Anthony com um sorriso.

E entrou no escritório.

O corredor se estendia à frente dela. A primeira porta era a do quarto de sua mãe. Julia colocou a mão na maçaneta, a trava desceu lentamente e subiu de forma igualmente suave, pois ela desistira de entrar no quarto. Seguiu em frente até o fundo do corredor, sem outras tentações de desvio.

*

Uma estranha luz leitosa banhava o quarto. As cortinas finas puxadas nas janelas flutuavam no tapete com suas cores intactas. Ela foi até a cama, se sentou na beirada e afundou o rosto no travesseiro, respirando a fundo o perfume da fronha. Surgiram lembranças de noites passadas naqueles lençóis, lendo escondida com uma lanterna; noites em que personagens inventados se animavam nas cortinas, quando a janela estava aberta. Eram sombras cúmplices que vinham assim povoar seus momentos de insônia. Estendeu as pernas e olhou ao redor. O lustre que parecia um móbile, mas pesado demais para que as asas negras se mexessem quando ela subia numa cadeira e soprava. Perto do armário, o baú de madeira em que ela juntava cadernos, algumas fotografias, mapas de países com nomes mágicos, comprados na papelaria ou trocados por territórios que ela possuía em dobro; para que afinal visitar duas vezes o mesmo lugar, havendo tanto a descobrir? O olhar se dirigiu à prateleira em que estavam arrumados os livros de escola, bem retos, prensados por dois brinquedos antigos, um cachorro vermelho e um gato azul que se ignoravam desde sempre. A encadernação grená de um manual de história, esquecido já no final do secundário, lembrou a mesa de estudos. Julia deixou a cama e se aproximou da escrivaninha.

Na tampa de madeira arranhada pela ponta do compasso ela passara horas à toa, escrevendo criteriosamente nos cadernos alguma invariável lengalenga logo que Wallace batia à porta para averiguar se fazia seus deveres. Páginas inteiras de "tédio, tédio, tédio". A gaveta tinha uma maçaneta de porcelana, em forma de estrela. Bastava puxar um pouco para que deslizasse sem dificuldade. Entreabriu-a. Uma caneta hidrográfica vermelha rolou para o fundo. Julia mergulhou a mão. A abertura não era grande, e a insolente conseguiu se esconder. Julia continuou a brincadeira, com a mão explorando o interior da gaveta, tateando.

Ora o polegar reconhecia um esquadro para desenho; o mindinho, um colar ganho numa quermesse, feio demais para ser usado. Seria a rã-apontador ou a tartaruga porta-durex? O anular tocou uma superfície de papel. Num canto no alto, à direita, um ínfimo relevo indicava o corte dentado de um selo. Os anos haviam descolado ligeiramente as beiradas. No envelope que alisava no escuro protetor da gaveta, ela seguiu as linhas que a tinta de uma caneta havia formado. Esforçando-se para nunca perder o fio da escrita, como na brincadeira em que se deve adivinhar as palavras traçadas com a ponta do dedo na pele de alguém que se ama, Julia reconheceu a letra de Tomas.

Pegou o envelope, abriu e desdobrou uma carta.

Setembro de 1991,

Julia,

Sobrevivi à loucura dos homens. Fui o único a escapar de uma triste aventura. Como contei na minha última carta, nós enfim partimos à procura de Massoud. Esqueci, no estrondo da explosão que ainda ressoa em mim, por que queria tanto encontrá-lo. Esqueci o fervor que me animava para registrar a sua verdade. Vi apenas o ódio que me atingiu e levou embora meus companheiros de viagem. Os aldeões me pegaram nos escombros, a 20 metros do lugar em que eu devia ter morrido. Por que o vácuo se contentou de me lançar no espaço, tendo estraçalhado os outros? Nunca haverei de saber. Como me imaginaram morto, fui largado numa carroça. Se um menino não tivesse se deixado levar pela vontade de colocar meu relógio no próprio pulso, enfrentando o medo, se meu braço não tivesse se mexido e o garoto começado a berrar, eu provavelmente teria sido enterrado. Mas, como disse, sobrevivi à loucura dos homens. Dizem que quando a gente beira a morte, revê a vida inteira. Quando ela te pega de surpresa e violentamente, não se vê nada assim. No delírio que acompanhava meus lábios, eu só via o seu rosto. Gostaria de te deixar com ciúmes, dizendo que a enfermeira que cuidou de mim era uma jovem encantadora, mas foi um homem, e a barba comprida dele nada tinha de atraente. Passei esses quatro últimos meses numa cama de hospital em Cabul. Tive a pele toda queimada, mas não é para me queixar que escrevo.

Cinco meses sem te enviar uma carta é muito, pois nos acostumamos a nos escrever duas vezes por semana. Cinco meses de silêncio, quase meio ano, parece ainda pior, uma vez que já não nos víamos nem nos tocávamos há tanto tempo. É muito difícil amar a distância e então vem a pergunta que diariamente me ronda.

Knapp pegou um avião para Cabul assim que teve a notícia. Deveria ter visto como chorava, entrando na enfermaria comum, e eu também, um pouco, confesso. Felizmente o ferido ao meu lado dormia o sono dos justos, senão, o que não pensariam de nós aqueles soldados de infalível coragem? Ele não telefonou para você, assim que partiu, para avisar que eu estava vivo, porque pedi para esperar. Sei que tinha anunciado a minha morte, queria eu dizer que estava vivo. Talvez o verdadeiro motivo seja outro, talvez, escrevendo, eu queira te deixar livre para continuar o luto pela nossa história, caso você já o tenha começado.

Julia, nosso amor nasceu a partir das nossas diferenças, do apetite de descobertas que sentíamos cada manhã ao acordar. E já que eu falo de manhãs, você nunca vai saber o número de horas que passei a te olhar dormir, sorrir. Pois você sorri quando dorme, mesmo que não saiba. Nunca vai poder contar o número de vezes que se aconchegou a mim, dizendo no sono palavras que eu não compreendia; cem vezes é o número exato.

Julia, sei que construir junto é outra aventura. Eu odiei o seu pai e depois tentei compreendê-lo. Não teria agido como ele, nas mesmas circunstâncias? Se você me desse uma filha, se depois me deixasse só com ela, se ela se apaixonasse por um estrangeiro, vivendo num mundo feito de nada, ou de coisas que me aterrorizam, eu provavelmente teria agido como ele. Nunca tive vontade de te falar dos anos passados do outro lado do muro, não queria desperdiçar um segundo do nosso tempo com recordações do absurdo, você merecia coisa melhor do que tristes narrativas sobre o pior de que são capazes os homens, mas seu pai conhece certamente a vida e não era o que ele esperava para você.

Odiei seu pai por te sequestrar, me deixar com o rosto ensanguentado no nosso quarto, sem eu poder fazer nada. Soquei de raiva as paredes em que a sua voz ainda ressoava, mas tentei compreender. Como dizer que eu te amava sem pelo menos tentar fazer isso?

Você voltou à sua vida pela força dos acontecimentos. Deve se lembrar de que vivia se referindo a sinais que a vida indica. Eu não acreditava, mas acabei me dobrando às suas razões, mesmo que nesta noite em que escrevo essas linhas, as razões sejam as piores.

Te amei como você é e eu nunca te quereria de outra forma, te amei sem entender tudo, convencido de que o tempo me daria as ferramentas necessárias; talvez no meio de todo esse amor eu tenha deixado de perguntar se me amava a ponto de assumir tudo que nos separa. Pode ser também que você nunca me desse tempo de fazer essa pergunta, e nem, aliás, dava a si mesma tempo para fazer a mesma pergunta. Mas esse tempo chegou, mesmo que a gente não queira.

Volto amanhã para Berlim. Postarei essa carta na primeira agência que encontrar. Vai chegar a você, como sempre, em poucos dias e, se minhas contas estão certas, será no dia 16 ou 17.

Você vai achar nesse envelope algo que eu mantive em segredo, gostaria de enviar uma foto minha, mas não estou com muito boa aparência no momento e, além disso, me parece meio presunçoso da minha parte. Segue então só uma passagem de avião. Como você vê, não precisa mais trabalhar por meses ainda para vir me encontrar, se ainda quiser. Também tinha separado dinheiro para ir te buscar. Trouxe a passagem para Cabul e queria enviar, mas como você vai ver... Ainda está no prazo de validade.

Vou te esperar no aeroporto de Berlim no último dia de cada mês.

Se nos encontrarmos, farei a promessa de não sequestrar o homem que ela tiver escolhido, a filha que porventura tivermos. E qualquer que seja a sua diferença, vou compreender quem a roubar de mim, vou compreender minha filha porque amei a mãe dela.

Julia, jamais terei raiva de você, respeitarei sua escolha, qualquer que seja. Se não vier, se eu tiver que partir sozinho do aeroporto no último dia do mês, saiba que vou entender, é para dizer isso que eu escrevo. Nunca então vou esquecer o maravilhoso rosto que a vida me ofereceu num fim de tarde de novembro quando, com a esperança de volta, eu escalei o muro e caí nos seus braços, eu que vinha do Leste e você do Oeste.

Você é e continuará sendo, na minha memória, a coisa mais bonita que já me aconteceu. Me dou conta do quanto te amo escrevendo essas palavras.

Até breve, espero. De qualquer maneira, você está comigo e vai sempre estar. Em algum lugar, sei que você está respirando e, para mim, isso já é muito.

Todo meu amor,

Tomas.

Um carnê com a capa amarelada caiu do envelope. Julia abriu. No carbono vermelho de uma passagem aérea estava escrito à máquina: Fraülein Julia Walsh, Nova York — Paris — Berlim, 29 de setembro de 1991. Julia colocou-o de volta na gaveta da escrivaninha. Entreabriu a janela e voltou a se deitar na cama. Com as mãos atrás da cabeça, ficou assim por um longo momento, simplesmente olhando as cortinas do quarto, duas abas de pano em que esvoaçavam velhas companhias, cúmplices reencontradas de solidões antigas.

*

No início da tarde, Julia saiu do quarto e foi até a copa. Abriu o armário onde Wallace sempre guardava as geleias. Pegou um pacote de torradas numa prateleira, achou o vidro de mel e se sentou à mesa da cozinha. Olhou a cavidade ainda aberta por alguma colher na massa. Estranha marca, provavelmente deixada por Anthony Walsh ao tomar seu último café da manhã ali. Imaginou-o sentado no lugar em que estava, sozinho na imensa cozinha diante de uma xícara, lendo o jornal. Em que estaria pensando, naquele dia? Curioso testemunho de um passado para sempre extinto. Por que o detalhe aparentemente anódino a fazia tomar consciência, talvez pela primeira vez, da morte do pai? Muitas vezes, um quase nada basta, um simples objeto encontrado, um cheiro, para trazer à memória alguém desaparecido. E no meio daquele amplo espaço, também pela primeira vez, sua infância, ainda que odiada, lhe fez falta. Tossiram à porta, ela ergueu a cabeça. Anthony Walsh sorria.

— Posso entrar? — perguntou, se sentando à frente dela.

— Faça como se estivesse em casa!

— Trouxe da França, à flor de lavanda, ainda gosta muito desse mel?

— Como você pode ver, há coisas que não mudam.

— O que dizia a carta?

— Acho que não é da sua conta.

— Tomou alguma decisão?

— Do que você está falando?

— Você sabe muito bem. Vai responder?

— Vinte anos depois, é meio tarde, não?

— Está fazendo a pergunta para mim ou para si mesma?

— Tomas deve certamente estar casado, ter filhos... Que direito tenho eu de reaparecer na vida dele?

— Menino, menina, ou quem sabe gêmeos?

— O quê?

— Pergunto se os seus dons de clarividência também dão mais detalhes dessa família encantadora. E então, menino ou menina?

— Mas do que você está falando?

— Hoje mesmo de manhã você achava que ele estava morto. Está indo um tanto rápido nas conjecturas, já decidindo o que ele fez da vida.

— São vinte anos, droga, não estamos falando de seis meses!

— Dezessete! É tempo de sobra para ter se divorciado várias vezes, a menos que tenha trocado de time, como o seu amigo antiquário. Como se chama mesmo? Stanley? É isso, Stanley.

— E você tem a cara de pau de querer bancar o engraçado!

— O humor é uma ótima maneira de se desmontar o real, quando ele nos atropela; não sei mais quem disse isso, mas é muito verdadeiro. Insisto na pergunta, você tomou uma decisão?

— Não há decisão a ser tomada, já é tarde demais. Quantas vezes vou repetir? Você devia ficar contente, não?

— Tarde demais só existe quando as coisas se tornam definitivas. É tarde demais para que eu diga à sua mãe tudo que eu gostaria que ela tivesse sabido antes de me deixar e como seria bom se ela tivesse me escrito antes de perder a razão. Quanto a você e a mim, tarde demais será sábado, quando eu me apagar como um reles brinquedo com pilhas gastas. Mas se Tomas ainda estiver vivo, sinto te contrariar nesse caso, mas não, não é tarde demais. E se lembrar um pouco da reação que você teve ontem, vendo aquele desenho, e o que nos fez vir aqui essa manhã, não tenta se esconder atrás do pretexto de que é tarde demais. Acha outra desculpa.

— O que, exatamente, você está querendo?

— Eu nada. Mas você, talvez esse Tomas, a menos que...?

— A menos que o quê?

— Nada não, me desculpe, só falo, falo, mas é você que tem razão.

— É a primeira vez que te ouço dizer que eu tenho razão em alguma coisa, fico curiosa de saber em quê.

— É desnecessário, posso garantir. É tão mais fácil continuar a se lamentar, a choramingar com relação ao que podia ter sido. Posso já ouvir todo o blá-blá-blá de sempre, "o destino não quis, foi assim", para não falar de "é tudo culpa do meu pai, ele realmente estragou minha vida". Viver no drama, afinal, é uma maneira como outra qualquer de existir.

— Que susto! Por um momento achei que você me levava a sério.

— Tendo em vista a maneira como você se comporta, o risco era ínfimo!

— E mesmo que eu morresse de vontade de escrever ao Tomas, mesmo que conseguisse encontrar um endereço para onde enviar minha carta com 17 anos de atraso, eu nunca faria isso com o Adam, seria horrível. Não acha que ele já passou por mentiras demais numa só semana?

— De forma alguma! — respondeu Anthony com um ar mais do que irônico.

— O que houve, hein?

— Você está certa. Mentir por omissão é bem melhor, bem mais honesto! Além disso, terão assim a oportunidade de compartilhar algo. Ele não será mais o único a quem você mentiu.

— E posso saber em quem está pensando?

— Em você! Toda noite em que se deitar ao lado dele, com nem que seja uma ponta de pensamento no amigo do Leste, pronto, uma mentira; um mínimo instante de saudade, pronto, mais uma; toda vez que se perguntar se não devia ter ido a Berlim afinal para ter certeza, pronto, uma terceira mentira. Espere, deixa eu calcular, sempre fui bom em matemática; imaginemos três rápidos pensamentos por semana, duas lembranças fulgurantes e três comparações entre Tomas e Adam, temos três mais dois mais três, ou seja, oito, multiplicado por 52 semanas, multiplicado por 30 anos de vida comum, sei que estou sendo otimista, mas vamos lá... O resultado é de 12.480 mentiras. Nada mal para uma vida de casal!

— Está satisfeito? — perguntou Julia, aplaudindo cinicamente.

— Acha que viver com alguém, sem ter certeza dos próprios sentimentos, não é uma mentira, uma traição? Teria a menor ideia da forma que toma a vida quando o outro está ao seu lado como se você fosse um estranho?

— Como se você soubesse!

— Nos três últimos anos da vida dela, sua mãe polidamente me chamava de senhor, e quando eu entrava no quarto, ela me indicava o banheiro, achando que eu era um encanador. Vai querer que eu escreva isso para que entenda melhor?

— Mamãe te tratava mesmo de senhor?

— Nos dias em que estava bem, pois podia gritar pela polícia, achando que um desconhecido invadira a casa.

— Queria mesmo que ela escrevesse, antes de...?

— Não tenha medo das palavras certas. Antes de perder o juízo? Antes de enlouquecer? A resposta é sim, mas não estamos aqui para falar da sua mãe.

Anthony olhou demoradamente para a filha.

— E então, está bom o mel?

— Muito — ela concordou, mordendo uma torrada.

— Um pouco mais sólido do que antes, não é?

— É, um pouco mais duro.

— As abelhas ficaram preguiçosas, desde que você deixou a casa.

— É bem possível — ela sorriu. — Quer que falemos de abelhas?

— É um assunto.

— Ela fez muita falta?

— É claro, que pergunta!

— Foi pela mamãe que saltou de pés juntos na sarjeta?

Anthony buscou no bolso interno do paletó um envelope. Empurrou-o na mesa até onde estava Julia.

— O que é?

— Duas passagens para Berlim, com escala em Paris, continua não havendo voo direto. Sai às 17 horas, você pode ir sozinha, não ir ou posso te acompanhar, você decide; mais uma novidade, não é?

— Por que está fazendo isso?

— O que fez do pedaço de papel?

— Que papel?

— O bilhete de Tomas que estava sempre com você e que surgia como por passe de mágica toda vez que esvaziava os bolsos; aquele papelzinho amassado que eternamente me acusava do mal que eu te havia feito.

— Perdi.

— O que havia escrito? Ah, é melhor que não responda, o amor é de uma banalidade horrível. Perdeu mesmo?

— Foi o que eu disse!

— Não acredito muito, esse tipo de coisa nunca desaparece completamente. Um dia ressurge do fundo do coração. Corre, vai preparar sua bolsa.

Anthony se levantou e saiu da cozinha. Já na porta, se voltou.

— Se apressa; não precisa passar em casa, se faltar alguma coisa a gente compra ao chegar. Não temos muito tempo, estou esperando lá fora, já pedi um carro. Tenho uma estranha impressão de déjà-vu dizendo isso, estou enganado?

E Julia ouviu os passos do pai no hall da casa.

Apoiou a cabeça nas duas mãos e suspirou. Pelos dedos entreabertos, via o pote de mel em cima da mesa. Não seria tanto para retomar as pegadas de Tomas, mas para prosseguir a viagem com o pai, que era preciso ir a Berlim. E jurou para si mesma, da maneira mais sincera, que isso não era pretexto nem desculpa e que Adam certamente um dia compreenderia.

De volta ao quarto, pegando a sacola que ficara ao pé da cama, seu olhar se dirigiu a uma prateleira. Um livro de história com capa grená saía um pouco da arrumação. Ela hesitou, pegou-o e tirou um envelope azul escondido. Colocou-o em sua bagagem, fechou a janela e deixou o quarto.

*

Anthony e Julia chegaram quase no fim do check in. A funcionária lhes entregou os cartões de embarque e aconselhou que se apressassem. Àquela hora, não se podia mais garantir que chegassem ao portão antes da última chamada.

— Com minha perna, não vamos conseguir — disse Anthony olhando para ela desolado.

— Tem problemas de locomoção, senhor? — preocupou-se a moça.

— Na minha idade, senhorita, é infelizmente algo corriqueiro — respondeu orgulhoso, apresentando o certificado que atestava o uso do marca-passo.

— Aguarde aqui — disse ela, pegando o telefone.

Poucos instantes depois, um carrinho elétrico os levava ao ponto de embarque para o voo de Paris. Escoltados por um agente da companhia, passar pelo controle de segurança foi brincadeira de criança.

— Teve de novo um bug? — perguntou Julia, com o carrinho indo a toda velocidade pelos compridos corredores do aeroporto.

— Não fica falando — cochichou Anthony —, vai acabar chamando atenção, minha perna não tem problema algum!

E ele retomou uma conversa com o motorista, como se realmente achasse apaixonante a vida deste último. Dez minutos depois, Anthony e a filha eram os primeiros a embarcar.

Enquanto duas aeromoças ajudavam Anthony Walsh a se acomodar na poltrona, uma ajeitando almofadas em suas costas e outra oferecendo cobertores, Julia voltou à porta de entrada do avião. Disse ao comissário que tinha um último telefonema a dar. O pai já estava a bordo e ela voltaria em instantes. Voltou pela passarela e sacou o celular.

— Então, em que pé está esse misterioso périplo pelo Canadá? — perguntou Stanley, atendendo.

— Estou no aeroporto.

— Já de volta?

— Partindo!

— Creio, querida, que eu devo ter perdido um capítulo!

— Voltei de manhã, não tive tempo de ir te ver e, no entanto, juro que precisava muito.

— E pode-se saber para onde está indo agora? Oklahoma, quem sabe Wisconsin?

— Stanley, se você encontrasse uma carta do Edward, uma carta escrita de próprio punho pouco antes do fim, mas nunca lida, você a abriria?

— Já disse isso, minha Julia, as últimas palavras dele foram para dizer que me amava. O que acrescentar a isso? Outras desculpas, outros remorsos? Aquelas poucas palavras valem por todas que tivéssemos esquecido de dizer.

— Então devolveria o envelope ao lugar em que estava?

— Acho que sim, mas nunca achei bilhete algum do Edward no nosso apartamento. Não era muito de escrever, sabe?, até a lista do supermercado era eu que fazia, sempre. Não imagina como isso me irritava na época. Vinte anos depois, porém, toda vez que vou ao supermercado compro o iogurte da marca que ele preferia. É meio idiota, não é, lembrar desse tipo de coisa tanto tempo depois?

— Acho que não.

— Encontrou uma carta do Tomas, foi isso? Você fala do Edward toda vez que pensa nele, abre!...

— Por que, já que você mesmo não faria isso?

— É triste que em vinte anos de amizade você nunca tenha percebido que sou tudo menos um exemplo a se seguir. Abre essa carta logo, se preferir deixa para ler amanhã, mas de jeito nenhum a destrua. Pode ser que eu tenha mentido um pouco; se Edward tivesse deixado uma, teria lido cem vezes, por horas a fio, para ter certeza de compreender cada palavra, mesmo sabendo que ele nunca perderia tanto tempo me escrevendo. E agora pode me dizer para onde está indo? Estou fervendo de impaciência para saber qual código eu terei que discar hoje à noite.

— Vai ter que ser amanhã e você vai ter que discar 49.

— É no exterior?

— Alemanha, Berlim.

Silêncio. Stanley respirou profundamente antes de retomar a conversa.

— Descobriu algo nessa carta que, então, já tinha aberto?

— Ele está vivo!

— É claro... — suspirou Stanley. — E você está ligando da sala de embarque para perguntar se está certa de ir atrás dele, é isso?

— Estou ligando da passarela... acho que você já me respondeu.

— Então corre, idiota, não vai me perder esse avião.

— Stanley?

— O que mais?

— Está chateado comigo?

— Não, só que detesto saber que está tão longe, só isso. Tinha alguma outra pergunta imbecil?

— Como você consegue...

— Responder as suas perguntas antes que você as faça? As más línguas vão dizer que é por ser ainda mais moça do que você, mas tem o direito de achar que é por ser o seu melhor amigo. Agora desaparece, antes que eu perceba o quanto vou sentir sua falta.

— Ligo para você de lá, prometo.

— Claro, com certeza!

A aeromoça fazia sinal para Julia de que precisava voltar a bordo imediatamente, a tripulação só esperava por ela para fechar a porta do avião. E quando Stanley perguntou o que devia dizer a Adam se ele telefonasse, Julia já havia desligado.

14.

Com as bandejas do jantar já retiradas, a aeromoça diminuiu a iluminação, mergulhando em semiescuridão o interior do avião. Desde o início da viagem, Julia em momento algum vira o pai ingerir qualquer alimento, dormir ou sequer descansar. Algo, é claro, normal em se tratando de uma máquina, mas uma ideia estranha de aceitar. Ainda mais por serem os únicos detalhes a lembrar que aquela viagem a dois representava alguns poucos dias que teriam juntos. A maioria dos passageiros dormia, alguns assistiam a um filme nas telas dos encostos; na última fila, um homem examinava documentos com sua luz individual acesa. Anthony folheava um jornal, Julia olhava para além da janela os reflexos prateados da lua na asa do avião e o oceano que se esboçava na noite azul.

*

Na primavera, eu tinha resolvido abandonar o Beaux-Arts e não voltar para Paris. Você insistiu para que eu não fizesse isso, mas minha decisão estava tomada e me tornaria jornalista como você e, como você, eu saía de manhã em busca de um emprego, apesar da nenhuma esperança de conseguir algum, sendo americana. Há alguns dias, as linhas de bonde tinham voltado a ligar os dois lados da cidade. Ao nosso redor, tudo se movia, as pessoas falavam de juntar o país, formando um só como antes, quando as coisas da vida não eram as da Guerra Fria. Os que serviam na polícia secreta pareciam ter se evaporado e levado com eles os seus arquivos. Poucos meses antes, todos os documentos comprometedores haviam começado a ser suprimidos, todas as pastas constituídas sobre milhões de seus compatriotas, e você esteve entre os primeiros a se manifestar contra isso.

Teria, você também, um número em alguma pasta? Esconde-se ainda, em arquivos secretos com fotos suas tiradas furtivamente na rua ou no seu trabalho, a lista de quem você frequentava, os nomes dos amigos, o da sua avó? Sua juventude seria suspeita para as autoridades daquele tempo? Como o nosso mundo pôde permitir isso, após tantos ensinamentos dos anos de guerra? Seria esta a maneira de se ter uma revanche? Você e eu nascemos já tarde demais para nos odiarmos, tínhamos coisas demais a inventar. À noite, quando passeávamos pelo seu bairro, eu muitas vezes te via ainda ter medo. Bastava ver um uniforme ou um carro andando em marcha lenta. "Vem, vamos sair daqui", você dizia e me levava ao abrigo da primeira ruela, da primeira escada que nos permitisse escapar, deixar para trás o inimigo invisível. E quando eu zombava disso, você ficava com raiva, dizendo que eu não entendia nada, ignorava o tanto de que eles tinham sido capazes. Quantas vezes não notei seu olhar percorrendo toda a área de algum restaurante simples em que eu te levava para jantar? Quantas vezes não disse "vamos sair daqui", vendo o rosto sombrio de um cliente que te remetia àquele passado inquietante? Desculpe, Tomas, você tinha razão, eu não sabia o que é ter medo. Desculpe por eu ter rido quando você fez a gente se esconder sob uma ponte porque um comboio militar atravessava o rio. Eu não sabia, não podia compreender, nenhum dos meus podia.

Quando você apontava para alguém no bonde, eu entendia pelo seu olhar que havia reconhecido um daqueles que trabalharam na polícia secreta. Despidos do uniforme, da autoridade que tinham e da arrogância, os ex-membros da Stasi se misturavam na cidade, se arranjavam na banalidade da vida de quem, ontem ainda, eles perseguiam, espionavam, julgavam e torturavam às vezes, e por tantos anos. Desde a queda do Muro, a maioria deles inventou um novo passado que impedisse a sua identificação, outros continuaram tranquilamente sua carreira e, para muitos, os remorsos se desfizeram com o passar dos meses, junto com a lembrança dos crimes cometidos.

Lembro de uma noite em que visitamos Knapp. Andávamos os três por um parque. Knapp não parava de fazer perguntas sobre a sua vida, não se dando conta do quanto era doloroso para você responder. Ele achava que o Muro de Berlim tinha levado uma sombra até o Ocidente, onde ele vivia, e você gritava que era o Leste, onde você vivera, que o Muro havia emparedado. Como puderam se acostumar com essa vida?, ele insistia. E você sorria, perguntando se ele havia mesmo esquecido. Knapp voltava à carga e você então capitulava e respondia as perguntas. Com paciência, falava de uma vida em que tudo era organizado, seguro, responsabilidade alguma devia ser assumida, com risco mínimo de se cometer erros. "Tínhamos taxa plena de emprego e o Estado era onipresente", você dizia, e dava de ombros. "É como as ditaduras funcionam", concluía Knapp. Isso convém a muita gente, a liberdade é uma imensa aposta, a maioria aspira por isso, sem saber como usar. E ouço você nos dizer, naquele café de Berlim Ocidental, que do lado oriental cada um, a seu próprio jeito, reinventava a vida nos seus apartamentos aconchegantes. A conversa ficou mais tensa quando seu amigo perguntou quantas pessoas, na sua opinião, tinham colaborado com o sistema naqueles anos sombrios.

Nunca chegaram a um acordo quanto ao número. Knapp falava de 30 por cento da população, no máximo. Você justificava a própria ignorância dizendo não poder saber, pois não trabalhara para a Stasi.

Desculpe, Tomas, você estava certo, foi preciso estar a caminho, na sua direção, para ter medo.

*

— Por que não me convidou para o seu casamento? — perguntou Anthony, descansando o jornal no colo.

Julia deu um pulo.

— Sinto muito, não queria te assustar. Estava muito longe?

— Não, só olhando para fora.

— Não tem nada além da noite — disse Anthony, se debruçando na janela.

— É, mas é lua cheia.

— Meio alto para pular na água, não é?

— Eu mandei um convite.

— Assim como a duzentos outras pessoas. Não é o que eu chamo de convidar o pai. Devia ser eu a te conduzir ao altar, é algo de que se deve falar pessoalmente.

— E do que nós falamos pessoalmente nos últimos vinte anos? Eu tinha a expectativa de que você me ligasse, esperava que pedisse que eu te apresentasse ao meu futuro marido.

— Já encontrei ele uma vez, eu acho.

— Por acaso, numa escada rolante do Bloomingdale's; não é o que eu chamo de travar conhecimento. Não dava para concluir disso que se interessasse por ele ou pela minha vida.

— Entramos os três para tomar um chá, se me lembro bem.

— Eu que propus, porque ele queria conhecer você. Vinte minutos durante os quais você monopolizou a conversa.

— Ele não era muito falante, quase autista, cheguei a achar que era mudo.

— Você fez alguma pergunta a ele?

— E você alguma vez me perguntou alguma coisa, pediu um conselho que fosse, Julia?

— Para que serviria isso? Para você me dizer o que faria na minha idade ou então o que esperava que se fizesse? Eu me calaria até o fim dos tempos para que você enfim entendesse que eu nunca quis me parecer com você.

— Melhor você dormir. Amanhã o dia vai ser cheio. Assim que descermos em Paris temos outro avião a tomar até chegar ao destino.

Ele arrumou a coberta nos ombros de Julia e retomou a leitura do jornal.

*

O voo acabava de pousar na pista do aeroporto Charles de Gaulle. Anthony acertou o relógio para o fuso horário de Paris.

— Temos duas horas pela frente até a nossa conexão, vai ser tranquilo.

Naquele momento, Anthony ignorava que o avião, previsto para chegar no terminal E, tinha sido desviado para o terminal F, cujo portão não tinha passarela compatível com aquela aeronave, explicou a aeromoça, justificando a chegada de um ônibus que os levaria ao terminal B.

Anthony ergueu a mão, fazendo sinal ao chefe de cabine, que veio vê-lo.

— Vamos para o terminal E! — disse ao comissário.

— Como? — perguntou esse último.

— No anúncio disseram terminal B, mas acho que devíamos ir para o E.

— É possível — respondeu o chefe de cabine —, até nos perdemos com tantos terminais.

— Me tira uma dúvida, estamos no Charles de Gaulle, não é?

— Com três portões diferentes, sem passarela e ônibus que não chega, não tenha dúvida!

Quarenta e cinco minutos depois da aterrissagem, puderam finalmente descer do avião. Tinham ainda que passar pela alfândega e se dirigir ao terminal de onde partia o voo para Berlim.

Dois policiais eram incumbidos do controle de centenas de passaportes dos passageiros recém-desembarcados de três voos. Anthony olhou as horas no relógio do aeroporto.

— Duzentas pessoas à nossa frente, acho que não vamos conseguir.

— Pegamos o voo seguinte! — respondeu Julia.

Uma vez passado o controle de passaportes, percorreram uma interminável série de corredores e de esteiras rolantes.

— Seria mais fácil vir a pé de Nova York — reclamou Anthony.

Mal terminou a frase, despencou no chão.

Julia tentou ajudar, mas a queda foi tão brusca que ela nada pôde fazer. A esteira continuava a rolar levando Anthony deitado.

— Papai, papai, acorda! — ela o sacudia assustada.

Já se ouvia os estalidos de junção das placas. Um passageiro veio correndo em socorro. Ergueram Anthony e o afastaram um pouco. O homem tirou o casaco e o dobrou sob a cabeça de Anthony, ainda inerte. Depois, disse que ia chamar o socorro.

— Não, de forma alguma! — assustou-se Julia. — Não é nada, um pequeno mal-estar, eu estou acostumada.

— Tem certeza? Seu marido não parece bem.

— É meu pai! É diabético — mentiu Julia. — Papai, acorda — repetiu, sacudindo-o de novo.

— Deixe eu tomar o pulso dele.

— Não toca nele! — ela berrou, em pânico.

Anthony abriu os olhos.

— Onde nós estamos? — perguntou, tentando se levantar.

O homem que dera assistência a Julia o ajudou. Anthony se apoiou na parede, até recuperar o equilíbrio.

— Que horas são?

— Tem certeza de que é só um mal-estar? Ele não parece muito coerente...

— Desculpe, mas o que você tem com isso? — cortou Anthony, com todo o vigor recuperado.

O desconhecido pegou de volta o casaco e se foi.

— Você podia ao menos ter agradecido — censurou Julia.

— Pelo quê? Te paquerar descaradamente, fingindo estar ajudando? Era só o que me faltava.

— Você é realmente impossível, que susto que me deu!

— Se assustou à toa, o que poderia acontecer comigo? Eu já estou morto! — concluiu Anthony.

— Posso saber o que aconteceu, exatamente?

— Um mau contato, imagino, ou alguma interferência. É preciso registrar isso. Se eu apago quando alguém desliga um telefone celular, é meio chato.

— Nunca vou poder contar o que eu estou vivendo — disse Julia, sacudindo os ombros.

— Eu sonhei que você me chamou de papai, ainda há pouco?

— Deve ter sido sonho! — ela respondeu, com o pai já levando-a para a área de embarque.

Restavam 15 minutos e ainda tinham que passar pela segurança.

— Droga! — disse Anthony, abrindo o passaporte.

— O que foi dessa vez?

— Minha certidão do marca-passo, não estou encontrando.

— Deve estar em algum bolso.

— Acabei de ver em todos, nada!

Parecendo contrariado, olhou os portões à frente.

— Se eu passo por ali, chamo a atenção de toda a polícia do aeroporto.

— Procura mais nas suas coisas! — impacientou-se Julia.

— Não insiste, estou dizendo que perdi, deve ter caído no avião quando deixei meu paletó com a aeromoça. Sinto muito, não vejo nenhuma solução.

— Não viemos até aqui para voltar para Nova York. Além disso, como é que faríamos?

— Alugamos um carro e vamos até a cidade. No caminho, eu dou um jeito.

Anthony propôs pegarem um quarto de hotel para a noite.

— Dentro de duas horas Nova York já vai estar de pé e você pode telefonar para o meu médico, pedindo que ele envie por fax uma cópia.

— Ele não sabe que você morreu?

— Olha que besteira, esqueci de avisar!

— Por que nós não pegamos um táxi? — ela perguntou.

— Táxi em Paris? Você não conhece essa cidade!

— Você realmente tem ideias preconcebidas com relação a tudo!

— Não acho que seja o melhor momento para nós brigarmos; estão ali os guichês de aluguel, um carro pequeno basta. Na verdade não, pede um de quatro portas, só para manter o status!

Julia desistiu. Já passava de meio-dia quando tomou a pista levando ao entroncamento da autoestrada A1. Anthony se debruçou na direção do para-brisa, observando atentamente as placas de direção.

— Pega a direita! — ordenou.

— Paris é à esquerda, está escrito em letras garrafais.

— Muito obrigado, eu sei ler, faz o que eu estou dizendo! — reclamou Anthony, forçando-a a girar o volante.

— Está louco? O que é que você está fazendo? — ela gritou, com o carro saindo perigosamente da faixa em que estava.

Já era tarde demais para mudar outra vez de pista. Sob um concerto de buzinas, Julia se viu tomando a direção norte.

— Muito esperto, estamos indo para Bruxelas, Paris é no sentido oposto.

— Eu sei! E se não estiver cansada demais para dirigir de uma só vez mais 600 quilômetros depois de Bruxelas, chegamos a Berlim em nove horas, se meus cálculos estiverem corretos. Na pior das hipóteses, fazemos escala no caminho para você dormir um pouco. Não há portões de segurança nas autoestradas, isso resolve nosso problema num primeiro momento, e já não temos mais tanto tempo. Restam quatro dias antes de nós voltarmos, e isso se eu não enguiçar.

— Você já estava com essa ideia idiota bem antes de alugar o carro, não é? Por isso quis um carro maior!

— Quer ver o Tomas ou não? Então segue em frente. Não preciso indicar o caminho, você deve lembrar, não é?

Julia ligou o rádio do carro, botou o som no máximo e acelerou.

*

Em vinte anos, o traçado da autoestrada havia mudado. Duas horas depois de saírem do aeroporto, já cruzavam Bruxelas. Anthony não estava tão falante. Por vezes resmungava, olhando a paisagem. Julia tinha aproveitado a distração dele e inclinado o retrovisor na sua direção, podendo vê-lo sem ele notar. Anthony diminuiu o volume do rádio.

— Não estava contente na escola de belas-artes? — perguntou, quebrando o silêncio.

— Acabei não ficando muito tempo, mas amava o lugar em que eu morava. A vista do meu quarto era incrível. A mesa dava para o telhado do Observatório.

— Eu também adorava Paris. Tenho muitas lembranças. Acho até que é a cidade em que eu gostaria de morrer.

Julia tossiu.

— O que há? — perguntou Anthony. — Que cara é essa, de repente? Disse mais alguma coisa que não devia?

— Não, de jeito nenhum.

— Estou vendo que você ficou estranha.

— Bom... não é fácil dizer, é bem fora do comum.

— Não banca a difícil, fala!

— Você morreu em Paris, papai.

— É? — exclamou Anthony, surpreso. — Que coisa, não sabia.

— Não tem a menor lembrança?

— O programa de transferência da minha memória parou na minha ida à Europa. Depois disso, é um imenso buraco negro. Imagino ser melhor assim, não deve ser tão divertido lembrar da própria morte. No fim das contas, o limite de tempo que se deu à máquina é um mal necessário. E não só para as famílias.

— Entendo — respondeu Julia, sem graça.

— Eu também. Saiba que a situação não é estranha só para você. Quanto mais as horas passam, mais perturbadora fica para mim também. Que dia é hoje?

— Quarta-feira.

— Três dias, já pensou? É um tique-taque bem barulhento o desse ponteiro dos segundos batendo na cabeça. Sabe como eu...

— Um ataque cardíaco, parado num sinal de trânsito.

— Ainda bem que não estava aberto, eu ainda teria sofrido um acidente.

— Estava aberto!

— Ih, que chato!

— Mas não houve acidente, se isso te consola.

— Para falar a verdade, não consola nada. Eu sofri?

— Não, me disseram que foi fulminante.

— Bom, é o que sempre dizem às famílias para tranquilizá-las. Além do mais, que diferença faz, afinal? É coisa do passado. Quem se lembra de como as pessoas morreram? Já é muito quando nos lembramos de como elas viveram.

— Podemos mudar de assunto? — pediu Julia.

— Como queira, estava achando engraçado comentar com alguém sobre o meu próprio desaparecimento.

— Esse alguém em questão é a sua filha e, francamente, você não parecia estar achando isso tão engraçado assim.

— Não vai começar agora a bancar a ajuizada, por favor.

Uma hora depois, o automóvel entrava em território holandês, com a Alemanha a apenas 70 quilômetros.

— É incrível o que eles fizeram — disse Anthony —, não tem mais fronteira, a gente pode se imaginar quase livre. Se estava feliz em Paris, por que foi embora?

— De improviso, em plena noite; achei que era coisa de poucos dias. De início, foi só uma diversão com amigos.

— Eram conhecidos seus há tempos?

— Uns dez minutos.

— Nada mais normal. E o que faziam da vida esses amigos?

— Estudantes, como eu, quer dizer, eles eram da Sorbonne.

— Entendo, e por que Alemanha? Espanha, Itália, seriam mais alegres, não?

— Desejo de revolução. Antoine e Mathias pressentiram a queda do Muro. Provavelmente não de maneira tão clara, mas algo importante estava acontecendo e nós resolvemos ir ver.

— Onde foi que eu errei na sua educação para que você tivesse desejos de revolução? — disse Anthony, batendo nos joelhos.

— Não se incomode, foi certamente só o que você fez realmente bem.

— É um ponto de vista! — resmungou Anthony, se virando para o vidro.

— Por que resolveu fazer agora essas perguntas todas?

— Bom, você não faz nenhuma... Gosto de Paris porque foi onde beijei a sua mãe pela primeira vez. E posso garantir que não foi nada fácil.

— Não sei se quero saber desses detalhes.

— Não pode imaginar como ela era bonita. Tínhamos 25 anos.

— Como fez para ir a Paris? Achei que não tinha dinheiro quando era novo.

— Fiz meu serviço militar numa base na Europa, em 1959.

— Onde?

— Em Berlim! E guardo uma ótima lembrança dessa época!

De novo o rosto de Anthony se voltou para a paisagem que desfilava.

— Não precisa me olhar pelo reflexo do vidro, sabe, estou bem aqui do lado — disse Julia.

— Nesse caso, põe o retrovisor de volta no lugar certo, vai poder ver os carros que vêm atrás antes de ultrapassar o próximo caminhão!

— Encontrou a mamãe lá?

— Não, foi na França que nos conhecemos. Quando terminei o serviço militar, fui de trem para Paris. Sonhava ver a torre Eiffel antes de voltar para casa.

— E se apaixonou de imediato.

— É bonita, mas menor do que os nossos arranha-céus.

— Estava falando da mamãe.

— Ela dançava num grande cabaré. O perfeito clichê do soldado americano com saudade das origens irlandesas e a dançarina que veio do mesmo país.

— Mamãe era dançarina?

— Bluebell Girl! A companhia se apresentava no Lido, no Champs Élysées. Um amigo tinha conseguido os lugares. Sua mãe era uma verdadeira vedete. Se tivesse visto ela no palco sapateando, te juro que não devia nada a Ginger Rogers.

— Por que ela nunca falou disso?

— Não somos muito falantes na família; ao menos essa característica você herdou.

— Como você conquistou ela?

— Achei que não estava interessada nos detalhes. Se diminuir um pouco a velocidade, eu conto.

— Não estou tão rápido assim! — respondeu Julia olhando o ponteiro do velocímetro, que chegava aos 140 quilômetros por hora.

— É questão de perspectiva! Estou habituado com as nossas autoestradas, em que a gente tem tempo de ver passar a paisagem. Se continuar nesse ritmo, vai precisar de uma chave inglesa para soltar meus dedos desse apoio de mão.

Julia tirou um pouco o pé do acelerador e Anthony respirou fundo.

— Eu estava numa mesa junto ao palco. O espetáculo era por dez noites seguidas; eu fui a todas, inclusive domingo, quando tinha apresentação também à tarde. Com boas gorjetas, a moça que distribuía os lugares conseguia sempre a mesma cadeira.

Julia desligou o rádio.

— Pela última vez, arruma esse retrovisor e presta atenção na estrada! — insistiu Anthony.

Julia obedeceu sem discutir.

— No sexto dia, sua mãe acabou se dando conta do meu arranjo. Ela jurava ter percebido no quarto dia, mas tenho certeza de que foi no sexto. Em todo caso, eu constatei que ela olhou para mim várias vezes durante a apresentação. Sem querer me gabar, mas ela inclusive quase errou um passo. Também nisso, sempre jurou que não teve nada a ver com a minha presença. Era por puro charme que ela se recusava a reconhecer. Mandei flores para o camarim para que ela visse no fim do espetáculo; toda noite um buquê de minirrosas, sem cartão algum.

— Por quê?

— Se não me interromper, vai entender. Na última apresentação, fui esperar por ela na saída dos artistas. Com uma rosa branca na lapela.

— Não acredito que tenha feito uma coisa dessas! — lançou Julia, sufocando o riso.

Anthony se virou para o vidro e não falou mais.

— E depois? — insistiu Julia.

— Fim da história!

— Como assim, fim da história?

— Você está debochando, então não conto mais!

— Não estava debochando, de jeito nenhum.

— E era o que, aquele riso idiota?

— O contrário do que você imagina, só porque nunca te imaginei como um rapazinho perdidamente romântico.

— Para no primeiro posto de gasolina, vou continuar a pé! — exclamou Anthony, cruzando os braços, emburrado.

— Continua a contar, senão acelero!

— Sua mãe estava acostumada com admiradores que esperavam por ela no final do corredor, um sujeito da segurança escoltava as dançarinas até o ônibus que levava elas para o hotel. Eu estava no caminho e ele me mandou sair da frente com tom autoritário demais para o meu gosto. Ergui os punhos em guarda.

Julia não pôde impedir o riso.

— Ótimo — disse Anthony, furioso. — Se é assim, não dou mais um pio.

— Por favor, pai — disse ela, rindo. — Desculpa, não consegui me controlar.

Anthony virou a cabeça e olhou-a fixamente.

— Dessa vez eu não sonhei, você me chamou de pai!

— É possível — disse Julia, secando os olhos. — Continua!

— Estou avisando, se eu vir um mínimo sorriso, está acabado! Combinado?

— Prometo — ela respondeu, erguendo a mão direita.

— Sua mãe se meteu no meio, me levou mais adiante, longe do grupo e pediu ao motorista do ônibus que esperasse. Perguntou por que eu estava ali, sempre na mesma mesa, a cada espetáculo. Acho que até então ela não tinha visto a rosa branca na minha lapela. Eu a ofereci. Ficou tão surpresa de ser eu o remetente dos buquês de cada noite que aproveitei para responder à pergunta dela.

— O que você disse?

— Que tinha vindo pedir a mão dela.

Julia se virou para o pai, que mandou que se concentrasse na estrada.

— Sua mãe desatou a rir, uma risada bem parecida com a sua quando debocha de mim. Mas entendendo que eu de fato esperava uma resposta, ela fez sinal ao motorista para que fosse embora sem ela e propôs que eu, para começar, a convidasse a jantar. Nós andamos até uma *brasserie* no Champs Élysées. Posso garantir que descendo a avenida mais linda do mundo ao lado dela, eu me sentia o máximo. Precisava ver os olhares que ela atraía. Falamos durante todo o jantar, mas no final me vi numa situação horrível e achei que todas as minhas esperanças tinham acabado ali mesmo.

— Depois de pedir ela em casamento tão rápido, o que podia fazer que fosse mais chocante?

— Era bem constrangedor, eu não tinha com o que pagar a conta, por mais que vasculhasse discretamente os bolsos, não tinha um tostão. Minhas economias de militar tinham ido embora na compra das entradas do Lido e nos buquês.

— O que você fez?

— Pedi o sétimo café, a *brasserie* estava fechando, sua mãe tinha ido retocar a maquiagem. Chamei o garçom decidido a dizer que não tinha como pagar, disposto a implorar para que não fizesse escândalo e aceitasse meu relógio e meus documentos como garantia, prometendo que voltaria para pagar assim que pudesse, antes do fim da semana, no máximo. Ele me entregou um pratinho. Em vez da conta, era um bilhete da sua mãe.

— O que dizia?

Anthony abriu a carteira e tirou um pedaço de papel amarelado que ele abriu e leu com voz pausada.

— *Nunca fui boa em despedidas e com certeza você também não. Obrigada pela tão agradável noite e as minirrosas são as minhas preferidas. Estaremos em fevereiro em Manchester e ficarei feliz de rever você na sala. Se vier, deixarei então que me convide para jantar.* Está vendo — concluiu Anthony, mostrando a folha a Julia —, o bilhete está assinado pela sua mãe.

— Impressionante! — suspirou Julia. — Por que ela fez isso?

— Por ter rapidamente entendido a situação.

— Como?

— Um cara que toma sete cafés às duas horas da manhã e não sabe o que dizer quando as luzes da *brasserie* começam a se apagar...

— Você foi a Manchester?

— Primeiro trabalhei para recuperar um pouco as finanças. Acumulei empregos sucessivos. Às cinco da manhã, já estava no Halles descarregando caixotes do mercado, em seguida corria para um bar do bairro e servia na sala. Ao meio-dia, trocava o avental pela roupa de empregado de armazém. Perdi 5 quilos e ganhei o suficiente para ir à Inglaterra, comprar um ingresso do teatro em que a sua mãe dançava e, principalmente, poder convidá-la para um jantar digno desse nome. Consegui o que parecia impossível, que era estar na primeira fila. Assim que a cortina se abriu ela sorriu para mim.

"Depois do show, fomos a um antigo pub da cidade. Eu estava exausto. Tenho vergonha de dizer, mas dormi durante o espetáculo e percebi que sua mãe tinha notado. Quase não falamos na mesa naquela noite. Estávamos só trocando silêncios; quando chamei o garçom pedindo a conta, sua mãe me olhou fixamente e só disse 'Sim'. Da minha parte, olhei intrigado para ela, que repetiu aquele 'sim', com uma voz tão clara que ainda posso ouvir até hoje. 'Sim, quero me casar com você.' O teatro de revista estaria se apresentando em Manchester por dois meses. Sua mãe se despediu da companhia e pegamos o navio de volta para os Estados Unidos. Casamos na chegada. Só um padre e duas testemunhas que conseguimos na própria sala. Ninguém das nossas famílias se deu o trabalho. Meu pai nunca perdoou que eu me casasse com uma dançarina."

Com todo cuidado, Anthony arrumou o bilhete amarelado em seu lugar.

— Veja só, encontrei meu atestado do marca-passo! Que idiota eu sou! Em vez de colocar no passaporte, estupidamente guardei na carteira.

Julia balançou a cabeça, sem acreditar muito.

— Essa ida a Berlim era a sua maneira pessoal de continuarmos a viagem?

— Me conhece tão pouco assim para que precise fazer a pergunta?

— O aluguel do carro, o certificado "extraviado", foram de propósito para que a gente pegasse juntos a estrada?

— Se por acaso tudo isso tiver sido premeditado, até que não foi má ideia, não é mesmo?

Uma placa indicava que estavam entrando na Alemanha. De rosto fechado, Julia recolocou o retrovisor no lugar certo.

— O que há, não fala mais? — perguntou Anthony.

— Na véspera do dia em que você entrou no nosso quarto e agrediu Tomas, nós tínhamos decidido nos casar. Não aconteceu, meu pai não podia suportar que eu quisesse passar a vida com alguém que não era do mundo dele.

Anthony se virou para o vidro.

15.

Desde a divisa alemã, Anthony e Julia não trocavam uma palavra. De vez em quando, ela aumentava o volume do rádio e Anthony o abaixava de imediato. Uma floresta de pinheiros se erguia na paisagem. Beirando as árvores, uma fileira de blocos de concreto barrava um desvio que tinha sido fechado. Julia reconheceu ao longe as formas sinistras das antigas construções da zona fronteiriça de Marienborn, que haviam se tornado um memorial.

— Como fizeram para passar? — perguntou Anthony, vendo as maltratadas torres de vigilância passarem à direita.

— Foi pura sorte! Um dos amigos com quem eu viajava era filho de um diplomata, a gente disse que ia visitar parentes trabalhando em repartições, em Berlim Oriental.

Anthony riu.

— No seu caso particular, isso não deixava de apresentar uma certa ironia.

Colocou a mão no joelho dela.

— Sinto muito não ter pensado antes em enviar aquela carta — disse.

— Está sendo sincero?

— Não sei. Em todo caso, me sinto melhor por ter contado. Não quer dar uma parada, assim que possível?

— Por quê?

— Seria bom você descansar um pouco e eu também esticaria um pouco as pernas.

Uma placa indicava uma área de estacionamento a 10 quilômetros. Julia disse que pararia.

— Por que foram para Montreal, mamãe e você?

— Não tínhamos muito dinheiro, eu principalmente. Sua mãe tinha algum guardado, mas rapidamente gastamos. A vida em Nova York foi ficando cada vez mais difícil. Fomos muito felizes lá, sabe? Acho até que foram nossos melhores anos.

— Tem orgulho disso, não é? — perguntou Julia com uma voz suave, mas tingida de amargura.

— De quê?

— De ter partido com nada no bolso e ter conseguido tanto sucesso.

— Você não? Não fica orgulhosa da audácia que teve? Não fica contente quando vê uma criança brincar com um bichinho de pelúcia que nasceu da sua imaginação? Quando passeia num shopping e descobre na entrada de um cinema o cartaz de um filme do qual você inventou a história, não fica orgulhosa?

— Me contento em me sentir feliz, já é muito.

O carro tomou a saída para a área de descanso. Julia parou junto à calçada que limitava um extenso gramado. Anthony abriu a porta e olhou para a filha antes de sair.

— Você é uma chata, Julia! — disse se afastando.

Ela desligou o motor e encostou a cabeça no volante.

— Que diabos eu estou fazendo aqui?

Anthony atravessou uma área com brinquedos, reservada às crianças, e entrou no posto de gasolina. Pouco depois voltou, tendo nos braços uma sacola grande de provisões, abriu a porta e deixou as compras em cima do banco.

— Vai ao banheiro se refrescar um pouco, comprei coisas que vão recuperar as suas energias. Tomo conta do carro enquanto isso.

Julia aceitou a ideia. Contornou os balanços e se desviou do quadrado de areia, fazendo o mesmo caminho, e entrou no espaço do posto de gasolina. Ao sair, Anthony estava deitado ao pé de um escorrega, com os olhos pregados no céu.

— Você está bem? — perguntou, um pouco assustada.

— Acha que eu estou lá em cima?

Perturbada com a pergunta, Julia se sentou na grama, bem ao lado dele. Ergueu também a cabeça.

— Não tenho a menor ideia. Por muito tempo procurei Tomas nas nuvens, tinha certeza de várias vezes ter visto ele e, no entanto, ele está vivo.

— Sua mãe não acreditava em Deus, mas eu sim. E então, acha que eu estou ou não no Paraíso?

— Me desculpe por não responder a pergunta, eu não conseguiria.

— Acreditar em Deus?

— Aceitar a ideia de que você está aí do meu lado, conversando comigo e...

— Morto! Já disse, aprenda a não temer palavras. É importante usar as palavras exatas. Por exemplo, se tivesse dito antes, papai você é um canalha e um imbecil que nunca entendeu nada da minha vida, um egoísta que quis moldar minha existência à imagem da sua; um pai como tantos outros, que causava o meu mal dizendo que era para o meu bem, sendo, na verdade, para o seu próprio, eu talvez tivesse entendido. Talvez não perdêssemos tanto tempo e tivéssemos sido amigos. Admita que teria sido bom sermos amigos.

Julia ficou em silêncio.

— Veja só, um bom exemplo de palavras exatas: já que eu não fui bom pai, gostaria de ser seu amigo.

— É melhor voltarmos à estrada — disse Julia com uma voz fragilizada.

— Vamos esperar mais um pouco, acho que minhas reservas de energia não estão à altura do que diziam as instruções; se eu continuar a gastá-las como tenho feito, temo que a nossa viagem não dure tanto quanto o previsto.

— O tempo que for preciso. Berlim não está muito longe e, depois de vinte anos, não são algumas horas que farão diferença.

— Dezessete anos, Julia, não são vinte.

— Não muda grandes coisas.

— Três anos de vida? Muda sim, muito. Acredite, eu sei do que falo.

Pai e filha ficaram deitados e de braços cruzados atrás da cabeça, ela na grama e ele embaixo da descida do escorrega, os dois imóveis olhando para o céu.

Uma hora se passou, Julia pegou no sono e Anthony a olhava dormir. Parecia estar tranquila. Às vezes franzia a testa, incomodada pelos cabelos que o vento levava ao rosto. Com a mão hesitante, Anthony delicadamente empurrou a mecha para trás. Quando Julia abriu os olhos, o céu já ganhava sombras de fim de tarde. Anthony não estava mais ao lado. Ela olhou em volta e reconheceu seu vulto, sentado no banco da frente do carro. Voltou a calçar os sapatos, sem no entanto se lembrar de tê-los retirado e se dirigiu rapidamente ao estacionamento.

— Dormi muito tempo? — ela perguntou, ligando o motor.

— Umas duas horas, talvez um pouco mais, não sei.

— E você, o que fez?

— Esperei.

O carro deixou a área de descanso e voltou à autoestrada. Faltavam só 80 quilômetros para Potsdam.

— Vamos chegar já de noite — disse Julia. — Não tenho a menor ideia de como encontrar Tomas. Nem sei se continua morando lá. Na verdade, pensando bem, você me fez vir de repente e quem garante que ele ainda more em Berlim?

— De fato, é uma possibilidade, considerando a alta de preço dos imóveis, a mulher, os trigêmeos e a família da esposa que foi morar com eles, talvez tenham se mudado para um vistoso chalé no campo.

Julia olhou zangada para o pai, que de novo fez sinal para que ela se concentrasse na estrada.

— É fascinante como o medo pode inibir a mente — retomou ele.

— O que você está insinuando com isso?

— Nada, uma ideia como outra qualquer. Aliás, sem querer me meter em assunto que não me diz respeito, mas você devia dar notícias ao Adam. Faz isso nem que seja por mim, não aguento mais ouvir Gloria Gaynor, que não parou de berrar na sua bolsa enquanto você dormia.

E Anthony deu início a uma paródia irreverente de *I Will Survive*. Julia fez o que pôde para se manter séria, mas quanto mais alto Anthony cantava, mais ela se deixava levar. Entrando nos arredores de Berlim, riam os dois.

Anthony guiou Julia até o Brandenburger Hof Hotel. Mal chegaram, um manobrista os recebeu, cumprimentando o senhor Walsh, que descia do carro. "Boa-noite, senhor Walsh", disse também o porteiro, fazendo girar a porta. Anthony cruzou o hall e foi até a recepção, onde o encarregado o cumprimentou pelo nome. Apesar de não terem feito reserva e o hotel anunciar lotação completa, ele garantiu que dois quartos da melhor categoria estariam à disposição deles. Lamentava apenas que não estivessem no mesmo andar. Anthony agradeceu, acrescentando que esse detalhe não tinha a menor importância. Dando as chaves ao carregador, o recepcionista perguntou se Anthony queria que ele reservasse uma mesa no restaurante da casa.

— Prefere que jantemos aqui? — perguntou Anthony, se virando para a filha.

— Você é acionista desse hotel? — quis saber Julia.

— Se não for o caso — respondeu Anthony — eu conheço um restaurante asiático formidável a dois minutos daqui. Ainda gosta de comida chinesa?

E como Julia não respondia, Anthony pediu que a recepção fizesse a reserva de dois lugares na varanda do China Garden.

Depois de se ajeitar um pouco no quarto, Julia foi encontrar o pai e saíram a pé.

— Está contrariada?

— É incrível como tudo mudou — respondeu Julia.

— Conseguiu falar com Adam?

— Consegui, liguei do meu quarto.

— O que ele disse?

— Que sentia a minha falta, sem entender por que eu fui embora desse jeito e atrás de que eu estou correndo. Foi me procurar em Montreal, mas nós nos desencontramos por uma hora.

— Imagine como ele ficaria se nos encontrasse juntos!

— Também me perguntou quatro vezes se eu estava sozinha.

— E?

— Eu menti quatro vezes!

Anthony empurrou a porta do restaurante e cedeu passagem à filha.

— Vai acabar gostando, se continuar assim — disse ele rindo.

— Realmente, não vejo o que isso tem de engraçado!

— O engraçado é que estamos em Berlim à procura do seu primeiro amor, e você se sente culpada por não poder dizer ao seu noivo que estava em Montreal na companhia do seu pai. Não tem nada a ver, pode ser, mas acho meio engraçado; feminino, mas engraçado.

Anthony aproveitou o tempo da refeição para montar um plano. Assim que acordassem, iriam ao sindicato dos jornalistas para saber se algum Tomas Meyer ainda estava ativo na profissão. Na volta do restaurante, Julia levou o pai até o Tiergarten Park.

— Dormi ali — disse ela, apontando uma árvore grande mais adiante. — É incrível, tenho a impressão de que foi ontem.

Anthony olhou para a filha com um ar malicioso. Juntou as mãos em concha e estendeu os braços.

— O que você está fazendo?

— Pisa aqui. Rápido, não tem ninguém olhando!

Não foi preciso insistir, Julia se apoiou em suas mãos e escalou a grade.

— E você? — perguntou, ficando de pé do outro lado.

— Vou passar pelo portão — disse ele, apontando para o acesso logo adiante. — O parque só fecha à meia-noite. Na minha idade, é mais aconselhável.

Assim que ele chegou onde estava Julia, levou-a pelo gramado e se sentou ao pé da grande tília que ela havia mostrado.

— Engraçado, também cochilei algumas vezes debaixo dessa árvore quando estava na Alemanha. Era o meu canto favorito. A cada licença, vinha para cá com um livro e ficava olhando as moças passearem nas alamedas. Com a mesma idade, os dois nos sentávamos no mesmo lugar, é verdade que com décadas de distância. Junto com o arranha-céu de Montreal, são dois lugares com lembranças comuns nossas, fico contente.

— Eu vinha aqui com o Tomas — disse Julia.

— Começo a ter simpatia por esse rapaz.

Ouviu-se um grito de elefante ao longe. O zoológico de Berlim estava a poucos metros atrás deles, na beirada do parque.

Anthony se levantou e chamou a filha para que o acompanhasse.

— Você detestava zoológicos quando era criança. Não gostava dos animais estarem presos em jaulas. Na época, queria ser veterinária quando crescesse. Provavelmente esqueceu, mas quando fez 6 anos eu te dei um grande bicho de pelúcia, uma lontra, se me lembro bem. Devo ter escolhido mal, pois ficava sempre doente e você passava o tempo cuidando dela.

— Não está sugerindo que foi graças a você que eu desenhei...

— Que ideia! Como se a infância pudesse ter um papel qualquer na nossa vida de adulto... Da maneira como me critica, não seria nada bom para mim.

Anthony contou que sentia suas forças diminuírem num ritmo que o preocupava. Era hora de voltar e tomarem um táxi.

Chegando ao hotel, Anthony se despediu de Julia quando ela desceu do elevador e continuou para o último andar, onde ficava o seu quarto.

Deitada na cama, Julia passou um bom tempo percorrendo os números na tela do celular. Resolveu ligar para Adam, mas ao cair na caixa postal desligou e imediatamente discou o número de Stanley.

— E aí, encontrou o que foi procurar? — perguntou o amigo.

— Ainda não, acabei de chegar.

— Fez o trajeto a pé?

— De carro, desde Paris. É uma longa história.

— Sente um pouquinho a minha falta? — ele perguntou.

— Você não acha que eu estou ligando só para dar notícia?

Stanley contou que passara em frente à casa dela, voltando do trabalho; não era muito seu caminho, mas, sem que se desse conta, seus passos o levaram à esquina de Horatio com Greenwich Street.

— O bairro fica triste sem você aqui.

— Está dizendo isso só para me agradar.

— Passei pelo seu vizinho, o vendedor de sapatos.

— Falou com o senhor Zimoure?

— Com as pragas que você e eu já lançamos contra o pobre do homem, há tanto tempo... Ele estava na frente da loja, me cumprimentou e eu retribuí.

— Realmente não posso te deixar sozinho, uns poucos dias fora e já começa a frequentar más companhias.

— Você é uma peste, ele até que não é tão desagradável assim, sabe...

— Stanley, você não está querendo me contar alguma coisa?

— O que você está imaginando?

— Te conheço melhor do que ninguém, quando você encontra alguém e não antipatiza a primeira vista já é meio suspeito; achar o senhor Zimoure "quase amável" me faz querer voltar amanhã mesmo para casa!

— Vai precisar de outra desculpa, querida, nós nos cumprimentamos, só isso. O Adam também passou para me ver.

— Realmente, vocês não se largam mais!

— Isso tudo porque você é que vem dando a impressão de ter largado ele. Além do mais, não é culpa minha se ele mora a duas quadras da minha loja. Caso isso ainda te interesse, ele não parecia estar muito bem. De qualquer maneira, para chegar a me visitar é porque não deve estar nada bem. Ele sente muito a sua falta, Julia, está preocupado e acha que tem motivos para isso.

— Posso jurar, Stanley, não é isso, é inclusive o contrário.

— Ah, por favor, não jure! Acredita um pouco no que acaba de dizer?

— Acredito sim! — ela respondeu, sem hesitar.

— É triste para mim ver a minha amiga sendo boba a esse ponto. Pelo menos você sabe para onde está indo nessa misteriosa viagem?

— Não — admitiu Julia no telefone.

— Como então quer que ele saiba? Tenho que desligar, são mais de sete horas aqui e preciso me preparar, tenho um jantar.

— Com quem?

— E você, com quem jantou?

— Sozinha.

— Como tenho horror a te ouvir mentir, tchau; liga amanhã. Beijo.

Julia não teve como continuar a conversa, ouviu o ruído da ligação cortada. Stanley provavelmente já tinha ido para o quarto.

*

Uma campainha acordou Julia. Ela espreguiçou o corpo inteiro e atendeu o telefone, mas só ouviu o ruído da linha desocupada. Levantou-se, atravessou o quarto, se deu conta de que estava nua e pegou ao pé da cama um penhoar deixado ali na véspera, vestindo-o de qualquer jeito. Do outro lado da porta, o garçom do seu andar esperava. Quando Julia abriu, ele empurrou um carrinho com o "desjejum continental" e dois ovos quentes.

— Não pedi nada — disse ao rapaz que ajeitava os talheres na mesinha.

— Três minutos e meio, seu cozimento predileto para os ovos. Quentes, naturalmente. Não é isso?

— Com certeza — respondeu Julia, arrumando os cabelos com a mão.

— Foi o que o senhor Walsh nos disse!

— Mas eu estou completamente sem fome... — ela acrescentou, enquanto o garçom cortava as cascas com toda delicadeza.

— O senhor Walsh também avisou que a senhorita diria isso. Ah, uma última coisa antes de me retirar, ele a espera no hall do hotel às oito horas, ou seja, dentro de 37 minutos — disse o rapaz, consultando o relógio de pulso. — Tenha um bom dia, senhorita Walsh, faz um tempo lindo, terão boa estadia em Berlim.

E ele se retirou, sob o olhar atônito de Julia.

Ela olhou para a mesa com suco de laranja, cereais e pães frescos, sem faltar nada. Decidida a ignorar o café da manhã, foi até o banheiro, mas deu meia-volta e se sentou no sofá. Molhou um dedo no ovo e finalmente devorou quase tudo que tinha à frente.

Uma chuveirada rápida, vestiu-se enquanto secava os cabelos, calçou um par de sapatos saltando num pé só e saiu do quarto. Eram oito em ponto!

Anthony esperava junto à recepção.

— Está atrasada! — disse, ao vê-la sair do elevador.

— Três minutos e meio? — ela respondeu, questionadora.

— É como você gosta dos ovos, não é? Não vamos perder tempo, temos um encontro em 30 minutos e, com os engarrafamentos, está em cima da hora.

— Onde nós temos um encontro, e com quem?

— Na sede do sindicato dos jornalistas daqui. Precisamos começar por algum lugar a busca, não é?

Anthony atravessou a porta giratória e pediu um táxi.

— Como você conseguiu? — perguntou Julia, se acomodando a bordo da Mercedes amarela.

— Telefonei hoje de manhã, bem cedo, enquanto você dormia!

— Você fala alemão?

— Eu poderia dizer que uma das maravilhas tecnológicas com que venho equipado permite que eu me expresse fluentemente em cerca de 15 línguas; isso te espantaria, quem sabe, ou talvez não, mas contente-se com a explicação dos anos que eu passei em serviço aqui, se já não tiver esquecido esse detalhe. Guardei alguns rudimentos de alemão que ajudam a que me entendam quando é preciso. E você que quis passar a vida aqui, pratica um pouco a língua de Goethe?

— Esqueci tudo!

O táxi seguiu pela Stülerstrasse, entrou à esquerda após uma bifurcação e cruzou o parque. A sombra de uma tília bem grande caía sobre o gramado verde.

O automóvel tomou em seguida a margem recentemente reformada do rio Spree. De cada lado, edifícios, cada um mais moderno do que o outro, rivalizavam em transparência, com uma arquitetura querendo comprovar que os tempos haviam mudado. O bairro que descobriam estava próximo da antiga fronteira em que antigamente se erguia o sinistro muro. Nada, porém, restava daquela época. À frente, um gigantesco galpão abrigava um centro de conferências sob a cobertura de vidro. Um pouco adiante, um complexo mais importante ainda se estendia pelos dois lados do rio. Uma passarela branca com formas aéreas fazia a ligação. Eles cruzaram uma porta e seguiram o caminho que os levou à sede do sindicato dos jornalistas. Um funcionário os recebeu na recepção. Com um alemão mais que razoável, Anthony disse que procurava um profissional chamado Tomas Meyer.

— Qual o assunto? — perguntou o funcionário, sem erguer a cabeça de sua leitura.

— Tenho informações a passar que o senhor Tomas Meyer é o único habilitado a receber — respondeu Anthony em tom amável.

E como a última observação pareceu enfim chamar a atenção do interlocutor, ele logo acrescentou que ficaria infinitamente grato ao sindicato se lhe fosse comunicado um endereço onde encontrar o senhor Meyer. Não suas coordenadas pessoais, é claro, mas as do órgão de imprensa com que tivesse vínculo empregatício.

O recepcionista pediu que aguardassem e foi procurar seu superior.

O vice-diretor pediu que Anthony e Julia o acompanhassem à sua sala. Sentado num sofá, sob uma grande foto que visivelmente representava o anfitrião segurando estendido um respeitável troféu de pesca, Anthony repetiu sua ladainha desde o início. O homem o avaliou com um olhar insistente.

— Procuram Tomas Meyer para que tipo de informação, exatamente? — perguntou, repuxando o bigode.

— É precisamente o que eu não posso revelar, mas esteja certo de que é algo primordial para ele — garantiu Anthony, da maneira mais sincera do mundo.

— Não tenho na lembrança artigos de maior vulto publicados por um Tomas Meyer — disse o vice-diretor em tom de dúvida.

— E é exatamente o que pode vir a mudar se, graças ao senhor, tivermos meios de entrar em contato com ele.

— E o que faz a senhorita nessa história? — perguntou o vice-diretor, girando sua cadeira na direção da janela.

Anthony se virou para Julia, que nada dissera desde que haviam chegado.

— Absolutamente nada — ele respondeu —, a senhorita Julia é minha assistente.

— Não estou autorizado a dar informações sobre nenhum dos nossos membros sindicalizados — concluiu o vice-diretor, se levantando.

Anthony também se levantou e foi até ele, colocando a mão em seu ombro.

— O que eu tenho a revelar ao senhor Tomas Meyer, e só a ele — insistiu com tom autoritário — pode mudar o curso da vida dele para melhor, bem melhor. Não me faça achar que um representante sindical da sua competência criaria obstáculo para o avanço espetacular da carreira de um dos seus membros. Pois nesse caso eu não teria a menor dificuldade de tornar público tal comportamento.

O homem coçou o bigode e voltou a se sentar. Digitou no teclado do computador e girou a tela na direção de Anthony.

— Veja, Tomas Meyer algum aparece na nossa lista. Sinto muito. E mesmo que não seja filiado, o que é impossível, ele também não aparece no catálogo profissional, pode verificar. Agora tenho trabalho, se ninguém além desse senhor Meyer pode receber as suas preciosas confidências, peço que se retirem.

Anthony se levantou e fez sinal a Julia para que o seguisse. Agradeceu calorosamente a seu interlocutor pelo tempo gasto com eles e deixou o sindicato.

— Sem dúvida você é que tinha razão — resmungou, subindo a calçada a pé.

— Sua assistente? — perguntou Julia franzindo as sobrancelhas.

— Ah, por favor, não me faça essa cara. Eu precisava dizer alguma coisa!

— Senhorita Julia! Onde fomos parar...

Anthony fez sinal a um táxi que seguia do outro lado da rua.

— Esse seu Tomas talvez tenha mudado de profissão.

— De jeito nenhum, ser jornalista não era um emprego para ele, era uma vocação. Não posso imaginá-lo fazendo outra coisa na vida.

— Talvez ele pudesse! Fala o nome daquela rua sórdida em que vocês dois moravam — pediu à filha.

— Comeniusplatz, é atrás da avenida Karl Marx.

— Ora, ora!

— Como assim, ora, ora?

— Só boas lembranças, não é?

E Anthony deu o endereço ao motorista.

O carro atravessou a cidade. Não havia mais postos de segurança, traço algum do Muro, nada que fizesse lembrar onde acabava o Ocidente e começava o Leste. Passaram diante da torre de televisão, uma flecha escultural cuja cúpula e antena apontavam para o céu. E quanto mais avançavam, mais o cenário mudava. Chegando ao destino, Julia nada reconheceu do bairro em que havia morado. Tudo estava tão diferente que sua memória parecia vir de outra vida.

— E foi nesse lugar magnífico que se passaram os mais belos momentos da sua juventude? — perguntou Anthony com tom sarcástico. — Reconheço que não deixa de ter seu charme.

— Agora chega! — gritou Julia.

Anthony ficou surpreso com a reação brutal da filha.

— O que foi? O que eu fiz de errado?

— Por favor, cala a boca.

Os antigos prédios e as velhas casas que ocupavam a rua antes tinham sido substituídos por imóveis recentes. A não ser pelo jardim público, nada mais do que povoara as lembranças de Julia restava.

Ela se dirigiu ao número 2. Antes havia ali uma edificação frágil, atrás de uma porta verde, com uma escada de madeira para o andar de cima; Julia ajudava a avó de Tomas a subir os últimos degraus. Ela fechou os olhos e se lembrou. Primeiro do cheiro de lustra-móveis ao se aproximar da cômoda, as cortinas transparentes sempre puxadas que atenuavam a claridade e tornavam menos devassados os cômodos; a eterna toalha de mesa forrada e as três cadeiras da sala de jantar; um pouco adiante, o sofá gasto, à frente do aparelho de televisão preto e branco. A avó de Tomas não o ligava mais desde que se limitara a transmitir as boas notícias que o governo queria dar. Depois, mais atrás, a fina divisória que separava a sala do quarto deles. Quantas vezes Tomas não tinha quase asfixiado Julia com o travesseiro para abafar os seus risos pelos carinhos desajeitados?

— Você tinha o cabelo mais comprido — disse Anthony, tirando-a do devaneio.

— O quê? — perguntou Julia, se virando.

— Aos 18 anos, você tinha cabelo mais comprido.

Anthony olhou ao longe.

— Não resta muita coisa, não é?

— Realmente, pode-se dizer que mais nada — ela balbuciou.

— Vem, vamos nos sentar naquele banco ali na frente, você está bem pálida, precisa recuperar um pouco o ânimo.

Sentaram-se junto à grama desgastada pela correria das crianças.

Julia se mantinha calada, Anthony ergueu o braço, como se quisesse passá-lo pelo ombro dela, mas a mão acabou se apoiando no encosto do banco.

— Tinha outras casas aqui, sabe? Com fachadas descascadas, não davam boa impressão, mas por dentro eram aconchegantes, era...

— ... melhor, na lembrança, eu sei, frequentemente é assim — disse Anthony, querendo tranquilizá-la. — A memória é uma artista estranha, refaz as cores da vida, apaga o medíocre, guarda só os traços mais bonitos, as linhas mais tocantes.

— No fim da rua, no lugar daquela biblioteca horrível, tinha um barzinho. Eu nunca tinha visto nada tão miserável; uma sala cinzenta, luz fria pendurada no teto, mesas de fórmica, na maioria capengas, mas se soubesse como nós rimos naquele botequim sórdido, como nós fomos felizes. Só tinha vodca e uma cerveja horrível. Eu muitas vezes ajudava o dono, quando tinha muita gente, vestia um avental e servia na sala. Está vendo, era ali — concluiu Julia, apontando para a biblioteca que substituíra o café.

Anthony tossiu.

— Tem certeza de que não era do outro lado da rua? Eu estou vendo um negócio que parece um pouco com o que você acaba de descrever.

Julia virou o rosto. Na esquina do bulevar e na direção oposta à que havia mostrado, via-se um letreiro luminoso na fachada maltratada de uma velha espelunca.

Julia se levantou e Anthony seguiu-a. Subiram a rua, apertaram o passo e ela começou a correr, com os últimos metros parecendo nunca acabar. Resfolegante, empurrou a porta do bar e entrou.

A sala fora repintada, dois lustres haviam substituído as lâmpadas frias, mas as mesas de fórmica eram as mesmas, dando ao lugar um ar retrô no melhor estilo. Atrás do balcão que não havia mudado, um homem de cabelos brancos a reconheceu.

Um único cliente ocupava uma cadeira no fundo da sala. De costas podia-se ver que lia um jornal. Retendo a respiração, Julia se aproximou dele.

— Tomas?

16.

Em Roma, o chefe do governo italiano acabava de anunciar sua demissão. Terminada a entrevista coletiva, ele pela última vez se prontificou a aceitar a saraivada de flashs que iluminaram todo o estrado. No fundo da sala, um homem junto ao aquecedor guardava seu material.

— Não vai imortalizar a cena? — perguntou a mulher ao lado dele.

— Não, Marina, fazer a mesma foto que cinquenta outros caras não tem grande interesse. Não é bem o que eu chamo de uma reportagem.

— Gênio ruim o seu, felizmente tem um rostinho bonito para compensar!

— É uma maneira como outra qualquer de admitir que eu tenho razão. E se eu te convidasse para almoçar em vez de ouvir suas lições de moral?

— Tem algum lugar em mente? — perguntou a jornalista.

— Não, mas você certamente sim!

Um repórter da RAI passou perto deles e beijou a mão de Marina, para depois desaparecer.

— Quem era?

— Um idiota — ela respondeu.

— Um idiota que, em todo caso, parece te achar interessante.

— É justamente o que eu dizia, vamos?

— Pegamos nossos documentos na entrada e caímos fora daqui.

De braços dados, deixaram o salão em que a entrevista acontecera e tomaram o corredor que levava à saída do prédio.

— Quais são os seus planos? — perguntou Marina, enquanto apresentava a carteira profissional ao agente de segurança.

— Estou esperando notícias da redação. Há três semanas faço coisas sem o menor interesse, uma atrás da outra, como isso de hoje, esperando o tempo todo o sinal verde para a Somália.

— Muito delicado com relação a mim!

Por sua vez, o repórter mostrou sua carteirinha ao agente de segurança, que devolveu o documento de identidade que cada visitante era obrigado a deixar para poder entrar no Palazzo Montecitorio.

— Senhor Ullmann? — perguntou o agente.

— É, eu sei, meu sobrenome de jornalista é diferente do que consta no meu passaporte, mas olhe a fotografia na carteira profissional e também o primeiro nome, que são os mesmos.

O agente verificou a semelhança dos rostos e sem fazer outras perguntas devolveu o passaporte ao seu proprietário.

— Por que isso de não assinar artigos com seu nome real? Estrelismo?

— É mais complicado que isso — respondeu o fotógrafo, passando o braço pela cintura de Marina.

Atravessaram a Piazza Colonna sob um sol esmagador. Vários turistas se refrescavam tomando sorvete.

— Felizmente você manteve o primeiro nome.

— E qual diferença faria?

— Gosto de Tomas e, além do mais, combina muito com você, tem uma cara de Tomas.

— Verdade? Porque agora os nomes têm as suas próprias caras! Essa é uma ideia bem estranha!

— Exatamente — retomou Marina —, você não podia se chamar de outra forma; não te imagino de jeito nenhum como Massimo, Alfredo nem Karl. Tomas é exatamente o que devia ser.

— Não vamos aprofundar essa opinião... e aí, para onde vamos?

— Com esse calor e toda essa gente tomando sorvete, me deu vontade de uma *granita*, vamos ao Tazza d'oro, é na Praça do Panteão, que não é longe.

Tomas parou ao pé da Coluna Antonina. Abriu sua sacola, escolheu um corpo de máquina, ajustou uma lente, se ajoelhou e fotografou Marina que contemplava os baixo-relevos à glória de Marco Aurélio.

— E essa, não é uma foto tirada por cinquenta outras pessoas? — perguntou, rindo.

— Não sabia que você tinha tantos admiradores — sorriu Tomas, apertando de novo o botão, mas escolhendo um plano menos amplo.

— Estou falando da Coluna! É a mim que você está fotografando?

— A Coluna é parecida com a da Vitória, em Berlim; já você é única.

— É o que eu dizia, tudo está em ter uma cara bonitinha; você não passa de um reles paquerador, Tomas, e na Itália não vai ter a menor chance. Vamos, está quente demais aqui.

Marina pegou Tomas pela mão e deixaram a Coluna Antonina para trás.

*

O olhar de Julia percorreu de cima a baixo a Coluna da Vitória que se erguia contra o céu de Berlim. Sentado junto à base, Anthony sacudiu os ombros.

— Não podíamos também acertar na mosca já na primeira tentativa — ele suspirou. — Há de admitir que se o cara no bar fosse o seu amigo Tomas, seria uma coincidência bem estranha.

— Eu sei, me enganei, só isso.

— Provavelmente por querer que fosse ele.

— De costas, tinha a mesma aparência, o mesmo corte de cabelo, uma maneira parecida de virar as páginas do jornal, de trás para a frente.

— Por que o dono fez aquela cara quando você perguntou por ele? Parecia bem simpático quando você mencionou as boas lembranças.

— É, isso é verdade, porque disse que eu não tinha mudado. Nunca podia imaginar que ele me reconhecesse.

— Mas quem pode te esquecer, filha?

Julia deu uma cotovelada de brincadeira no pai.

— Tenho certeza de que ele mentiu e se lembrava perfeitamente, foi no momento em que perguntou pelo seu Tomas que o rosto dele se fechou.

— Para de dizer "meu Tomas". Já não sei nem o que nós fazemos aqui nem para que serve tudo isso.

— O que, mais uma vez, me lembra o quanto escolhi bem a data, morrendo na semana passada!

— Não vai parar com isso? Se acha que vou deixar o Adam para correr atrás de um fantasma, está completamente enganado!

— Filha querida, mesmo correndo o risco de te irritar ainda mais, permita-me dizer que o único fantasma na sua vida sou eu. Deixou isso claro muitas vezes e não vai ser então na atual circunstância que vai poder me roubar esse privilégio!

— Isso não foi nada engraçado...

— E nem tem como, pois toda vez que abro a boca você me corta a palavra... Tudo bem, posso não ser dos mais divertidos e você não quer ouvir o que eu tenho a dizer, mas a julgar pela sua reação naquele café, achando ter reconhecido o Tomas, eu não gostaria de estar no lugar do Adam. Diga então que eu estou errado!

— Você está errado!

— Trata-se, nesse caso, de um hábito a que eu me mantive fiel! — devolveu Anthony cruzando os braços.

Julia sorriu.

— O que eu fiz de errado, dessa vez?

— Nada, nada — respondeu Julia.

— Ah, por favor!

— Você, na verdade, tem um lado meio antiquado que eu não conhecia.

— Sem ofensas, por favor! — replicou Anthony, se levantando. — Vamos, te levo para almoçar, são três horas e você não come nada desde cedo.

*

Indo para o escritório, Adam parou numa loja de bebidas. O vendedor propôs um vinho da Califórnia com excelente tanino, bela cor, talvez o teor de álcool um tanto elevado. Adam gostou da ideia, mas procurava algo mais requintado, à imagem da pessoa para quem a garrafa se destinava. Entendendo o que queria o cliente, o comerciante foi aos fundos da loja e trouxe um bordeaux especial. Uma safra rara como aquela não se situava, é claro, na mesma faixa de preço, mas pode-se dar preço à excelência? Julia não havia dito que seu melhor amigo não resistia ao atrativo de um bom vinho que, quando excepcional, fazia Stanley deixar para trás todos os entraves? Duas garrafas certamente o deixariam alto o bastante para, quisesse ou não, confessar o paradeiro de Julia.

*

— Voltemos ao início — disse Anthony, sentado na varanda de uma casa especializada em sanduíches. — Tentamos no sindicato e ele não está inscrito em lista alguma. Mas você está convencida de que ele continua sendo jornalista, vamos confiar no seu instinto, mesmo que tudo nos indique o contrário. Voltamos ao lugar em que morava e a casa foi demolida. É, no mínimo, o que se chama fazer tábula rasa do passado. Me pergunto se tudo isso não foi feito de propósito.

— Entendi a mensagem. Aonde você quer chegar exatamente? Tomas cortou todos os vínculos com a época que nos unia; nesse caso, o que nós fazemos aqui? — irritou-se Julia, devolvendo o cappuccino que o garçom servia.

Anthony fez sinal para que ele o deixasse na mesa.

— Sei que não gosta de café, mas preparado assim, é delicioso.

— Por que te incomoda tanto que eu prefira chá?

— Não é isso, é só porque gostaria que experimentasse, não é tão difícil!

Julia deu um gole, exagerando as caretas.

— Não precisa demonstrar tanto nojo, já entendi, mas garanto que, um dia, vai superar essa primeira impressão amarga que te impede de apreciar o sabor das coisas. Além do mais, achando que seu amigo procurou apagar todos os laços que o ligavam à história de vocês dois, está se dando importância demais. Ele talvez tenha simplesmente rompido com o passado dele e não com o de vocês. Acho que não percebeu todas as dificuldades que ele deve ter encontrado para se adaptar a um mundo com hábitos contrários ao que estava acostumado. Foi um processo em que cada liberdade foi conquistada à custa do abandono dos valores da infância.

— Passou a defender ele, agora?

— Só os imbecis nunca mudam de opinião. O aeroporto fica a meia hora daqui, podemos passar pelo hotel, pegar nossas coisas e tomar o último voo. Vai com isso dormir essa noite mesmo no seu encantador apartamento de Nova York. Mesmo repetindo que só os imbecis nunca mudam de opinião, é melhor que pense bem antes que seja tarde! Quer voltar ou continuar a busca?

Julia se levantou; engoliu o cappuccino de uma só vez, sem cara feia, enxugou a boca com as costas da mão e devolveu ruidosamente a xícara ao pires.

— E então, Sherlock, tem outra pista a propor?

Anthony deixou algumas moedas no pratinho e também se levantou.

— Você não falou uma vez de um amigo bem próximo do Tomas que passava muito tempo com vocês?

— Knapp? Era o melhor amigo dele, mas não lembro de tê-lo mencionado.

— Digamos então que minha memória é mais refinada que a sua. E o que fazia o tal Knapp? Não era jornalista?

— É verdade, é claro!

— E não achou oportuno falar dele, hoje de manhã, tendo acesso à listagem profissional dos jornalistas?

— Nem por um segundo pensei nisso...

— Está vendo, é precisamente o que eu dizia, está ficando obtusa! Vamos!

— Voltar ao sindicato?

— Completamente obtusa! — disse Anthony erguendo os olhos ao céu. — Tenho a impressão de que não seríamos muito bem recebidos.

— Aonde nós vamos, então?

— Será preciso que alguém da minha idade revele as maravilhas da internet para uma jovem que passa a vida grudada numa tela de computador? É patético! Vamos procurar um cybercafé por perto. Mas, por favor, prende o cabelo, com o vento não se vê mais o seu rosto.

*

Marina fez questão de convidar Tomas. Afinal, estavam no território dela e quando ela estava em Berlim, era sempre ele que pagava as contas. Como eram só dois cafés gelados, Tomas aceitou.

— Ainda trabalha hoje? — ele perguntou.

— Viu que horas são? A tarde já está quase no fim e, além disso, é você o meu trabalho. Sem foto, nada de artigo!

— Então, o que quer fazer?

— Enquanto a noite não chega, eu até que daria um passeio, a temperatura se amenizou e estamos na parte antiga da cidade, vamos aproveitar.

— Preciso ligar para o Knapp antes que ele saia da redação.

Marina passou a mão no rosto de Tomas.

— Sei que está doido para me deixar o mais rápido que puder, mas não se preocupe, logo você vai estar na Somália. Knapp precisa de você lá, já repetiu isso cem vezes. Conhece de cor o refrão. Ele quer ser diretor de redação, você é o melhor repórter dele e vital para essa promoção. É preciso que tenha tempo para preparar o terreno.

— Há três semanas ele prepara o terreno, que inferno!

— Ele toma mais cuidado por que é você que está indo, e daí? Vai reclamar de que seja também seu amigo? Bom, me leva para passear na minha cidade.

— Não estaria invertendo os papéis, por acaso?

— Estou, mas adoro isso!

— Está debochando de mim agora?

— De jeito nenhum! — respondeu Marina, com uma grande risada.

E levou-o às escadarias da Piazza di Spagna, onde apontou para as duas cúpulas da Igreja da Trinita Del Monte.

— Existe algum lugar mais bonito do que esse? — perguntou Marina.

— Berlim! — respondeu Tomas sem qualquer hesitação.

— Impensável! E se parar de dizer besteira, te levo logo mais ao café Greco para tomar um cappuccino e você me diz em seguida se em Berlim tem igual!

*

Com os olhos pregados no computador, Anthony tentava decifrar as indicações que apareciam na tela.

— Achei que você falasse alemão fluente — estranhou Julia.

— Falar, eu falo, mas ler e escrever é outra história; além disso, não é só um problema de língua, eu não entendo nada dessas máquinas.

— Sai pra lá! — ordenou Julia, assumindo o comando do teclado.

Digitou com rapidez e o programa de busca apareceu. Teclou Knapp no lugar indicado e, de repente, parou.

— O que houve?

— Não lembro do nome dele, na verdade, nem sei se Knapp é nome ou sobrenome, é como a gente o chamava.

— Sai pra lá! — disse Anthony, por sua vez, e digitou "*Journalist*".

Imediatamente, uma lista de 11 nomes surgiu. Sete homens e quatro mulheres exerciam a profissão e se chamavam Knapp.

— É esse! — exclamou Anthony, apontando a terceira linha — Jürgen Knapp!

— Por que esse, precisamente?

— A palavra *Chefredakteur* com certeza significa redator-chefe.

— Não diga!

— Se me lembro da maneira como você falava desse rapaz, imagino que aos 40 anos ele tenha sido suficientemente inteligente para fazer carreira, ou teria mudado de profissão, como o seu amigo Tomas. Devia me dar os parabéns pela perspicácia e não bancar a irônica.

— Não lembro de ter falado com você do Knapp e menos ainda de algo que permitisse traçar o perfil psicológico dele — respondeu Julia, estranhando muito.

— Quer realmente discutir a acuidade das suas lembranças? Diz, por favor, de que lado da rua fica o bar em que viveu tão maravilhosos momentos. O tal Knapp trabalha na redação do *Tagesspiegel*, na editoria internacional. Vamos procurá-lo ou prefere ficar aqui tagarelando?

*

Os escritórios já começavam a fechar àquela hora, e eles precisariam de muito tempo para atravessar Berlim, paralisada em engarrafamentos. O táxi os deixou à frente do Portão de Brandemburgo. Depois de enfrentar o trânsito, precisaram abrir um caminho entre a multidão de pessoas que saíam do trabalho e o enxame de turistas visitando aqueles pontos célebres. Foi dali que, um dia, um presidente americano propôs a seu colega soviético além-Muro a paz mundial, derrubando a fronteira de concreto que antigamente se erguia por trás das colunas da grande arcada. E não que a atitude tenha se tornado um hábito entre as nações, mas os dois chefes de Estado mutuamente se ouviram e se entenderam, para reunir a Europa do Leste e o Ocidente.

Julia apertou o passo, Anthony seguia com dificuldade. Ele várias vezes gritou por ela, achando que tinham se perdido um do outro, mas acabava sempre localizando seu vulto na confusão que reinava na Pariserplatz.

Ela o esperou na porta do prédio. Juntos, se apresentaram na recepção. Anthony pediu para ver Jürgen Knapp. Uma recepcionista, mantendo o chamado em espera, perguntou se tinham hora marcada.

— Não, mas tenho certeza de que ele ficará muito contente de nos receber — afirmou Anthony.

— A quem devo anunciar? — perguntou a moça, admirando o fular que prendia os cabelos da mulher que se apoiava em sua escrivaninha.

— Julia Walsh — respondeu esta última.

Sentado à sua mesa no segundo andar, Jürgen Knapp pediu que repetisse o nome que tinha sido dito. Disse que não desligasse, abafou o fone com a mão em concha e foi até a janela de onde se avistava a claraboia abaixo. Ele dali tinha uma visão geral do hall e, particularmente, da recepção. A mulher que naquele momento retirava o fular para passar a mão nos cabelos, mesmo estando eles mais curtos do que na imagem guardada na lembrança, aquela mulher de elegância natural que se pusera a andar de um lado para outro sob suas janelas, era incontestavelmente aquela que ele conhecera há 18 anos.

Voltou ao telefone.

Diga que eu não estou, que estou fora essa semana, diga inclusive que não volto antes do fim do mês. E, por favor, faça de modo que ela acredite!

— Pois não — respondeu a recepcionista, tomando cuidado para não dizer o nome do interlocutor. — Tenho uma ligação para o senhor, passo para a sua linha?

— Quem é?

— Não tive tempo de perguntar.

— Pode passar.

A moça desligou e cumpriu seu papel com perfeição.

*

— Jürgen?

— Quem é?

— Tomas, não reconhece mais a minha voz?

— Desculpe, é claro, estava distraído.

— Estou na espera há pelo menos cinco minutos, é ligação internacional! Estava falando com algum ministro para me fazer esperar tanto tempo?

— Não, não, sinto muito, nada tão importante. Tenho boa notícia, devia comunicar hoje à noite, está tudo acertado, você vai para a Somália.

— Maravilha! — exclamou Tomas. — Passo por Berlim e corro para lá.

— Não é preciso, fique em Roma, mando emitir uma passagem eletrônica e enviamos todos os papéis necessários por malote, você vai recebê-los pela manhã.

— Não é melhor que eu vá ver você na redação?

— Não, confia em mim, já esperamos demais por essas autorizações, não podemos mais perder um dia. O voo para a África parte de Fiumicino no final da tarde, ligo para você amanhã de manhã com todos os detalhes.

— Você está bem? — perguntou Tomas. — Está com uma voz estranha...

— Tudo ótimo. Você me conhece, gostaria de estar com você para festejar a viagem.

— Não sei como agradecer, Jürgen; vou trazer de lá um Prêmio Pulitzer para mim e a promoção a diretor de redação do serviço internacional para você!

Tomas desligou. Knapp ficou olhando Julia e o homem que a acompanhava atravessarem o hall e deixar o prédio.

Voltou para a mesa e colocou de volta o telefone na base.

17.

Tomas voltou até onde estava Marina, sentada no alto das grandes escadas da Piazza di Spagna. A praça estava repleta de gente.

— Conseguiu falar com ele? — perguntou Marina.

— Como está cheio aqui, não se consegue respirar. Vamos bater perna e, se passarmos pela loja onde você viu aquele fular todo colorido, compro para você.

Marina empurrou para a ponta do nariz os óculos escuros e se levantou sem dizer nada.

— A loja não fica para esse lado — gritou Tomas à amiga que ia com passadas rápidas em direção à fonte.

— Não, fica para o outro e, de qualquer forma, não quero fular nenhum seu!

Tomas correu atrás dela e alcançou-a na parte de baixo das escadas.

— Ontem você estava doida por ele!

— Como você disse muito bem, isso foi ontem, e hoje não quero mais! As mulheres são assim, mudam de opinião, e vocês, homens, são uns imbecis.

— O que está havendo? — perguntou Tomas.

— O que está havendo é que se quisesse mesmo me dar um presente, devia ter escolhido você mesmo, mandado fazer um embrulho bonito, escondido como se fosse surpresa, até porque seria. Isso se chama ser atencioso, Tomas, é algo raro mas que as mulheres apreciam muito. E para te deixar tranquilo, isso não te obriga a me enfiar um anel no dedo.

— Desculpe, achei que fosse agradar.

— Pois foi o contrário. Não quero um presente oferecido por culpa.

— Mas não sinto culpa alguma!

— Não? Está parecendo o Pinóquio, seu nariz está crescendo! Vem, vamos festejar sua partida em vez de brigarmos. Foi o que o Knapp disse no telefone, certo? Trata de encontrar uma boa mesa onde me levar para jantar essa noite.

E Marina saiu andando, sem esperar Tomas.

*

Julia abriu a porta do táxi, Anthony se encaminhou para a do hotel.

— Há certamente uma solução, esse seu Tomas não pode ter se evaporado. Está em algum lugar e vamos encontrá-lo, é só uma questão de paciência.

— Em 24 horas? Nós só temos amanhã, pegamos o avião sábado, esqueceu?

— Eu é que tenho o tempo contado, Julia, você tem toda a vida pela frente. Se quiser ir até o fim dessa aventura, pode voltar, sozinha, mas pode voltar. A viagem pelo menos nos reconciliou com a cidade. Já é boa coisa.

— Foi por isso que me trouxe até aqui? Para ter a consciência tranquila?

— Esteja à vontade para ver as coisas desse modo. Não posso te forçar a me perdoar por algo que eu até talvez fizesse de novo nas mesmas circunstâncias. Mas não vamos brigar, pelo menos dessa vez, façamos os dois um esforço. Pode acontecer de tudo no decorrer de um dia, acredite.

Julia desviou o olhar. Sua mão quase tocou a de Anthony, ele hesitou por um instante, mas desistiu, atravessou o hall e parou diante dos elevadores.

— Temo não poder fazer companhia a você essa noite — declarou à filha. — Não me queira mal, estou cansado. Seria prudente economizar as baterias para amanhã; nunca pensei que se pudesse dizer essa frase no sentido literal.

Descansa. Também estou exausta, vou pedir algo para comer no meu quarto. Nos vemos no café da manhã, venho tomar com você, se quiser.

— Está bem — disse Anthony sorrindo.

O elevador levou-os a seus respectivos andares. Julia foi a primeira a descer. Quando as portas se fecharam, ela acenou para o pai com a mão e continuou no corredor, vigiando os algarismos vermelhos que desfilavam no mostrador acima da sua cabeça.

Mal chegou no quarto, Julia encheu a banheira com água bem quente, derramou o conteúdo de dois frascos de óleo aromático à disposição na beirada esmaltada, voltou para o quarto e pediu ao serviço de quarto que mandasse um prato de cereais com salada de frutas. Aproveitou para ligar a TV de plasma pendurada na parede em frente à cama, largou suas coisas e voltou para o banheiro.

*

Knapp se examinou por um bom momento no espelho. Ajeitou o nó da gravata e deu uma última olhada na sua imagem antes de sair do banheiro. Às oito em ponto a exposição de que fora o grande promotor seria inaugurada no Palácio da Fotografia, pelo ministro da Cultura. A sobrecarga de trabalho provocada pelo projeto tinha sido considerável, mas as perspectivas que se abriam eram capitais para o avanço da sua carreira. Se a noite fosse bem-sucedida, se os colegas da imprensa elogiassem nas edições do dia seguinte o resultado do seu esforço, ele não demoraria mais a se estabelecer de vez no grande escritório envidraçado, na entrada da sala de redação. Knapp olhou o relógio do hall do imóvel, estava adiantado 15 minutos, tempo mais que suficiente para atravessar a pé Pariserplatz e se colocar ao pé dos degraus, diante do tapete vermelho, para receber o ministro e as câmeras de televisão.

*

Adam fez uma bolinha com a folha de celofane que embrulhava seu sanduíche e mirou o cesto de lixo preso a um poste do parque. Errou o tiro e se levantou para ir buscar o papel usado. Assim que se aproximou do gramado, um esquilo ergueu a cabeça e se pôs nas patas traseiras.

— Sinto muito, companheiro — disse Adam —, não tenho amêndoas no bolso e Julia não está na cidade. Fomos os dois abandonados.

O pequeno animal olhou para ele, balançando a cabeça a cada palavra.

— E não creio que esquilos gostem de presunto — acrescentou, lançando um pedacinho que saía do pão de forma.

O roedor rejeitou o que era oferecido e partiu aos saltos para o tronco de uma árvore. Uma corredora parou à altura de Adam.

— Conversando com esquilos? Também adoro quando eles se aproximam com aquela carinha se mexendo para todo lado.

— Eu sei, as mulheres acham isso irresistível, mas eles são primos em primeiro grau dos ratos — disse ele, mal humorado.

Jogou o sanduíche na lixeira e se afastou, com as mãos nos bolsos.

*

Bateram à porta. Julia pegou a luva de toalete e rapidamente limpou a máscara que cobria o seu rosto. Saiu do banho e se enrolou no roupão pendurado no gancho. Atravessou o cômodo, abriu para o garçom e pediu que deixasse a bandeja em cima da cama. Pegou um dinheiro na bolsa, juntou-o à nota que devia assinar e entregou tudo ao rapaz. Assim que ele saiu, enfiou-se nos lençóis e começou a comer, distraída, o seu prato de cereais. Com o controle remoto nas mãos, foi passando de canal em canal na tela, procurando um programa que não fosse em alemão.

Depois de três canais espanhóis, um suíço e dois franceses, desistiu de olhar as imagens de guerra transmitidas pela CNN, violentas demais, as de cotação em bolsa da Bloomberg, totalmente desinteressantes para ela, que era uma nulidade em matemática, o programa de auditório que a RAI transmitia, com uma apresentadora vulgar demais para o seu gosto, e voltou ao início.

*

A comitiva chegou com dois batedores de motocicleta abrindo caminho. Knapp ficou na ponta dos pés. O sujeito ao lado tentou passar à sua frente, mas ele defendeu o lugar com a ajuda dos cotovelos; o colega que chegasse mais cedo! O carro preto já estava estacionando bem à frente. Um segurança abriu a porta e o ministro desceu, recebido por uma rajada de disparos de câmeras. Acompanhado pelo diretor do espaço cultural, Knapp deu um passo adiante e se inclinou para cumprimentar o alto funcionário e depois escoltá-lo pelo tapete vermelho.

*

Pensativa, Julia percorria o cardápio. Do prato de cereais sobrara apenas uma uva passa e dois caroços no pote da salada de frutas. Uma escolha dificílima, pois hesitava entre um *fondant* de chocolate, um strudel, algumas panquecas e um *club sandwich*. Examinou com cuidado a barriga, os quadris e jogou longe o cardápio. O telejornal terminava com imagens pretensamente glamorosas de um vernissage badalado. Homens e mulheres, personagens importantes com trajes de gala percorriam um tapete vermelho sob o pipocar dos flashes. O elegante vestido longo de alguma atriz ou cantora, provavelmente berlinense, chamou sua atenção. Rosto algum naquele mar de personalidades lhe era familiar, exceto um! Ela se levantou de um salto, um só, derrubando a bandeja e foi ficar grudada na tela da televisão. Tinha certeza de ter reconhecido quem acabava de entrar no prédio, sorrindo para a câmera que lhe fazia um zoom. Logo em seguida, a imagem se abriu para as colunas do Portão de Brandemburgo.

— Que cretino! — exclamou Julia, correndo para o banheiro.

*

O recepcionista garantiu que o evento em questão só podia estar acontecendo no Stiftung Brandenburger. O palácio era uma das últimas novidades arquitetônicas de Berlim e já a partir dos seus degraus tinha-se uma perfeita visão das colunas. O vernissage a que Julia se referia certamente era aquele organizado pelo *Tagesspiegel*. A senhorita Walsh não tinha a menor necessidade de se apressar daquela maneira, pois a grande exposição de fotografias jornalísticas permaneceria aberta ao público até o aniversário da queda do Muro, ou seja, dali a cinco meses. Se a senhorita assim desejasse, ele com certeza poderia obter dois convites antes do meio-dia seguinte. Mas o que Julia queria saber era como encontrar um vestido de noite àquela hora.

— Já são quase 21 horas, senhorita Walsh.

Julia abriu a bolsa e esvaziou-a em cima do balcão, fez uma triagem de tudo que se encontrava ali, dólares, euros, moedas, encontrou até um antigo Deutsche Mark de que nunca se separava, tirou o relógio do pulso e empurrou tudo com as duas mãos como se fosse um jogador no tapete verde da fortuna.

— Pode ser vermelho, roxo ou amarelo, não me importo, mas, por favor, me consiga um vestido de noite.

O recepcionista olhou para ela, sensibilizado. Ergueu a sobrancelha esquerda. Com sua consciência profissional, não podia deixar a filha do senhor Walsh naquela situação. Encontraria uma solução para o problema.

— Por favor, devolva tudo isso à sua bolsa e me acompanhe — disse, levando Julia à lavanderia.

Mesmo na penumbra do local, o vestido que ele apresentou parecia muito bonito. Pertencia à cliente que ocupava a suíte 1206. A casa de modas havia feito a entrega numa hora em que não se incomodava mais a senhora condessa, explicou o hoteleiro. Era óbvio que não poderia haver mancha alguma e, como Cinderela, Julia devia devolver o vestido antes da 12ª badalada da meia-noite.

Deixou-a na lavanderia, propondo que deixasse suas coisas ali mesmo, num cabide.

Julia se despiu e vestiu a delicada peça de alta costura com mil cuidados. Não havia um espelho em que se pudesse olhar e ela procurou o reflexo na estrutura metálica de um cabideiro, mas a forma cilíndrica dava uma imagem bem deformada. Soltou os cabelos, maquiou-se de qualquer maneira, deixou a bolsa junto das calças e do pulôver e retomou o caminho escuro de volta para o hall.

O recepcionista acenou para que se aproximasse. Sem discutir, Julia obedeceu. Um espelho cobria a parede atrás dele, mas assim que Julia quis verificar sua aparência, ele se colocou à frente dela para impedir.

— Não, não, não! — disse, vendo Julia fazer uma nova tentativa. — Se a senhorita permitir...

E, tirando um lenço de papel da gaveta, ele corrigiu o traçado do batom que estava borrado.

— Agora pode se admirar! — concluiu, dando passagem.

Julia nunca havia visto nada tão magnífico quanto aquele vestido. Bem mais bonito do que tudo com que jamais sonhara diante das vitrines dos maiores costureiros.

— Não sei como agradecer! — ela murmurou, fascinada.

— Está à altura da obra, tenho certeza de que lhe cai cem vezes melhor do que à condessa — ele cochichou. — Pedi um carro, ele vai esperá-la e trazê-la de volta ao hotel.

— Eu posso pegar um táxi.

— Com essa roupa? De jeito nenhum! Considere que é sua carruagem e isso me deixa menos preocupado. Como Cinderela, está lembrada? Aproveite a noite, senhorita Walsh — disse o homem, acompanhando-a até a limusine.

Lá fora, Julia ficou na ponta dos pés e beijou o recepcionista.

— Senhorita Walsh, um último favor...

— Tudo que quiser!

— Temos a sorte desse vestido ser longo, bem longo até. Então, imploro, não o levante dessa maneira. Seus tênis não combinam nada com o resto!

*

O garçom colocou um prato de antipasti em cima da mesa. Tomas serviu legumes grelhados a Marina.

— Posso saber por que usa óculos escuros dentro de um restaurante com tão pouca luz que eu mal pude ler o cardápio?

— Porque eu quero! — respondeu Marina.

— Essa explicação tem o mérito da clareza — devolveu Tomas, zombando.

— Porque eu não quero que veja o olhar.

— Que olhar?

— *O* olhar.

— Como? Desculpe, não estou entendendo nada do que você está dizendo.

— Me refiro ao olhar que vocês homens veem nos nossos olhos, quando nós estamos bem com vocês.

— Não sabia que há um olhar específico para isso.

— Sabe sim, você é como todos os homens e sabe muito bem reconhecê-lo, confesse!

— Já que é assim, tudo bem! E por que não posso ver esse olhar revelador que, por pelo menos uma vez, mostra que você está bem comigo?

— Porque se o vir, vai imediatamente começar a pensar na melhor maneira de me largar.

— Que história é essa?

— Tomas, a maioria dos homens que preenchem a solidão mantendo uma cumplicidade sem vínculos, com frases carinhosas, mas jamais palavras de amor, todos esses homens temem ver um dia, na mulher com que saem, *o* olhar!

— Mas que olhar é esse, afinal?

— Aquele que faz eles acreditarem que estamos perdidamente apaixonadas! E que queremos mais. Coisas idiotas como projetos de férias juntos, ou projetos, simplesmente! E se por infelicidade nos virem sorrindo diante de um carrinho de bebê que passe, aí é mesmo o fim!

— E por trás desses óculos escuros temos esse olhar fatídico?

— Pretensioso! Estou com os olhos doendo, só isso, está pensando o quê?

— Por que está dizendo tudo isso, Marina?

— Quando vai resolver me dizer que está de partida para a Somália, antes ou depois do tiramisu?

— E quem disse que eu vou pedir um tiramisu?

— Há dois anos eu te conheço e trabalhamos juntos, sei como você vive.

— Tudo bem, viajo amanhã! Mas acabei de saber.

— Volta amanhã para Berlim?

— Knapp prefere que eu tome o avião para Mogadíscio direto daqui.

— Há três meses você está esperando por isso, três meses esperando que ele fale disso; esse seu amigo estala os dedos e você obedece!

— Trata-se só de ganhar um dia, já perdemos tempo demais com isso.

— Ele é que te fez perder tempo, e você é útil para ele. Ele precisa de você para a promoção que quer, sem que você precise dele para prêmio algum. Com o talento que tem, pode ganhá-lo fotografando um cachorro que urina num poste!

— Aonde você quer chegar?

— Se assuma, Tomas, pare de passar a vida fugindo de quem gosta, em vez de enfrentar a situação. A mim, por exemplo, diga que encho o saco com minhas conversas, que nós somos só amantes e que não tenho porque ficar dando lição de moral, e ao Knapp diga que ninguém vai embora para a Somália sem antes passar em casa, fazer mala e beijar os amigos! Sobretudo se nem tem data para voltar.

— Acho que você tem razão.

Tomas pegou o celular.

— O que você está fazendo?

— Como você está vendo, enviando uma mensagem ao Knapp, dizendo para ele tirar a minha passagem com data de sábado, partindo de Berlim.

— Só acredito depois que você apertar o "enviar"!

— E daí eu vou ter o direito *ao* olhar?

— Quem sabe?...

*

A limusine parou diante do tapete vermelho. Julia precisou se contorcer toda para descer sem mostrar os sapatos. Subiu os degraus, uma série de flashes receberam-na no alto da escada.

— Não sou ninguém! — disse ao câmera, que não entendia inglês. Na porta, o encarregado do controle admirou o incrível vestido de Julia. Ofuscado pela claridade crua da câmera que filmava aquela entrada, ele achou desnecessário pedir o convite.

A sala era imensa. O olhar de Julia percorreu a multidão. De copo na mão, os convidados passeavam, admirando as gigantescas fotografias. Julia respondia com um sorriso forçado o cumprimento de pessoas que não conhecia, como se faz em eventos mundanos. Mais adiante, uma harpista no alto de um estrado tocava Mozart. Passando por aquilo que parecia um ridículo balé, Julia perambulou à cata de sua presa.

Uma fotografia que se erguia a quase três metros de altura chamou-lhe a atenção. O clichê fora tirado nas montanhas de Kandahar, do Tadjiquistão ou, quem sabe, na fronteira do Paquistão. O uniforme do soldado que jazia no fosso não permitia que se afirmasse com segurança, e a criança ao lado dele, que parecia querer tranquilizá-lo, se parecia com crianças de pés descalços do mundo inteiro.

Uma mão encostou em seu ombro e a assustou.

— Não mudou nada. O que você faz aqui? Não te vi na lista de convidados. É uma boa surpresa, está de passagem pela cidade? — perguntou Knapp.

— E você, o que faz aqui? Achei que estava viajando até o fim do mês, foi o que me falaram quando passei no seu escritório hoje à tarde. Não te deram a mensagem?

— Voltei antes do que esperava. Vim direto do aeroporto.

— Precisa treinar isso, Knapp, você mente muito mal; entendo do assunto, adquiri certa experiência nos últimos dias.

— Bom, admito. Mas como vai querer que eu, por um segundo, imaginasse que era você? Não tenho notícias suas há vinte anos.

— Dezoito! Conhece outra Julia Walsh?

— Tinha esquecido seu sobrenome, Julia, não o nome, é claro, mas não fiz a ligação. Agora tenho responsabilidades e há tanta gente querendo vender histórias sem interesse que eu sou obrigado a fazer uma triagem.

— Obrigada pela parte que me toca!

— O que você está fazendo em Berlim, Julia?

Ela ergueu os olhos para a imagem presa na parede. Era de alguém que assinava T. Ullmann.

— Poderia ser do Tomas essa foto, se parece com ele — disse Julia com uma voz triste.

— Tomas não é mais jornalista há anos! Nem mora mais na Alemanha. Jogou uma pá de cal em cima de tudo isso.

Julia aceitou o golpe, se obrigando a não deixar transparecer nenhuma emoção. Knapp emendou que ele vivia no exterior.

— Onde?

— Na Itália, com a mulher, não nos falamos muito frequentemente; uma vez por ano, no máximo, e nem todos os anos.

— Vocês se desentenderam?

— Não, de jeito nenhum; foi só a vida. Fiz o que pude para ajudá-lo a realizar o sonho dele, mas, ao voltar do Afeganistão, ele não era mais a mesma pessoa. Você deve saber disso melhor que eu, não? Ele escolheu outro caminho.

— Não, eu não sabia nada! — respondeu Julia, com os maxilares cerrados.

— Pelas últimas notícias, ele tinha um restaurante com a esposa, em Roma. Agora, se me desculpar, tenho convidados a que devo dar atenção. Fico contente de ter visto você e lamento que por tão pouco tempo. Fica até quando?

— Vou embora amanhã de manhã! — respondeu Julia.

— Não me disse, afinal, o objetivo da visita a Berlim, viagem de trabalho?

— Adeus, Knapp.

Julia partiu sem se virar para trás. Apertou o passo e assim que atravessou as grandes portas de vidro, começou a correr no tapete vermelho em direção ao carro que a esperava.

*

De volta ao hotel, Julia atravessou o hall às pressas e tomou a porta discreta que dava para o corredor da lavanderia. Tirou o vestido, colocou-o da melhor maneira em seu cabide e vestiu o jeans e o pulôver. Ouviu uma tosse atrás de onde estava.

— Está apresentável? — perguntou o recepcionista que tapava os olhos com uma mão e com a outra segurava uma caixa de Kleenex.

— Não! — soluçou Julia.

Ele tirou um lenço de papel e o ofereceu por cima do ombro.

— Obrigada.

— Tive a impressão, ainda há pouco, vendo-a passar, que a maquiagem borrou um pouco. A noite não esteve à altura do que esperava?

— É o mínimo que se pode dizer — respondeu Julia, fungando.

— Infelizmente, é o que às vezes acontece... O imprevisto nunca deixa de apresentar riscos!

— Mas nada disso era de se prever, droga! Nem a viagem, nem esse hotel, nem a cidade, nem toda essa confusão inútil. Eu levava minha vida como queria, por que então...

O recepcionista deu um passo até ela, o bastante para que Julia se abandonasse em seu ombro, com ele dando tapinhas em suas costas, tentando consolá-la da melhor maneira que podia.

— Não sei o que a entristece dessa forma, mas, se me permite... deveria compartilhar esse infortúnio com seu pai, que certamente saberá reconfortá-la. Tem a sorte de tê-lo ainda e vocês dois parecem ter grande cumplicidade. Tenho certeza de que é alguém que sabe ouvir.

— Quanto a isso, não imagina o quanto, mas é uma pista das mais erradas, de cabo a rabo; cumplicidade entre meu pai e eu? Bom ouvido, ele? Não estamos falando da mesma pessoa.

— Tive o prazer de servir inúmeras vezes o senhor Walsh, senhorita, e posso garantir que sempre foi um *gentleman*.

— Ninguém é mais individualista!

— De fato, não falamos do mesmo homem. Aquele a que me refiro sempre mostrou predisposição. E sempre falou da senhorita como seu maior êxito.

Julia ficou sem voz.

— Procure o seu pai, tenho certeza de que será um ouvinte amigo.

— Nada mais na minha vida parece muito real. De qualquer maneira, ele está dormindo, está exausto.

— Deve ter recuperado as forças, acabo de lhe enviar uma refeição.

— Meu pai pediu algo para comer?

— Exatamente o que acabo de dizer à senhorita.

Julia calçou os tênis e agradeceu ao recepcionista, beijando-o na face.

— É claro que essa nossa conversa nunca aconteceu, posso contar com a senhorita? — perguntou o recepcionista.

— Sequer nos vimos! — prometeu Julia.

— E podemos guardar o vestido no plástico sem temer qualquer mancha?

Julia ergueu a mão direita e sorriu ao hoteleiro, que fazia sinal para que se apressasse.

Ela atravessou de novo o hall e tomou o elevador. A cabine parou no sexto piso, Julia hesitou e apertou o botão do último andar.

Podia-se ouvir o som da televisão já no corredor. Julia bateu na porta e o pai imediatamente abriu.

— Estava sublime naquele vestido — disse ele, voltando a se deitar na cama.

Julia viu na tela o noticiário, que retransmitia imagens do vernissage.

— Difícil perder tal aparição. Nunca tinha te visto tão elegante, o que só confirma o que eu acho: está mais do que na hora de deixar de lado esses jeans rasgados, não tem mais idade para isso. Se tivesse sabido das suas intenções, podia ter te acompanhado. Ficaria extremamente orgulhoso de estar ao seu lado.

— Não havia intenção alguma, estava assistindo ao mesmo programa que você, Knapp apareceu no tapete vermelho e então fui lá.

— Interessante! — disse Anthony, se endireitando. — Para alguém que estaria ausente até o final do mês... ele mentiu ou tem o dom da ubiquidade. Nem devo perguntar como foi o encontro? Parece estar num estado bem estranho.

— Eu é que estava certa, Tomas está casado. E você estava certo, ele não é mais jornalista... — explicou Julia, despencando numa poltrona.

Viu a bandeja com uma refeição em cima da mesinha à frente.

— Você pediu jantar?

— Para você.

— Sabia que eu ia bater na sua porta?

— Sei mais coisas do que imagina. Te vendo no vernissage e sabendo o quanto gosta desses eventos, vi logo que algo estava acontecendo. Imaginei que Tomas tivesse aparecido, para que você corresse assim em plena noite. Quer dizer, foi o que achei quando o recepcionista me telefonou pedindo a autorização para contratar uma limusine. Preparei então algo, no caso da sua noitada não se passar da melhor maneira. Tira a tampa, são panquecas, não substituem o amor, mas com o mel do pote menor ao lado, tem com que apagar até uma boa depressão.

*

Na suíte ao lado, uma condessa também olhava a edição noturna do telejornal. Pedira ao marido que no dia seguinte a lembrasse de ligar para o amigo Karl para cumprimentá-lo. Deveria, entretanto, dizer a ele que da próxima vez que desenhasse um vestido exclusivo, ela preferiria não vê-lo sendo usado por outra mulher que, além do mais, tinha melhor aparência do que ela. E Karl certamente entenderia a devolução, pois a peça, apesar de suntuosa, não lhe parecia mais interessante!

*

Julia contou ao pai todos os detalhes da noite. A partida impensada para o maldito baile, a conversa com Knapp e o retorno patético, sem compreender nem querer confessar os motivos de tanta comoção. Não tinha sido pelo fato de descobrir que Tomas havia refeito a vida, isso ela previa desde o início e como seria de outra forma? O mais difícil, e isso ela não sabia dizer por que, foi saber que ele desistira do jornalismo.

Anthony ouviu-a sem interromper, sem fazer comentários. Engolindo a última garfada de panqueca, ela agradeceu ao pai por aquela surpresa que, mesmo que não tivesse reposto suas ideias no lugar, tinha certamente feito com que ganhasse um quilo. Não tinham mais interesse algum em continuar ali. Sinais da vida ou não, nada mais havia a buscar e o que precisava era repor um pouco de ordem na sua existência. Arrumaria a bagagem antes de se deitar e poderiam os dois tomar um avião logo pela manhã. Dessa vez, acrescentou antes de sair, ela é que tinha uma impressão de déjà-vu, de exagerado déjà-vu, mais precisamente.

Julia tirou os sapatos no corredor e desceu para o seu quarto pela escada de serviço.

Mal ela saiu, Anthony pegou o telefone. Eram 16 horas em São Francisco e, do outro lado, atenderam a ligação à primeira chamada.

— Pilguez falando!

— Está ocupado? É Anthony.

— Para os velhos amigos, nunca estou ocupado demais, a que devo o prazer? Há muito tempo não nos falamos.

— Tenho algo a pedir, uma pequena investigação, se isso ainda estiver na sua alçada.

— Se soubesse o quanto me entedio, desde que estou aposentado. Mesmo que esteja telefonando para dizer que perdeu a chave de casa, eu pego o caso!

— Será que manteve contatos na polícia aduaneira, alguém da seção de vistos, que possa dar uma busca para nós?

— Ainda guardo uns ases na manga, o que você está pensando?

— Pois preciso muito deles, deixa eu dizer do que se trata...

A conversa entre os dois velhos amigos durou uma boa meia hora. O detetive Pilguez prometeu a Anthony que obteria as informações pedidas tão logo fosse possível.

*

Eram 20 horas em Nova York. Um pequeno cartaz deixado na porta da loja de antiguidades indicava que estaria fechada até o dia seguinte. Lá dentro, Stanley arrumava as prateleiras de uma biblioteca do fim do século XIX que havia chegado naquela tarde. Adam bateu na vitrine.

— Mas que carrapato! — resmungou Stanley, se escondendo atrás de um móvel.

— Stanley, sou eu, Adam! Sei que está aí!

Stanley se agachou, sem nem respirar.

— Tenho duas garrafas de château-lafite!

Stanley ergueu lentamente a cabeça.

— 1989! — gritou Adam, na rua.

A porta da loja se abriu.

— Sinto muito, estava fazendo arrumações, não ouvi — disse Stanley, deixando entrar o visitante. — Já jantou?

18.

Tomas se espreguiçou e saiu da cama, tomando cuidado para não acordar Marina, que dormia ao lado. Desceu a escada de caracol e atravessou a sala do andar de baixo do duplex. Passando por trás do bar, colocou uma xícara na saída da máquina de café, cobriu-a com um pano de prato para abafar o barulho e apoiou no botão. Fez correr a porta de vidro e foi para a varanda aproveitar os primeiros raios de sol que já lambiam os telhados de Roma. Aproximou-se da grade de proteção e olhou a rua lá embaixo. Um carregador deixava caixotes de legumes à porta do armazém, ao lado do bar, no térreo do edifício de Marina.

Um forte cheiro de pão torrado serviu de prelúdio para uma saraivada de xingamentos em italiano. Marina surgiu de penhoar, parecendo mal-humorada.

— Duas coisas! — disse. — A primeira é que você está pelado e não creio que os vizinhos da frente apreciem esse espetáculo no café da manhã.

— E a segunda? — perguntou Tomas sem se virar.

— Vamos descer, tomar o nosso café lá embaixo, não tem nada para comer aqui.

— Não compramos ciabattas ontem à noite? — debochou Tomas.

— Se veste! — respondeu Marina, voltando para dentro do apartamento.

— Bom dia para você também! — resmungou Tomas.

Uma velha senhora que regava as plantas em sua própria sacada o cumprimentou efusivamente com a mão, do outro lado da rua. Tomas sorriu para ela e deixou a varanda.

Não eram ainda oito horas e já fazia calor. O dono da trattoria arrumava a frente da casa; Tomas o ajudou a levar os guarda-sóis para a calçada. Marina se sentou a uma mesa e pegou um croissant no cesto de pãezinhos.

— Vai fazer essa cara o dia todo? — perguntou Tomas, também se servindo. — É porque eu vou embora que você está com raiva?

— Já sei o que eu gosto tanto em você, Tomas, é a sua presença de espírito.

O proprietário da casa pôs à frente deles dois cappuccinos fumegantes. Olhou para o céu, esperando que uma pancada de chuva caísse antes do final do dia e cumprimentou Marina pela beleza matinal. Deu uma piscada de olho a Tomas e voltou para dentro.

— Que tal não desperdiçarmos a manhã? — retomou Tomas.

— Ah, que bela ideia! Por que não termina seu croissant e depois sobe e me come? Em seguida uma boa chuveirada no meu banheiro, enquanto a idiota aqui faz a sua mala. Um beijinho já na porta e você desaparece por dois ou três meses, se não for para sempre. Aliás, não responde, o que disser agora vai ser imbecil.

— Vem comigo!

— Sou correspondente e não repórter.

— Viajamos juntos, passamos a noite em Berlim e amanhã eu pego o voo para Mogadíscio e você volta para Roma.

Marina se virou e fez sinal ao dono do restaurante, pedindo outro café.

— Tem toda razão, despedidas no aeroporto causam mais efeito, um pouco de drama não faz mal nenhum, não é?

— O que não faria mal nenhum seria você aproveitar e ir até a redação do jornal — acrescentou Tomas.

— Toma o seu café enquanto está quente!

— Se disser que sim, em vez de reclamar, eu reservo uma passagem.

*

Um envelope surgiu debaixo da porta. Anthony fez uma careta, se abaixando para pegá-lo. Abriu e leu o fax enviado para ele.

"Sinto, ainda não consegui, mas não desisti. Espero resultados um pouco mais tarde." A mensagem tinha como assinatura GP, iniciais de George Pilguez.

Anthony Walsh se sentou à escrivaninha da sua suíte e rabiscou um bilhete para Julia. Ligou para a recepção pedindo um carro com motorista. Deixou o apartamento e deu uma rápida parada no sexto andar. Foi pé ante pé até o quarto da filha, passou o bilhete por baixo da porta e foi embora sem esperar.

— Karl-Liebknecht-Strasse, nº 31, por favor — disse ao chofer.

O sedã preto partiu imediatamente.

*

Com o chá rapidamente tomado, Julia pegou sua bagagem na prateleira do armário e colocou-a em cima da cama. Começou dobrando bem as suas coisas, mas afinal decidiu enfiá-las na sacola sem maiores cuidados. Interrompendo os preparativos da partida, foi até a janela. Uma chuva fina caía na cidade. Embaixo, na rua, um sedã preto se afastava.

*

— Traz as suas coisas do banheiro, se quiser que eu arrume na sua sacola — gritou Marina, do quarto.

Tomas pôs a cabeça para fora do banheiro.

— Posso eu mesmo fazer a minha sacola, sabe?

— Mal! Pode fazer, mas mal, e eu não vou estar na Somália para passar a sua roupa.

— E desde quando você faz isso? — perguntou Tomas, quase preocupado.

— Nunca fiz, mas poderia.

— Já se decidiu?

— Com relação a te abandonar agora ou amanhã? Você tem muita sorte, achei que é bom para a minha carreira ir cumprimentar o nosso futuro diretor de redação. É uma boa notícia para você e não veja nisso relação alguma com sua ida a Berlim, vai ter a possibilidade de passar uma noite a mais na minha companhia.

— Fico encantado — afirmou Tomas.

— Jura? — continuou Marina, puxando o zíper da sacola. — Precisamos deixar Roma antes de meio-dia, vai monopolizar o banheiro a manhã inteira?

— Achava que era eu que reclamava o tempo todo.

— Já nem isso, meu velho, não é culpa minha.

Marina empurrou Tomas para poder entrar no banheiro; desfez o cinto do penhoar e o empurrou para o chuveiro.

*

A Mercedes preta fez a curva e parou num estacionamento diante de uma fileira de prédios grandes e cinza. Anthony pediu que o motorista esperasse, pois ele voltaria em no máximo uma hora.

Subiu os poucos degraus protegidos por um telhadinho e entrou no prédio que passara a abrigar os arquivos da Stasi.

Apresentou-se à recepção para que lhe mostrassem o caminho.

O corredor que percorreu tinha coisas de congelar a espinha. De ambos os lados, vitrines expunham diferentes modelos de microfones, câmeras, máquinas fotográficas, aparelhos a vapor para abrir correspondência e outros para colá-la de volta depois de ter sido lida e uma cópia arquivada. Material de todo tipo para espionar o cotidiano de uma população inteira, prisioneira de um Estado policial. Folhetos e manuais de propaganda, sistemas de escuta cada vez mais sofisticados na medida do passar dos anos. Milhões de pessoas tinham sido assim vigiadas e julgadas, tiveram a vida fichada para a garantia do Estado absoluto. Perdido em seus pensamentos, Anthony parou diante da foto de uma câmara de interrogatório.

Sei que eu estava errado. Com a queda do Muro, era irreversível o processo, mas quem podia garantir isso, Julia? Os que passaram pela primavera de Praga? Nossos democratas que permitiram a perpetração de tantos crimes e injustiças? E quem podia afirmar, naquele momento, que a Rússia estaria para sempre livre dos déspotas de ontem? Então, é verdade, tive medo, um medo terrível de a ditadura voltar a fechar as portas recém-abertas da liberdade e você ficar presa sob o domínio totalitário. Tive medo de me tornar para sempre um pai separado da filha, não mais por preferência dela, mas por imposição de uma ditadura. Sei que não vai me perdoar, mas se as coisas tivessem dado errado, eu é que jamais me perdoaria de não ter vindo te buscar e, de certa forma, me confesso feliz de ter cometido esse erro.

— Posso ajudar? — perguntou uma voz no fundo do corredor.

— Procuro os arquivos — balbuciou Anthony.

— Por aqui, senhor, mais alguma coisa?

Dias após a queda do Muro, funcionários da polícia política da Alemanha Oriental, pressentindo que o regime inevitavelmente despencava, começaram a dar sumiço em tudo que pudesse comprovar a forma como agiam. Mas como destruir tão rapidamente milhões de fichas individuais de informações, juntadas em quase quarenta anos de totalitarismo? Já no mês de dezembro de 1989, a população, ciente do que acontecia, atacara os postos da Segurança do Estado. Em todas as cidades da Alemanha Oriental, cidadãos invadiram o QG local da Stasi e impediram a destruição daquilo que, enfileirado, perfazia 180 quilômetros de relatórios de todo tipo, documentos em seguida abertos ao acesso do público.

Anthony pediu para consultar as fichas de um certo Tomas Meyer, outrora residindo em Comeniusplatz nº 2, em Berlim Oriental.

— Não posso, infelizmente, satisfazer seu pedido, senhor — desculpou-se o encarregado.

— Achei que uma lei facilitava o acesso aos arquivos, não é assim?

— De fato, mas a mesma lei tem também como finalidade proteger nossos concidadãos de qualquer atentado às suas vidas privadas, causado pela utilização dos seus dados pessoais — replicou o funcionário, recitando uma cantilena que ele parecia conhecer de cor.

— É onde a interpretação dos textos ganha toda sua importância. Se não me engano, o primeiro objetivo dessa lei que nos interessa a ambos foi o de facilitar a todos o acesso aos arquivos da Stasi, para que se possa esclarecer a influência que o Serviço de Segurança do Estado teve sobre o destino de cada um, não é? — retomou Anthony, repetindo o texto escrito numa placa, na entrada daquela seção.

— Com certeza — concordou o empregado, sem entender bem aonde queria chegar o visitante.

— Tomas Meyer é meu genro — mentiu Anthony com inquebrantável desenvoltura. — Está morando agora nos Estados Unidos e tenho a honra de lhe dizer que em breve eu serei avô. Seria bom, como pode imaginar, que ele possa um dia falar aos filhos sobre o passado dele. Quem não gostaria de fazer isso? Tem filhos, senhor...?

— Hans Dietrich! — respondeu o funcionário. — Tenho duas lindas meninas, Emma e Anna, de 5 e 7 anos.

— Que maravilha! — exclamou Anthony juntando as mãos. — Como deve se sentir feliz com isso.

— É o que de melhor tenho na vida!

— Pobre Tomas, os trágicos acontecimentos que marcaram a adolescência dele estão ainda vivos demais, e ele não quis então fazer isso por conta própria. Vim de muito longe, em nome dele, para que possa se reconciliar com o passado e, quem sabe, talvez um dia ter força para trazer a filha aqui; pois, cá entre nós, sei que será uma menina. Acompanhá-la, como se dizia, à terra dos antepassados e poder reatar com as próprias raízes. Caro Hans — retomou solenemente Anthony — é um futuro avô que fala ao pai de duas lindas meninas, me ajude, ajude a filha do seu compatriota Tomas Meyer; seja aquele que, com um gesto de generosidade, dará a ele essa felicidade com que todos sonhamos.

Impressionado, Hans Dietrich já não sabia mais o que pensar. Os olhos úmidos do visitante acabaram de convencê-lo. Ele ofereceu um lenço a Anthony.

— Tomas Meyer, foi o que o senhor disse?

— Isso mesmo! — respondeu Anthony

— Pegue uma mesa na sala, vou ver se temos algo sobre ele.

Quinze minutos depois, Hans Dietrich colocou um fichário na escrivaninha em que estava Anthony Walsh.

— Creio ter encontrado o arquivo do seu genro — anunciou radiante. — Temos a sorte de não ser um dos que foi destruído, a reconstituição dos arquivos rasgados está longe de se concluir, esperamos ainda as verbas necessárias.

Anthony agradeceu muito, dando a entender, com olhar pretensamente constrangido, que precisava de um pouco de privacidade para estudar o passado de seu genro. Hans imediatamente se foi e Anthony mergulhou na leitura de um volumoso dossiê estabelecido em 1980 sobre o jovem que foi vigiado por nove anos. Dezenas de páginas recenseavam fatos e atos, movimentação, aptidões, gosto literário, relatórios detalhados de conversas em público e privado, opiniões, vinculação aos valores do Estado. Ambições, esperanças, primeiros sentimentos amorosos, primeiras experiências e primeiras decepções, nada do que formaria a personalidade de Tomas fora ignorado. Sem dominar perfeitamente a língua, Anthony resolveu pedir ajuda a Hans Dietrich para que o ajudasse a compreender a ficha de resumo que se encontrava no final do dossiê, atualizada pela última vez em 9 de outubro de 1989.

Tomas Meyer, órfão de pai e mãe, era um estudante suspeito. Seu melhor amigo e vizinho, com quem estava em contato desde cedo, tinha conseguido se evadir para o lado ocidental. O assim chamado Jürgen Knapp tinha atravessado o muro, provavelmente escondido no banco de trás de um carro e não voltara mais ao país. Não se pôde levantar prova alguma da eventual cumplicidade de Tomas Meyer, e a candura com que falou ao informante dos serviços de segurança dos projetos do amigo indicava sua provável inocência. O agente que informava o dossiê tinha então descoberto os preparativos para a fuga, mas infelizmente tarde demais para a prisão de Jürgen Knapp. Os laços estreitos que Tomas mantinha com aquele que traíra seu país e o fato de não haver denunciado antes o projeto de evasão do amigo impediam que fosse considerado elemento promissor para a República Democrática Alemã. Tendo em vista os fatos citados no dossiê, não se planejava qualquer ação explícita contra Tomas, mas era claro que função alguma de maior importância a serviço do Estado lhe seria confiada. O relatório recomendava, finalmente, que ele fosse mantido sob vigilância ativa para prevenir qualquer tentativa futura de comunicação com o antigo amigo ou com qualquer outra pessoa residindo no lado ocidental. Recomendava-se um período probatório, que iria até os 30 anos de idade, do elemento em questão, antes de qualquer revisão ou fechamento do dossiê.

Hans Dietrich terminou a leitura. Estupefato, releu duas vezes o nome do informante do dossiê para confirmar que não estava enganado, sem poder, porém, disfarçar o quanto isso o perturbava.

— Quem poderia imaginar algo assim! — disse Anthony, com os olhos pregados no nome que constava na parte de baixo da ficha. — Que tristeza!

Hans Dietrich estava igualmente consternado e totalmente de acordo.

Anthony lhe agradeceu pela preciosa ajuda prestada. Com a atenção atraída por um detalhe, o funcionário dos arquivos hesitou um pouco e revelou algo que acabava de descobrir.

— Creio ser necessário dizer, pelo caráter pessoal da sua investigação, que o seu genro certamente deve ter feito a mesma triste descoberta. Uma anotação na ficha do dossiê comprova que ele próprio o consultou.

Anthony reconfirmou toda sua gratidão a Dietrich e disse que, dentro de suas modestas possibilidades, contribuiria financeiramente para a reconstrução dos arquivos, por se dar conta, melhor do que antes, do quanto a compreensão do passado ajudava os homens a apreciarem o futuro.

Deixando o local, Anthony sentiu necessidade de tomar ar para recobrar o espírito. Foi se sentar por alguns instantes num banco num jardinzinho ao lado do estacionamento.

Relembrando a confidência de Dietrich, ergueu os olhos ao céu e exclamou:

— Mas como não pensei isso antes?!

Levantou-se e foi até o carro. Assim que se sentou, pegou o celular e discou um número em São Francisco.

— Estou te acordando?

— Claro que não, são três horas da manhã!

— Desculpe, mas creio que tenho uma informação importante.

George Pilguez acendeu a luz na mesinha de cabeceira da cama, abriu a gaveta e pegou caneta e papel.

— Pode dizer! — disse.

— Tenho agora todas as razões para pensar que o homem em questão quis se livrar do nome de família, não utilizá-lo mais ou, pelo menos, de modo a que se lembrassem dele o mínimo possível.

— Por quê?

— É uma longa história...

— E tem ideia da nova identidade?

— Nenhuma!

— Ótimo, fez muito bem em me acordar em plena noite, é algo que ajuda muito a investigação! — devolveu Pilguez, sarcástico, antes de desligar.

Apagou a luz, cruzou as mãos atrás da nuca e em vão tentou recuperar o sono. Meia hora depois, sua mulher o intimou a se levantar e ir trabalhar. Pouco importava que o dia não tivesse amanhecido, não aguentava mais senti-lo se mexendo na cama e queria dormir.

George Pilguez vestiu o robe e foi para a cozinha, resmungando. Começou preparando um sanduíche com bastante manteiga dos dois lados do pão, já que Natalia não estava ali para uma lição de moral sobre colesterol. Levou-o para o escritório e se sentou à escrivaninha. Certas repartições nunca fecham e ele pegou o telefone e ligou para um amigo que trabalhava no serviço alfandegário.

— Se alguém que legalmente mudou de nome entrar no nosso território, o nome de origem aparece nas fichas?

— De qual nacionalidade? — perguntou o interlocutor.

— Alemã, nascido na antiga Alemanha Oriental.

— Nesse caso, para conseguir o visto em qualquer dos nossos consulados, é mais do que provável; certamente ele deixou traços em algum lugar.

— Tem como anotar?

— Estou diante do teclado, meu velho — respondeu o amigo Rick Bram, lotado na seção de Imigração do aeroporto John Fitzgerald Kennedy.

*

A Mercedes estava a caminho do hotel. Anthony Walsh olhava a paisagem pelo vidro da janela. Um luminoso corria na fachada de uma farmácia, estampando intermitentemente a data, a hora e a temperatura na rua. Já era quase meio-dia em Berlim, 21 graus Celsius...

— E só mais dois dias — murmurou Anthony Walsh.

*

Julia andava de um lado para outro no hall, com a bagagem junto a uma poltrona.

— Acredite, senhorita Walsh, não tenho a menor ideia de onde o seu pai foi. Pediu um carro logo pela manhã, sem nos dar qualquer indicação; e não voltou desde então. Tentei ligar para o motorista, mas ele está com o celular desligado.

O recepcionista olhou para a sacola de Julia.

— O senhor Walsh não pediu que modificasse a reserva das passagens e também não avisou que partiriam hoje. Tem certeza quanto a essa decisão?

— É decisão minha! Marquei de nos encontrarmos pela manhã. O avião sai às 15 horas e é o último voo possível se não quisermos perder o que vai de Paris a Nova York.

— Podem fazer escala em Amsterdã, ganhariam tempo, será um prazer resolver isso para vocês.

— Faça isso então, por favor, agora mesmo — respondeu Julia, procurando nos bolsos.

Desesperada, deixou a cabeça cair no balcão, sob o olhar atônito do rapaz.

— Algum problema, senhorita?

— As passagens estão com meu pai!

— Tenho certeza de que ele não demora a voltar. Não se preocupe, se devem estar impreterivelmente em Nova York à noite, têm ainda algum tempo à disposição.

Um sedã preto acabava de estacionar diante do hotel, Anthony Walsh desceu e atravessou a porta giratória.

— Onde você estava? — perguntou Julia, indo em sua direção. — Fiquei preocupadíssima.

— É a primeira vez que eu vejo você se interessar pelo que eu faço ou pelo que possa me acontecer, que dia maravilhoso!

— O que me preocupa é nós perdermos o voo!

— Que voo?

— Combinamos ontem de irmos embora hoje, não se lembra?

O recepcionista interrompeu a conversa para entregar a Anthony um envelope com um fax que acabava de chegar para ele. Anthony Walsh abriu e olhou para Julia, lendo o papel.

— Claro que sim, mas isso foi ontem à noite — respondeu jovialmente.

Viu a sacola de Julia e pediu ao carregador que a levasse, por favor, de volta ao quarto da filha.

— Vem, eu te levo para almoçar, precisamos conversar.

— Sobre o quê? — ela perguntou, preocupada.

— Sobre mim! Vamos, não faz essa cara, fica tranquila, estou brincando...

Pegaram uma mesa no terraço.

*

O despertador tirou Stanley de um pesadelo. Como resultado de uma noitada em que o vinho tinha rolado solto, uma temível enxaqueca o invadiu mal abriu os olhos. Levantou-se e foi cambaleando até o banheiro.

Analisando o rosto à frente do espelho, jurou não tocar numa gota de álcool até o fim do mês, o que parecia bastante razoável, já que era dia 29. Afora a britadeira que parecia estar abrindo um buraco em suas têmporas, o dia até que se anunciava bem. Na hora do almoço, perguntaria a Julia se não queria que passasse no seu escritório para que fossem dar uma caminhada à beira do rio. Franzindo as sobrancelhas, lembrou sucessivamente que sua melhor amiga não estava na cidade e que não tinha notícia dela desde a noite anterior. Mas não conseguiu se lembrar da conversa da véspera, naquele jantar bem regado a vinho. Somente um pouco depois, tendo bebido uma xícara grande de chá, se perguntou se, afinal, não tinha deixado escapar a palavra "Berlim" durante a conversa com Adam. Após o banho, levantou a questão da necessidade de informar Julia sobre essa crescente dúvida. Talvez fosse melhor ligar para ela... ou não!

*

— Quem mentiu mente de novo! — exclamou Anthony, passando o cardápio a Julia.

— É a mim que você diz isso?

— O mundo não gira em torno do seu umbigo, querida! Me referia ao seu amigo Knapp!

Julia pôs o cardápio na mesa e dispensou o garçom que se aproximava.

— Do que você está falando?

— Do que você espera que eu esteja falando em Berlim, num restaurante e almoçando na sua companhia?

— O que você descobriu?

— Tomas Meyer, aliás Tomas Ullmann, repórter do *Tagesspiegel*; posso apostar sem risco que ele trabalha diariamente com o cretino que nos inventou aquelas histórias.

— Por que o Knapp teria mentido?

— Vai ter que perguntar a ele. Imagino que tenha tido seus motivos.

— Como você soube de tudo isso?

— Tenho superpoderes! É uma das vantagens de ser só uma máquina.

Julia olhou exasperada para o pai.

— Por que não? — retomou Anthony. — Você pode inventar animais que falam com as crianças, e eu não tenho o direito a umas poucas qualidades extraordinárias diante da minha própria filha?

Anthony adiantou a mão na direção da de Julia, desistiu e disfarçou levando um copo à boca.

— É água! — gritou Julia.

Anthony se assustou.

— Não creio que seja muito recomendável para os circuitos eletrônicos — cochichou em seguida, sem graça por ter chamado a atenção das outras mesas.

Anthony arregalou os olhos.

— Acho que você me salvou a vida... — concluiu, levando o copo à mesa. — Quer dizer, maneira de falar!

— Como soube de tudo isso? — perguntou Julia.

Anthony observou longamente a filha e desistiu de contar sobre a visita matinal aos arquivos da Stasi. Afinal, só o resultado das investigações interessava.

— As pessoas podem mudar de nome para assinar artigos de jornal, mas para atravessar a fronteira é outra história! Como vimos aquele famoso desenho em Montreal, deduzi que ele tinha estado lá e achei que, com alguma sorte, tivesse também passado pelos Estados Unidos.

— Você tem, de fato, poderes sobrenaturais!

— Na verdade, tenho um velho amigo que trabalhou na polícia.

— Obrigada — murmurou Julia.

— O que você quer fazer?

— É o que eu me pergunto. Fico simplesmente feliz que o Tomas tenha se tornado o que sonhava.

— Como sabe?

— Ele queria ser repórter.

— E acha que esse era o único sonho dele? Acredita que, realmente, no dia em que fizer um balanço da vida, é para um álbum com fotos de reportagens que ele vai olhar? Uma carreira, grande coisa! Tem ideia de quantos homens, em época de solidão, se deram conta de que o sucesso que acharam ter alcançado os afastou muito dos seus e até de si mesmo?

Julia olhou para o pai e percebeu a tristeza que se escondia em seu sorriso.

— Repito a pergunta, Julia, o que você quer fazer?

— Voltar a Berlim seria certamente o mais razoável.

— Que lapso! Você disse Berlim. É em Nova York que você mora.

— Só uma coincidência idiota.

— Engraçado, ainda ontem você teria dito ser um sinal.

— Mas, como você disse ainda há pouco, isso foi ontem.

— Não procure se enganar, Julia, não se pode levar a vida com lembranças que se confundem com remorsos. A felicidade precisa de certezas, por menores que sejam. Só você pode escolher agora. Não vou estar mais aqui para decidir no seu lugar e, aliás, há muito tempo já não era mais esse o caso, mas tome cuidado com a solidão, é uma companhia perigosa.

— Você passou por solidão?

— Nós nos fizemos companhia por muitos anos, se é o que você quer saber, mas bastava pensar em você para que ela fosse embora. Digamos que eu tomei consciência de certas coisas um pouco tarde demais, é verdade; e olhe que não posso reclamar, pois a maioria dos imbecis como eu não tem direito ao brinde que eu tive, mesmo que dure só alguns dias. Bom, vou ser mais exato: senti muito sua falta, Julia, e não posso fazer mais nada para recuperar os anos perdidos. Deixei eles passarem como um idiota, por precisar trabalhar, achar que tinha obrigações, um papel a representar, quando o único teatro de verdade na minha vida era você. Bom, chega de conversa fiada, não faz o nosso estilo, nem seu nem meu. Com prazer eu a acompanharia para dar um chute no traseiro desse tal Knapp e fazer ele falar, mas estou muito cansado e além do mais, como disse, é a sua vida.

Anthony se debruçou para pegar um jornal na mesa ao lado. Abriu-o e começou a folhear.

— Achei que você não lesse alemão — disse Julia, com um nó na garganta.

— Ainda está aí? — respondeu Anthony, virando uma página.

Julia dobrou o guardanapo, afastou a cadeira e se levantou.

— Telefono assim que tiver visto ele — disse, se afastando.

— Veja só, estão anunciando tempo menos fechado no fim da tarde! — replicou Anthony, olhando pela janela do restaurante.

Mas Julia já estava na calçada, chamando um táxi. Anthony dobrou o jornal e suspirou.

*

O carro parou diante do terminal do aeroporto de Roma-Fiumicino. Tomas pagou a corrida e deu a volta no táxi para abrir a porta de Marina. Depois de passarem pelo check in e pelo controle de segurança, Tomas, de sacola no ombro, olhou o relógio. O voo partia dentro de uma hora. Marina perambulava pelas vitrines das lojas, ele pegou-a pela mão se dirigiram ao bar.

— O que vai querer fazer hoje à noite? — ele perguntou, pedindo dois cafés no balcão.

— Conhecer seu apartamento, há tempos me pergunto como ele é.

— Um cômodo grande, com uma mesa de trabalho junto à janela e uma cama encostada na parede.

— Para mim está ótimo, não preciso de mais nada — disse Marina.

*

Julia empurrou a porta do *Tagesspiegel* e se apresentou na recepção. Pediu para ver Jürgen Knapp.

A moça pegou o interfone.

— Diga que eu vou esperar nesse hall até ele vir, mesmo que passe a tarde inteira aqui.

Apoiado na parede de vidro da cabine do elevador que lentamente descia ao térreo, Knapp não tirava os olhos da sua visitante. Julia ia e vinha diante das vitrines com as páginas da edição daquele dia.

As portas do elevador se abriram. Knapp atravessou o hall.

— O que eu posso fazer por você, Julia?

— Podia começar dizendo por que mentiu!

— Me acompanha, vamos para um lugar mais tranquilo.

Knapp levou-a em direção às escadas. Convidou-a a se sentar numa saleta perto da cafeteria e procurou nos bolsos algum dinheiro trocado.

— Café, chá? — perguntou, se aproximando da máquina de distribuição de bebidas.

— Nada!

— O que você veio procurar em Berlim, Julia?

— Você é tão pouco perspicaz assim?

— Não nos vemos há quase vinte anos, como posso adivinhar o que te fez vir?

— Tomas!

— Há de convir que, depois de tantos anos, isso é no mínimo surpreendente.

— Onde ele está?

— Já disse, na Itália.

— Com a mulher e os filhos e desistiu do jornalismo, sei. Mas toda ou boa parte dessa bela fábula é falsa. Ele mudou de nome, mas continua sendo repórter.

— Já que você sabe, por que está perdendo seu tempo aqui?

— Se quer brincar de perguntas e respostas, responda primeiro à minha. Por que escondeu a verdade?

— Quer que nós façamos as perguntas de verdade? Tenho algumas para você. Já se perguntou se Tomas tem vontade de te ver? Com que direito você se permite ressurgir assim? Simplesmente por ter decidido que chegou a hora? Por, de repente, essa ideia ter te passado pela cabeça? Você veio de outra época, mas não há mais muro a se derrubar, nem revolução a ser feita nem êxtase nem encanto, nenhuma loucura mais! Só o que resta é o bom senso de adultos que se esforçam para levar adiante a própria vida, continuar as suas carreiras. Vai embora, Julia, sai de Berlim e volta para casa. Já causou estragos demais.

— Te proíbo de falar assim — replicou Julia, com os lábios trêmulos.

— Por quê? Eu não tenho legitimidade? Vamos continuar com o jogo das perguntas. Onde você estava quando Tomas explodiu numa mina? Você estava na escada do avião quando ele voltou sem poder andar de Cabul? Acompanhou ele diariamente às sessões de fisioterapia? Esteve por perto para consolá-lo no desespero? Não precisa pensar muito, eu sei a resposta, já que era a sua ausência o que mais torturava a ele! Você tem ideia do mal que causou, da solidão em que ele ficou e de quanto tempo tudo isso durou? Já se deu conta de que o idiota tinha o coração tão machucado e ainda achava meios de te defender, pois eu fazia todo o possível para que ele te odiasse?

Por mais que lágrimas escorressem pelo rosto de Julia, nada mais poderia fazer Knapp se calar.

— Conseguiria contar o número de anos que ele precisou para aceitar virar a página e conseguir se livrar de você? Não há canto algum em Berlim em que nós não andássemos à noite sem que ele contasse alguma lembrança de vocês, podia ser a fachada de um café, um banco de parque, uma mesa de restaurante, as margens de um canal. Sabe quantos encontros foram frustrados, quantas mulheres que tentaram amá-lo esbarraram no seu perfume, na lembrança das imbecilidades que você dizia e ele achava engraçadas?

"Acabei sabendo tudo sobre você, desde a textura da pele, o mau humor matinal que ele gostava sem que eu entendesse por que, o que tomava de café da manhã, a maneira como prendia os cabelos, como maquiava os olhos, as roupas que preferia usar, o lado da cama que dormia. Precisei ouvir mil vezes os trechos que você aprendia na aula de piano às quartas-feiras, pois, com a alma dilacerada, ele continuou a tocá-los semana após semana por anos seguidos. Precisei ver todos os desenhos que você fez a aquarela ou grafite, aqueles animais estúpidos de que ele sabia cada nome. Diante de quantas vitrines não vi ele parar por um vestido de que você gostaria, ou uma pintura, ou um buquê. E quantas vezes não me perguntei o que você teria feito a ele, para que sentisse tanto a sua falta.

"Quando finalmente eu achava que ele estava indo melhor, tinha medo de nós passarmos por alguém cuja silhueta te lembrasse, algum fantasma que fizesse ele desperdiçar o caminho já percorrido. E foi muito comprida a estrada até essa outra liberdade. Você me perguntou por que eu menti? Espero que agora tenha entendido."

— Nunca quis fazer mal nenhum a ele, Knapp, nunca — balbuciou Julia, sufocada pela emoção.

Knapp pegou um guardanapo de papel e deu a ela.

— Por que você está chorando? Em que ponto está da vida, Julia? Casada, divorciada quem sabe? Filhos? Uma mudança recente para Berlim?

— Não precisa ser cruel!

— Não cabe a você falar de crueldade.

— Você não sabe de nada...

— Mas eu adivinho! Mudou de opinião depois de vinte anos, foi isso? É tarde demais. Ele escreveu para você ao voltar de Cabul, não me fala o contrário porque eu ajudei ele a encontrar as palavras. Eu estava lá toda vez que ele voltava do aeroporto arrasado no último dia de cada mês. Você fez sua escolha, ele respeitou sem nenhum rancor. É isso que queria saber? Nesse caso, pode ir em paz.

— Não fiz escolha alguma, Knapp. Recebi anteontem essa carta do Tomas.

*

O avião sobrevoava a cadeia dos Alpes. Marina cochilava, com a cabeça apoiada no ombro de Tomas. Ele abaixou a cortina da janela e fechou os olhos tentando também dormir. Em uma hora chegariam a Berlim.

*

Julia contou toda a sua própria história e em momento algum Knapp a interrompeu. Também levara muito tempo no luto de um homem que ela pensava morto. Terminada a narrativa, ela se levantou, se desculpou mais uma vez pelo mal que havia causado sem querer, sem nunca ter sabido de nada, se despediu do amigo de Tomas e o fez jurar que nunca contaria a ele sua vinda a Berlim. Knapp viu-a se afastar pelo longo corredor que levava às escadas. Ela já estava no primeiro degrau quando ele gritou o seu nome. Julia se virou.

— Não posso manter a promessa, não quero perder meu melhor amigo. Tomas está no avião, ele aterrissa dentro de 45 minutos, vem de Roma.

19.

Trinta e cinco minutos era o tempo que ela tinha para chegar ao aeroporto. Entrando no táxi, Julia prometeu ao motorista pagar o dobro do valor da corrida se chegassem a tempo. No segundo cruzamento, ela bruscamente abriu a porta e foi se sentar ao lado dele, com o sinal já passando para o verde.

— Os passageiros devem ficar no banco de trás — exclamou o motorista.

— Pode ser, mas eu preciso desse espelhinho que está aqui na frente — ela respondeu, baixando a aba de proteção contra o sol. — Vamos, *schnell, schnell*!

E o que via não lhe agradava em absoluto. As pálpebras inchadas, os olhos e a ponta do nariz ainda vermelhos, vinte anos de espera para cair nos braços de um coelho albino, isso podia fazê-lo até dar meia-volta. Uma curva fazendo os pneus cantarem estragou sua primeira tentativa de maquiagem. Julia reclamou e o motorista respondeu que ela tinha que saber o que queria, chegar em 15 minutos ou que ele parasse no meio-fio para que ela acabasse de pintar a cara!

— Pé na tábua! — respondeu ela, fazendo mais uma tentativa com o rímel.

A estrada estava cheia. Ela suplicou ao ás do volante que ultrapassasse, apesar da faixa contínua proibindo. Ele podia perder a carteira de motorista com uma infração desse tipo, mas Julia prometeu que se fossem pegos ela diria que estava prestes a dar à luz. O homem a fez notar que ela não apresentava as proporções esperadas para tornar verossímil a mentira. Julia estufou a barriga e começou a gemer, com as mãos nas costas. "Está bem, está bem", disse o chofer, pisando no acelerador.

— Chegou a causar certa impressão, não? — preocupou-se ela, investigando a cintura.

Eram 18h22 quando ela saltou na calçada, antes até do carro parar completamente. O terminal se estendia todo na horizontal.

Julia perguntou pelo desembarque internacional. Um comissário que passava por perto disse ser na extremidade oeste. Depois de uma louca correria, resfolegante, ela ergueu os olhos para o quadro de voos previstos para chegar. Nenhum que viesse de Roma. Julia tirou os sapatos e a prova de velocidade retomou seu curso na direção contrária. Mais adiante, uma multidão aguardava a saída de passageiros, Julia abriu um caminho pela lateral, conseguindo chegar à frente. Uma primeira vaga surgiu, com as portas de correr abrindo e fechando à medida que os passageiros deixavam a área de espera das bagagens. Turistas, gente de férias, comerciantes, homens e mulheres de negócios, cada um com seus trajes adequados. Mãos se erguiam, se agitavam no ar, alguns se abraçavam, se beijavam, outros se limitavam a rápidos cumprimentos; ora se falava francês, ora espanhol, um pouco mais tarde inglês, só na quarta vaga ouviu-se, enfim, italiano. Dois estudantes, de costas arqueadas, vinham de braços dados, parecendo tartarugas; um padre agarrado a seu breviário tinha o andar de um corvo, um copiloto e uma aeromoça trocavam seus endereços, tinham provavelmente sido girafas numa vida passada, um congressista com cara de coruja procurava seu grupo esticando o pescoço, uma menina-cigarra corria para os braços da mãe, um marido-urso encontrava a esposa e depois, de repente, entre cem outros rostos, o olhar de Tomas apareceu intacto, tal como era há vinte anos.

Algumas rugas em torno das pálpebras, a covinha no queixo um pouco mais pronunciada, uma barba leve, mas os olhos suaves como a areia que a haviam feito navegar pelos telhados de Berlim, revirar na lua cheia do parque Tiergarten, eram os mesmos. Sem nem respirar, Julia se pôs na ponta dos pés, grudada à fita de isolamento e ergueu o braço. Tomas virou a cabeça para falar com a jovem que o abraçava pela cintura; eles passaram bem à frente de Julia, cujos calcanhares tinham voltado ao chão. O casal saiu do terminal e desapareceu.

*

— Quer passar primeiro na minha casa? — perguntou Tomas, fechando a porta do táxi.

— Umas horas a mais ou a menos não vão fazer diferença para descobrir o seu antro. É melhor nós seguirmos direto para o jornal. Já é tarde, Knapp pode ir embora e vê-lo é importante para a minha carreira, pelo menos foi o pretexto para vir com você a Berlim, não lembra?

— Potsdamerstrasse — disse Tomas ao motorista.

Dez veículos mais atrás, uma mulher tomava outro táxi rumo ao hotel.

*

O recepcionista informou a Julia que o seu pai a esperava no bar. Ela o encontrou sentado a uma mesa, junto ao vidro.

— As coisas não parecem ter ido muito bem — disse ele, levantando-se para recebê-la.

Julia desabou numa poltrona.

— Digamos que de forma alguma. Nem tudo que Knapp disse era mentira.

— Viu Tomas?

— No aeroporto, chegando de Roma... acompanhado da esposa.

— Vocês se falaram?

— Ele não me viu.

Anthony chamou o garçom.

— Quer beber alguma coisa?

— Quero voltar para casa.

— Eles estavam de aliança?

— Ela estava enlaçando a cintura dele, não ia pedir que mostrassem a certidão de casamento.

— Há poucos dias, imagino que alguém estivesse enlaçando você pela cintura também. Eu não estava lá para ver, pois foi no meu enterro... se bem que, pensando bem, eu estava um pouco presente... desculpe, é engraçado dizer isso.

— Realmente não vejo o que tem de engraçado. Nós devíamos nos casar naquele dia. Essa viagem absurda termina amanhã e com certeza é melhor assim. Knapp tinha razão, que direito tenho eu de reaparecer na vida dele?

— O direito de uma segunda chance, quem sabe?

— Para ele, para você ou para mim? Foi uma tentativa egoísta e fadada ao fracasso.

— O que você pensa em fazer?

— Minha mala e me deitar.

— Quis dizer quando voltarmos.

— Fazer o balanço, tentar colar os cacos do que eu quebrei, esquecer tudo e retomar o curso da minha vida. Não tenho outra alternativa dessa vez.

— Claro que tem, pode escolher ir até o fim, ficar com a consciência livre.

— Vai querer agora me dar lições sobre o amor?

Anthony olhou atentamente para a filha e aproximou sua poltrona.

— Você se lembra do que fazia quase todas as noites quando era criança, até cair de sono?

— Lia sob a coberta com uma lanterna.

— Por que não acendia a luz do quarto?

— Para que você achasse que eu estava dormindo e eu lia escondida...

— Nunca se perguntou se a lanterna era mágica?

— Não, por quê?

— Ela alguma vez se apagou durante aqueles anos todos?

— Não — respondeu Julia, confusa.

— Mas você nunca trocou as pilhas... Minha Julia, o que você sabe do amor se só amou pessoas que te enviavam de volta uma bela imagem sua? Olha para mim de frente e fala do seu casamento, dos projetos de futuro; me jura que, fora essa peregrinação imprevista, nada poderia vir a perturbar seu amor pelo Adam. E você acha que sabe tudo dos sentimentos do Tomas, do sentido da vida dele, sem ter a menor ideia da direção que deve dar à sua própria, simplesmente porque uma mulher estava abraçando ele pela cintura? Se é para conversarmos abertamente, eu queria te fazer uma pergunta, se prometer responder com sinceridade. Quanto tempo durou a sua mais demorada história de amor? Não estou me referindo ao Tomas nem a sentimentos sonhados, mas de relação vivida. Dois, três, quatro anos, quem sabe cinco? Pouco importa, dizem que o amor dura sete anos. Vamos, seja honesta e responda. Você seria capaz, por sete anos, de se oferecer a alguém sem reservas, completamente, sem se conter, sem apreensão nem dúvida, sabendo que essa pessoa que você ama mais do que qualquer outra coisa no mundo vai esquecer quase tudo do que vocês viveram juntos? Vai aceitar que todo o seu cuidado, seus gestos de amor, se apaguem da memória e que a natureza, que tem horror do vazio, preencha um dia essa amnésia com críticas e remorsos? Sabendo que tudo isso é inevitável, teria ainda força para se levantar no meio da noite se a pessoa amada estivesse com sede ou simplesmente tivesse tido um pesadelo? Vai ter vontade de diariamente, pela manhã, preparar o café para essa pessoa, se esforçar para estar presente no dia dela, diverti-la, contar histórias se ela se entediar, cantar para ela, sair para que ela tome um pouco de ar, mesmo que lá fora faça um frio glacial; e depois, à noite, ignoraria o cansaço, viria à cama dela para sossegá-la, falar de um futuro que ela necessariamente vai viver longe de você? Se a resposta para cada uma dessas perguntas for afirmativa, nesse caso me desculpe por ter te julgado mal, pois você realmente sabe o que é amar.

— É da mamãe que você está falando?

— Não, querida, é de você. O amor que eu acabo de descrever é o de um pai ou o de uma mãe pelos filhos. Quantos dias e noites passados a cuidar, a vigiar a menor possibilidade de perigo, a olhar, a ajudar a crescer, a secar as lágrimas, a fazer rir; quantos parques no inverno e praias no verão, quantos quilômetros percorridos, palavras repetidas, tempo dedicado. E no entanto, no entanto... a partir de qual idade se guardam as primeiras lembranças da infância?

"Pode imaginar a que ponto é preciso amar para aprender a viver para vocês, sabendo que vocês vão esquecer tudo daqueles primeiros anos e que, nos anos seguintes, vão se ressentir do que não se fez direito? E que virá com toda certeza o dia em que vocês nos deixarão, orgulhosos da liberdade adquirida?

"Você me acusa de ter sido ausente; pode imaginar o quanto é terrível o dia em que os filhos vão embora? Já imaginou o gosto dessa ruptura? Vou contar o que acontece, a gente fica ali como um idiota, na soleira da porta, vendo vocês partirem, se convencendo de que é preciso incentivar essa separação, se alegrando com a irresponsabilidade que anima vocês e nos arranca um pedaço do ser. Fechada a porta, é preciso reaprender tudo; preencher os cômodos vazios, não controlar o barulho dos passos, esquecer os estalos tranquilizadores da escada quando chegavam tarde e podíamos finalmente dormir sossegados, passando no entanto a ser preciso ir buscar o sono em vão, já que vocês não estão mais prestes a chegar. Viu, minha Julia, mesmo assim, pai ou mãe nenhum se vangloriam e é isso amar, sem que se tenha outra escolha, uma vez que nós amamos vocês. Você sempre vai guardar rancor de mim por ter te separado do Tomas. Pela última vez, peço desculpas por não ter entregue aquela carta.

Anthony ergueu o braço e pediu ao garçom que trouxesse água. Gotas de suor brotavam na sua testa, ele pegou um lenço no bolso.

— Peço desculpas — repetiu com o braço ainda levantado —, peço desculpas, peço desculpas, peço desculpas.

— Algo errado? — preocupou-se Julia.

— Peço desculpas — repetiu Anthony mais três vezes.

— Pai?

— Peço desculpas, peço desculpas...

Levantou-se, cambaleou e voltou a cair na poltrona.

Julia chamou o garçom para que a ajudasse. Com um gesto, Anthony garantiu não ser necessário.

— Onde nós estamos? — perguntou, confuso.

— Em Berlim, no bar do hotel!

— Mas onde nós estamos agora? Que dia? O que estou fazendo aqui?

— Para! — suplicou Julia em pânico. — Hoje é sexta-feira, fizemos juntos essa viagem. Saímos de Nova York há quatro dias para encontrar o Tomas, não se lembra? Foi por causa do desenho idiota que eu vi no cais, em Montreal.

Você comprou ele para mim, quis vir aqui, diz que está lembrado. Está cansado, só isso, precisa economizar as baterias; eu sei que é absurdo, mas foi o que você mesmo explicou. Queria que falássemos de tudo e só falamos de mim. Precisa recuperar o espírito, temos mais dois dias só para nós, para falar tudo aquilo que nunca foi dito. Quero voltar a saber tudo que eu esqueci, ouvir de novo as histórias que você contava, como a do aviador perdido na margem do rio Amazonas porque o avião, sem gasolina, teve que fazer um pouso forçado, e a lontra que ajudou ele a encontrar o caminho. Eu me lembro da cor do pelo, era azul, um azul que você era o único a poder descrever, como se as suas palavras fossem lápis de cor.

Julia pegou o pai pelo braço para acompanhá-lo ao quarto.

— Você não parece nada bem, dorme, amanhã vai ter recuperado as forças.

Anthony não quis se deitar na cama. A poltrona perto da janela serviria muito bem.

— Está vendo — disse, se sentando — é engraçado, a gente encontra um monte de bons motivos para não amar, medo de sofrer, de ser abandonado um dia. No entanto, amamos a vida, mesmo sabendo que ela vai nos deixar um dia.

— Não fala isso...

— Para de se projetar no futuro, Julia. Não há cacos a colar, só coisas a serem vividas e elas nunca acontecem como previsto. Mas o que eu posso dizer é que passam numa velocidade absurda. O que você está fazendo comigo aqui nesse quarto? Vai, vai andar seguindo os passos das suas lembranças. Queria fazer o balanço, então corre. Há vinte anos, você estava aqui, vai em busca daqueles anos enquanto é tempo. Tomas está na mesma cidade que você essa noite, não importa que você o veja ou não. Respiram o mesmo ar. Você sabe que ele está aqui, mais perto do que jamais vai estar de novo. Sai, para debaixo de cada janela iluminada, ergue a cabeça, pergunta a si mesma o que sente vendo uma silhueta que parece ser a dele atrás da cortina; e se achar que de fato é ele, grita o nome na rua, ele vai ouvir, pode descer ou não, dizer que te ama ou pedir que suma para sempre, mas você pelo menos vai saber ao certo.

Pediu a Julia que o deixasse sozinho. Ela se aproximou e Anthony sorriu.

— Sinto muito ter te assustado no bar ainda há pouco, não devia ter feito isso — disse, de maneira sonsa.

— Não vai me dizer que fingiu passar mal...

— Acha que não senti falta da sua mãe quando ela começou a confundir as coisas? Não foi só você que perdeu ela. Vivi quatro anos ao lado dela sem que ela tivesse a menor ideia de quem eu era. Agora vai, é sua última noite em Berlim!

*

Julia foi para o quarto e se deitou na cama. Os programas na TV não lhe interessavam em nada, as revistas na mesinha eram todas em alemão. Levantou-se e afinal se decidiu a aproveitar um pouco a suavidade da noite. Para que ficar ali? Melhor passear pela cidade e aproveitar aqueles últimos momentos em Berlim. Revirou a sacola procurando algo mais quente; no fundo, a mão tocou no envelope azul que ela escondera há muito tempo entre as páginas de um livro de história, numa prateleira do quarto da sua infância. Olhou a letra manuscrita e enfiou a carta no bolso. Antes de deixar o hotel, subiu ao último andar e bateu à porta da suíte em que o seu pai descansava.

— Esqueceu alguma coisa? — perguntou Anthony, abrindo.

Julia não respondeu.

— Não sei aonde você vai e certamente é melhor assim, mas não esqueça que amanhã às oito horas eu vou estar esperando no hall. Já pedi um carro, não podemos perder o avião, é preciso que você me leve de volta a Nova York.

— Acha que um dia a gente para de sofrer por amor? — perguntou Julia na porta.

— Se tiver sorte, nunca!

— Então é minha vez de pedir desculpas; devia ter dividido isso com você antes. Era minha e quis guardar só para mim, mas também tem a ver com você.

— O que é?

— A última carta que mamãe me escreveu.

Ela a entregou ao pai e saiu.

Anthony ficou olhando a filha se afastar. Os olhos se voltaram depois para o envelope que lhe fora entregue e reconheceu de imediato a letra de sua mulher. Respirou fundo e, sentindo o peso dos ombros, foi se sentar na poltrona para ler.

Julia,

Você entra nesse quarto, sua silhueta se recorta no raio de luz que a porta entreaberta inventa. Ouço seus passos virem na minha direção. Conheço bem os traços do seu rosto, às vezes preciso procurar o seu nome, sei qual é o seu cheiro familiar, pois ele me faz bem. Só essa fragrância rara me tira da inquietude que me cons-

trange há tantos dias. Você deve ser essa menina que muitas vezes vem quando cai a noite e então a noite deve estar para vir, pois se aproxima da minha cama. Suas palavras são meigas, mais sossegadas do que a do homem de meio-dia. Também acredito quando ele diz que me ama, pois parece me querer bem. Nele, sobretudo os gestos são meigos; ele se levanta às vezes e vai até a outra luz que domina as árvores, para além da janela; às vezes ele repousa a cabeça e chora uma dor que eu não entendo. Me chama por um nome que eu também não conheço, mas que torno meu a cada instante, só para agradar. Toda vez que sorrio ao chamado desse nome que ele me dá, sinto ele mais leve. Então sorrio, também agradecendo por ter me nutrido.

Você se sentou perto de mim, na beirada da cama. Sigo com o olhar os dedos finos da sua mão que alisam minha testa. Não tenho mais medo. Você não para de me chamar e leio nos seus olhos que também quer que eu te dê um nome. Nos seus olhos, porém, não há tristeza e por isso gosto da sua visita. Fecho os meus quando o seu pulso passa por cima do meu nariz. Sua pele tem o cheiro da minha infância, ou seria da sua? É minha filha, meu amor, agora sei e por alguns segundos ainda saberei. São tantas coisas a dizer e tão pouco tempo. Quero que ria, meu coração, que corra, vá dizer ao seu pai que ele pare de se esconder na janela para chorar. Eu às vezes o reconheço, diga que eu sei quem ele é, diga que me lembro de como nos amamos pois eu o amo de novo a cada dia que ele vem.

Boa noite, meu amor, aqui eu durmo e espero.

Mamãe.

20.

Knapp esperava na recepção. Tomas havia telefonado saindo do aeroporto, avisando que chegara. Depois de cumprimentar Marina e abraçar o amigo, levou os dois até a sua sala.

— Ótimo que você esteja aqui — disse ele a Marina —, vai me resolver um tremendo problema. Seu primeiro-ministro está em visita oficial a Berlim essa noite e a jornalista que devia cobrir o evento e a noite de gala em homenagem a ele está de cama. Temos três colunas reservadas na edição de amanhã, você precisa se vestir e ir o quanto antes. A matéria tem que estar pronta antes das duas da manhã para ser enviada à revisão. Tudo tem que entrar em máquina antes das três. Sinto muito atrapalhar os planos, caso tivessem algum, mas é urgente e o jornal tem prioridade!

Marina se levantou, cumprimentou Knapp, deu um beijo na testa de Tomas, cochichou ao ouvido dele: "*Arrivederci*, seu idiota", e desapareceu.

Tomas se desculpou com Knapp e correu para alcançá-la no corredor.

— Não vai obedecer assim ao pé da letra! E nosso jantar a dois?

— Você mesmo não obedece ao pé da letra? A que horas mesmo sai o seu voo para Mogadíscio? Tomas, como você já disse cem vezes, a carreira antes de tudo, não é? Amanhã você não vai estar mais aqui e eu não sei por quanto tempo. Se cuida. Se os ventos forem favoráveis, nossas vidas vão acabar se esbarrando, numa cidade ou noutra.

— Pega pelo menos as chaves, vem escrever o artigo em casa.

— Vou estar melhor no hotel. Dificilmente conseguiria me concentrar, a tentação de visitar o seu palácio seria irresistível.

— É um cômodo só, sabe? A visita é bem rápida.

— Você é realmente o meu idiota favorito, estava falando de pular em cima de você, imbecil. Até a próxima, Tomas, e se eu mudar meus planos, vou achar ótimo te acordar tocando a campainha. Até mais!

Marina agitou um *ciao* com a mão e se foi.

*

— Você está bem? — perguntou Knapp, vendo Tomas voltar à sala, batendo a porta.

— Você é realmente incrível! Venho a Berlim por uma noite com Marina, a última antes de ir embora, e você consegue tirar ela de mim. Vai querer que eu acredite que não tinha ninguém mais disponível? O que deu em você? Gosta dela e está com ciúme? Ficou ambicioso a ponto de nada mais além do jornal ter importância? Está querendo passar a noite comigo?

— Acabou? — perguntou Knapp, voltando a seu lugar, atrás da mesa.

— Admita que é um bom estraga-prazeres! — continuou Tomas, furioso.

— Não creio que passemos juntos a noite. Senta nessa poltrona, preciso falar com você e, tendo em vista o que eu tenho a dizer, prefiro que esteja sentado.

*

O parque de Tiergarten estava mergulhado na luz do fim da tarde. Velhos lampadários distribuíam sua claridade amarelada pela calçada. Julia seguiu até o canal. No lago, barqueiros amarravam seus barcos uns nos outros. Ela continuou até as proximidades do zoológico. Um pouco mais adiante, uma ponte cruzava o rio. Ela pegou um atalho pelo bosque, sem medo de se perder, como se cada trilha, cada árvore por que passava lhe fosse familiar. Mais à frente se erguia a Coluna da Vitória. Julia passou pelo cruzamento e seus passos a guiaram ao Portão de Brandemburgo. De repente, reconheceu o lugar em que estava e parou. Há quase vinte anos, numa curva daquela alameda, se erguia um trecho do muro. Foi onde, pela primeira vez, tinha visto Tomas. Atualmente, um banco sob uma tília se oferecia aos visitantes.

— Estava certo de te encontrar aqui — disse uma voz bem atrás dela. — Tem ainda o mesmo jeito de andar.

Com o coração apertado, Julia teve um sobressalto.

— Tomas?

— Não sei o que se deve fazer em tais circunstâncias, um aperto de mão, um beijo? — disse ele, hesitante.

— Também não sei — ela respondeu.

— Quando Knapp me disse que você estava em Berlim, sem saber me dizer como te achar, primeiro pensei em ligar para todos os albergues da cidade, mas há muitos hoje em dia. Então achei que, com um pouco de sorte, você viria aqui.

— Sua voz continua a mesma, só um pouco mais grave — disse ela, com um sorriso frágil.

Ele deu um passo até ela.

— Se quiser, posso subir nessa árvore, pular daquele galho, foi praticamente da mesma altura que, naquela primeira vez, eu caí em cima de você.

Deu mais um passo e tomou-a nos braços.

— O tempo passou rápido e, ao mesmo tempo, tão devagar — disse, apertando-a ainda mais forte.

— Está chorando? — perguntou Julia, alisando a sua face.

— Não, é só poeira, e você?

— A irmã gêmea da sua. É esquisito, porque não tem vento nenhum.

— Então fecha os olhos — pediu Tomas.

Repetindo gestos do passado, ele passou a ponta do dedo nos lábios de Julia e beijou cada uma das pálpebras.

— Era a maneira mais bonita de me dizer bom-dia.

Julia abandonou o rosto junto à nuca de Tomas.

— Você tem o mesmo cheiro, eu nunca poderia esquecer.

— Vem, está frio, você está tremendo.

Tomas pegou a mão de Julia e levou-a rumo ao Portão de Brandemburgo.

— Esteve no aeroporto ainda há pouco?

— Estive, como você sabe?

— Por que não falou comigo?

— Acho que não tinha tanta vontade de cumprimentar sua mulher.

— Marina, é o nome dela.

— Bonito nome.

— É uma amiga com quem tenho uma relação epistolar.

— Quer dizer episódica?

— Algo assim, minha prática da sua língua continua bem imperfeita.

— Está bastante boa.

Eles deixaram o parque e atravessaram a praça. Tomas levou-a ao terraço de um café. Sentaram-se a uma mesa e ficaram um bom tempo a se olhar em silêncio, impossibilitados de encontrar palavras a dizer.

— É incrível como você não mudou — disse finalmente Tomas.

— Na verdade, garanto que mudei nesses vinte anos. Se me visse acordando, saberia que os anos passaram.

— Não preciso, contei cada um deles.

O garçom abriu a garrafa de vinho branco que Tomas havia pedido.

— Tomas, é preciso que você saiba que a sua carta...

— Knapp me contou como foi o encontro de vocês. Seu pai não deixava as coisas pela metade!

Ergueu a taça e brindou com delicadeza. À frente deles, um casal parou na praça, maravilhado com a beleza das colunas.

— Está feliz?

Julia não respondeu.

— Como está na vida? — perguntou Tomas.

— Em Berlim, com você e tão perdida quanto há vinte anos.

— Por que essa viagem?

— Não tinha o seu endereço para responder. Com o atraso de vinte anos, perdi toda a confiança no correio.

— Está casada, tem filhos?

— Ainda não — respondeu Julia.

— Ainda não com relação aos filhos ou ao casamento?

— Os dois.

— Projetos?

— Essa cicatriz no queixo, você não tinha antes.

— Até então eu só tinha pulado de um muro, uma mina joga a gente muito mais longe.

— Está um pouco mais forte — disse Julia com um sorriso.

— Obrigado!

— Foi um elogio, juro, está muito bem.

— Você mente muito mal, eu envelheci, é indiscutível. Está com fome?

— Não — respondeu Julia, baixando os olhos.

— Nem eu. Quer dar uma caminhada?

— Tenho a impressão de que cada palavra que eu digo é uma asneira.

— Não é o caso, já que não contou nada ainda da sua vida — disse Tomas, com um ar triste.

— Estive naquele nosso bar, sabe?

— Nunca mais voltei lá.

— O dono me reconheceu.

— Viu como você não mudou?

— Destruíram o prédio em que nós moramos e construíram um novo. Da rua inteira, resta só o jardinzinho que havia.

— Talvez seja melhor assim. Não tenho boas lembranças dali, exceto pelos meses com você. Moro no lado oeste agora. Para muitos, isso não tem mais o menor significado, mas da minha janela eu ainda vejo a fronteira.

— Knapp me falou de você — retomou Julia.

— O que ele disse?

— Que tem um restaurante na Itália e um monte de filhos que te ajudam a preparar as pizzas — respondeu Julia.

— Que cretino... Onde é que ele foi achar uma ideia dessas?

— Nas lembranças do mal que eu te causei.

— Imagino que eu também te causei igual, já que me considerava morto...

Tomas olhou para Julia, franzindo os olhos.

— É meio pretensioso o que eu acabo de dizer, não é?

— Um pouco, mas é verdade.

Tomas pegou a mão de Julia.

— Seguimos cada um nosso próprio caminho, foi o que a vida decidiu. Seu pai ajudou bastante, mas deve-se admitir que o destino não quis nos reunir.

— Ou quis nos proteger... Quem sabe teríamos acabado não nos suportando; estaríamos divorciados, você, para mim, seria a pessoa mais detestável do mundo e não passaríamos essas horas juntos.

— Passaríamos, sim, para discutir a educação das crianças! Além disso, há casais que se separam e continuam amigos. Você tem alguém na sua vida? Se puder não ilidir a pergunta, dessa vez!

— Eludir!

— O quê?

— Você quer dizer eludir, ilidir é outra coisa, pescou a palavra ao lado.

— Você acabou de me dar uma ideia. Vem comigo!

O terraço ao lado era o de um restaurante de frutos do mar. Tomas tomou de assalto uma mesa, sob o olhar furioso de turistas que esperavam a vez.

— Faz coisas assim agora? — perguntou Julia, se sentando. — Não é muito civilizado, vamos acabar expulsos!

— Na minha profissão, somos obrigados a ser meio assim. Na verdade, o dono é amigo meu, então eu me aproveito disso.

Justamente, ele vinha cumprimentar Tomas.

— Da próxima vez, tenta ser mais discreto, vai me deixar mal com os fregueses — cochichou o dono da casa.

Tomas apresentou Julia ao amigo.

— O que recomenda para duas pessoas sem fome alguma? — perguntou.

— Vou começar com uma braçada de camarões. Comendo, o apetite vem!

O chefe voltou para a cozinha. Antes de entrar, se virou, ergueu o polegar e com uma piscada bem marcada quis mostrar a Tomas o quanto aprovava Julia.

— Virei desenhista.

— Eu sei, gosto muito da sua lontra azul...

— Você viu?

— Estaria mentindo se dissesse que não perco nenhum dos seus desenhos animados, mas como de tudo se sabe um pouco na minha profissão, o nome da criadora acabou chegando aos meus ouvidos. Uma vez, em Madri, numa tarde em que eu tinha um tempo disponível, vi um cartaz e entrei no cinema. Confesso que não pude acompanhar todos os diálogos, o espanhol não é o meu forte, mas acho que entendi o fundo da história. Posso fazer uma pergunta?

— Todas que quiser.

— Não se inspirou em mim para criar o personagem do urso, por acaso?

— Stanley diz que o do ouriço se parece mais com você.

— Quem é Stanley?

— Meu melhor amigo.

— E como ele pode saber que eu me pareço com um ouriço?

— Talvez seja extremamente intuitivo e perspicaz, ou fui eu que falei muito de você para ele.

— Ele parece ter muitas qualidades. É que tipo de amigo?

— Um amigo viúvo com quem compartilhei muitos momentos.

— Sinto muito por ele.

— Bons momentos, sabe?

— Eu me referia a ele ter perdido a mulher, faz muito tempo que morreu?

— O companheiro...

— Fico então mais triste ainda por ele.

— Como você é bobo!

— Eu sei, é estupidez, mas acho ele mais simpático agora, sabendo que era de um homem que ele gostava. E quem te inspirou para a doninha?

— Meu vizinho de baixo, tem uma loja de sapatos. Me fala dessa tarde em que você foi ver o meu desenho animado, como foi o dia?

— Triste, depois que a sessão terminou.

— Senti sua falta, Tomas.

— Eu também, bem mais do que você pode imaginar. Mas é melhor mudar de assunto. Não temos poeira para acusar nesse restaurante.

— Para culpar! Foi o que você quis dizer.

— Não tem importância. Dias como aquele na Espanha, eu vivi aos montes, aqui, em outros lugares, e às vezes ainda voltam. Está vendo, é melhor mesmo falar de outra coisa, se não vou acusar a mim de te chatear com minha saudade.

— E em Roma?

— Você não me disse nada da sua vida, Julia.

— Vinte anos, é muito para se contar, sabe?

— Alguém está te esperando?

— Não, não hoje.

— E amanhã?

— Sim. Eu tenho alguém em Nova York.

— Alguém sério?

— Era para eu ter me casado... sábado passado.

— E?

— Foi preciso adiar a cerimônia.

— Por vontade dele ou sua?

— Do meu pai...

— Realmente isso é uma obsessão para ele. Também arrebentou o maxilar do seu futuro marido?

— Não, dessa vez foi ainda mais surpreendente.

— Eu lamento.

— Não, certamente não devia e não tem nada a ver com você.

— Entendeu mal, lamento que ele não tenha quebrado a cara do seu noivo... Mas dessa vez lamento sinceramente o que eu acabei de dizer.

Julia deixou escapar um risinho, outro e foi tomada por boa gargalhada.

— O que é tão engraçado?

— Se pudesse ver a cara que você fez — continuou Julia a rir — como uma criança pega em flagrante com o pote de geleia e pedaços de morango ao redor da boca inteira. Eu vejo mais claramente por que me inspirou tantos personagens. Ninguém mais faz tanta mímica. Como você me fez falta!

— Para de repetir isso, Julia.

— Por quê?

— Porque devia ter se casado sábado passado.

O dono do restaurante chegou à mesa, com um prato grande nas mãos.

— A felicidade para dois — anunciou, descontraído. — Dois linguados leves, alguns legumes grelhados acompanhando e um molho de ervas frescas, algo para se destravar dois estômagos. Posso prepará-los para servir?

— Desculpe — disse Tomas ao amigo —, a gente não vai ficar, traz a conta.

— O que eu estou ouvindo? Não sei o que aconteceu aqui desde agora há pouco, mas está fora de cogitação que vocês saiam sem ter provado isso. Então briguem à vontade, digam um ao outro tudo que pesa no coração enquanto eu preparo essas duas maravilhas e, por favor, estejam de bem diante dos meus peixes, é uma ordem, Tomas!

O chef se afastou para passar os linguados aos pratos, numa mesinha de serviço, sem tirar os olhos de Tomas e Julia.

— Tenho a impressão de que você não tem escolha, vai ser obrigado a me aguentar um pouco mais ou deixar seu amigo furioso — disse Julia.

— Também tenho essa impressão — admitiu Tomas, esboçando um sorriso — Me desculpe, Julia, eu não tinha esse direito...

— Para de pedir desculpa o tempo todo, não combina com você. Vamos tratar de comer e depois você me acompanha, tenho vontade de andar ao seu lado. Isso eu tenho o direito de dizer?

— Ok — disse Tomas. — Como seu pai impediu o casamento dessa vez?

— Vamos esquecer ele. Me fala de você.

Tomas contou vinte anos de vida, com muitos atalhos, e Julia fez o mesmo. No final do jantar, o chef os obrigou a provar um suflê de chocolate. Havia preparado especialmente para eles e serviu com duas colheres, mas Julia e Tomas utilizaram uma só.

Quando saíram do restaurante, a noite parecia dia claro. Voltaram ao parque. A Lua cheia refletia no lago e alguns barcos balançavam na água, presos ao cais.

Julia contou a Tomas uma lenda chinesa. Ele falou das viagens que havia feito, mas não das guerras, e ela descreveu Nova York, o seu trabalho, muitas vezes mencionou o melhor amigo, mas nunca os projetos futuros.

Deixaram o lago para trás e andaram pela cidade. Julia parou perto de uma praça.

— Você se lembra? — perguntou.

— Lembro, foi aqui que encontrei Knapp no meio da multidão. Que noite incrível! O que fizeram os seus dois amigos franceses?

— Há muito tempo não nos falamos. Mathias é livreiro, Antoine, arquiteto. Um mora em Paris e o outro em Londres, acho.

— Casaram?

— ... e se divorciaram, pelo que eu soube.

— Olha — disse Tomas, mostrando a fachada apagada de um café. — É onde nós vínhamos quando visitávamos o Knapp.

— Sabe que acabei descobrindo o número que vocês tanto discutiam?

— Que número?

— O de pessoas no lado oriental que colaboraram com a Stasi, passando informações; descobri há dois anos, na biblioteca, lendo uma revista com um estudo sobre a queda do Muro.

— E há dois anos você se interessava por esse tipo de informação?

— Só dois por cento. Como vê, pode se orgulhar de seus concidadãos.

— Minha avó era um deles, Julia, eu andei consultando o meu dossiê nos arquivos. Podia imaginar que houvesse um, por causa da fuga do Knapp. Minha própria avó informava a eles, li páginas e páginas com muitos detalhes sobre a minha vida, minhas atividades, meus amigos. Uma estranha maneira de rever lembranças da infância.

— Se soubesse o que eu tenho vivido nos últimos dias! Ela talvez tenha feito isso para te proteger, para que não te perseguissem.

— Eu nunca soube.

— Foi por isso que mudou de nome?

— Foi, para deixar de lado o passado, recomeçar uma vida nova.

— E eu fazia parte daquele passado que você apagou?

— Chegamos ao seu hotel, Julia.

Ela ergueu a cabeça. O luminoso do Brandenburger Hof clareava a fachada. Tomas tomou-a nos braços e sorriu com tristeza.

— Não tem árvores aqui, como vamos nos despedir nessas circunstâncias?

— Acha que as coisas teriam dado certo entre nós?

— Quem sabe?

— Não sei como me despedir, Tomas, e nem se tenho vontade.

— Foi muito bom te ver, um presente inesperado da vida — disse Tomas.

Julia encostou a cabeça em seu ombro.

— Foi, foi bom.

— Você não respondeu à única pergunta que me interessa. É feliz?

— Não mais.

— E você, acha que teria dado certo? — perguntou Tomas.

— Provavelmente.

— Então você mudou.

— Por quê?

— Porque na época, com aquele seu humor sarcástico, teria respondido que estávamos a caminho do fracasso, que nunca aguentaria me ver envelhecer, engordar e me deixar o tempo todo perambulando por aí, pelo mundo...

— É que, mais tarde, eu aprendi a mentir.

— Agora sim, você está se parecendo com a lembrança que eu tenho, com aquela que eu não deixei de amar...

— Eu sei uma maneira infalível de saber se teríamos uma chance... ou não.

— Qual?

Julia encostou os lábios nos de Tomas. O beijo foi demorado como o de dois adolescentes que se amam a ponto de esquecer o resto do mundo. Ela pegou-o pela mão e cruzaram o hall do hotel. O recepcionista cochilava na cadeira e Julia levou Tomas até os elevadores. Apoiou no botão e o beijo continuou até o sexto andar.

Pele contra pele, como nas mais íntimas lembranças que tinham, eles confundiram seus calores na confusão dos lençóis. Julia fechou os olhos. A mão carinhosa passava por sua barriga, as suas se prendiam à nuca. A boca tocou no ombro, no pescoço, na curva dos seios, os lábios a percorriam, indóceis; seus dedos se agarraram nos cabelos de Tomas. A língua descia e o prazer vinha por ondas, reminiscência de volúpias nunca igualadas. As pernas se enroscaram, os corpos se enlaçaram de uma maneira que nada mais poderia desatá-los. Os gestos tinham permanecido os mesmos, às vezes desajeitados, mas sempre ternos.

Os minutos se emendaram em horas e o dia amanheceu, banhando os dois corpos abandonados, estendidos na suavidade da cama.

*

O sino de uma igreja bateu oito vezes ao longe. Tomas se espreguiçou e foi até a janela. Julia se sentou e viu sua silhueta marcada pela sombra e pela luz.

— Como você é bonita — disse Tomas, se virando.

Julia não respondeu.

— E agora? — ele perguntou, com uma voz calma.

— Estou com fome!

— A sacola em cima da poltrona, já está feita?

— Estou indo embora... agora de manhã — respondeu Julia, hesitante.

— Precisei de dez anos para te esquecer, achava que eu tinha conseguido; pensei ter sentido medo nos países em guerra e estava completamente enganado, aquilo era muito pouco em comparação ao que eu sinto do seu lado nesse quarto, diante da ideia de te perder outra vez.

— Tomas...

— O que você vai dizer, Julia, que foi um erro? Pode ser. Quando o Knapp me disse que você estava na cidade, imaginei que o tempo tivesse apagado as diferenças que nos separaram, você uma jovem ocidental e eu da Europa do Leste! Esperava que a idade nos tivesse trazido isso de bom. Mas nossas vidas continuam muito diferentes, não é?

— Eu sou desenhista e você, repórter, nós dois realizamos nossos sonhos...

— Não os mais importantes, não eu, em todo caso. Você ainda não me disse como o seu pai conseguiu adiar o seu casamento. Será que ele vai aparecer nesse quarto e me nocautear outra vez?

— Eu tinha 18 anos, sem outra possibilidade senão a de ir com ele, sequer era maior de idade. Meu pai morreu. O enterro coincidiu com o dia em que eu devia me casar, foi esse o motivo...

— Sinto muito por ele, por você também, caso tenha se sentido abalada.

— Isso não ajuda muito, Tomas.

— Por que você veio a Berlim?

— Você sabe muito bem, o Knapp te contou. Só anteontem recebi sua carta, não pôde ser antes...

— E não podia mais se casar sem ter certeza, é isso?

— Não precisa piorar as coisas.

Tomas se sentou na cama.

— Eu controlei a solidão, foi preciso uma paciência enorme. Percorri cidades pelos quatro cantos do mundo em busca do ar que você respirava. Dizem que os pensamentos de duas pessoas que se amam acabam sempre se encontrando, então eu muitas vezes me perguntava ao dormir à noite se você pensava em mim quando eu pensava em você. Fui a Nova York, andava pelas ruas sonhando em te perceber e temendo ao mesmo tempo que isso pudesse acontecer. Cem vezes achei ter te visto e era como se o coração parasse de bater toda vez que o vulto de uma mulher me lembrava o seu. Jurei a mim mesmo nunca mais amar daquela maneira, pois era uma loucura, um abandono de si impossível. O tempo passou levando junto o nosso, não acha? Não se perguntou isso, tomando o avião?

— Para, Tomas, não estraga tudo. O que quer que eu diga? Por dias e noites eu observei o céu, certa de que você me olhava lá de cima... Então, não, não fiz essa pergunta antes de tomar o avião.

— O que você propõe, que sejamos amigos? Que eu telefone quando passar por Nova York? Podemos ir tomar um drinque e recordar os bons momentos, unidos pela cumplicidade que a proibição fortalece? Vai me mostrar fotos dos filhos que não teve comigo? E eu direi que eles se parecem com você, tentando não ver neles semelhança com o pai? Enquanto eu estiver no banheiro você vai aproveitar para telefonar para o seu marido e eu vou deixar a água correr para não te ouvir dizer "Alô, querido?" Ele por acaso sabe que você está em Berlim?

— Para com isso — gritou Julia.

— O que você vai dizer quando voltar? — perguntou Tomas, voltado para a janela.

— Não tenho ideia.

— Está vendo, eu é que estava certo, você não mudou.

— Mudei sim, Tomas, é claro que mudei, mas bastou um sinal do destino, me trazendo aqui, para me dar conta de que os meus sentimentos não mudaram...

Embaixo, na rua, Anthony Walsh andava de um lado para outro, olhando o relógio. Três vezes já erguera os olhos para a janela do quarto da filha e até mesmo do sexto andar se podia perceber a impaciência em seu rosto.

— Quando foi mesmo que seu pai morreu? — perguntou Tomas, deixando cair a persiana que protegia o vidro.

— Já disse que foi enterrado no último sábado.

— Então tudo bem. Você está certa, não vamos estragar a lembrança dessa noite; não se pode amar alguém e mentir, não você, nem nós.

— Eu não menti...

— Pega essa sacola na poltrona e vai para casa — murmurou Tomas.

Vestiu a calça, a camisa, o paletó e não perdeu tempo amarrando o cadarço dos sapatos. Aproximou-se de Julia, estendeu a mão e puxou-a para seus braços.

— Pego o avião hoje a noite para Mogadíscio, já sei que vou pensar em você o tempo todo. Não se preocupe, não tenha remorsos, esperei tantas vezes viver esse momento que nem posso contar quantas foram e, afinal, foi magnífico, meu amor. Poder te chamar assim, mesmo que uma única vez, uma só, era um sonho em que eu não me atrevia a acreditar. Você foi e sempre vai ser a mais bela mulher da minha vida, de onde vêm as minhas mais belas recordações, já é o bastante. Peço só uma coisa, me jura que você vai ser feliz.

Tomas beijou-a com carinho e foi embora, sem se virar para trás.

Saindo do hotel, aproximou-se de Anthony que continuava esperando em frente ao carro.

— Sua filha não vai demorar — disse, antes mesmo de cumprimentá-lo.

Afastou-se na rua.

21.

Durante toda a viagem de volta de Berlim a Nova York, Julia e o pai não trocaram sequer uma palavra; exceto uma frase que Anthony repetiu várias vezes: "Acho que fiz mais uma besteira", mas sem que a filha entendesse plenamente o sentido. Chegaram no meio da tarde, chovia em Manhattan.

— Julia, você precisa dizer alguma coisa! — reclamou Anthony, entrando no apartamento da Horatio Street.

— Não! — respondeu Julia, largando a bagagem.

— Viu ele ontem à noite?

— Não!

— Me diz o que aconteceu, talvez eu possa te aconselhar.

— Você? Precisaria o mundo estar de cabeça para baixo.

— Não seja teimosa, você não tem mais 5 anos e eu só tenho 24 horas.

— Não estive com Tomas e vou tomar um banho. Ponto final!

Anthony se colocou entre ela e a porta, impedindo a passagem.

— E pretende ficar nesse banheiro pelos próximos vinte anos?

— Sai da frente!

— Não enquanto você não responder.

— Quer saber o que eu vou fazer agora? Vou tentar juntar os pedaços da minha vida que você em uma semana conseguiu espalhar. Não vou conseguir colar todos, pois sempre vai faltar algum, e não faça essa cara de quem não está entendendo, durante a viagem inteira não parou de lamentar isso.

— Não era à viagem que eu me referia...

— Era a que, então?

Anthony não respondeu.

— Exatamente o que eu pensava! — disse Julia. — Enquanto isso, vou vestir um espartilho com ligas, um sutiã meia-taça, o mais sexy que houver e chamar o Tomas para seduzi-lo. Se ainda conseguir mentir, como aprendi desde que estou com você, quem sabe ele ainda queira falar de casamento.

— Você disse Tomas!

— O quê?

— É com Adam que você ia se casar, acabou de cometer mais um lapso.

— Sai da frente dessa porta ou eu te mato!

— Seria perda de tempo, já estou morto. E se acha que eu vou ficar chocado sabendo da sua vida sexual, está longe disso, querida!

— Assim que chegar na casa do Adam — retomou Julia, encarando o pai — vou encostar ele na parede, tirar a roupa dele...

— Chega! — berrou Anthony. — Também não preciso saber tantos detalhes — acrescentou, recuperando a calma.

— Permite que eu vá para o chuveiro, agora?

Anthony olhou para o teto e abriu passagem. Com o ouvido colado à porta, ouviu Julia telefonar.

Não, não deviam absolutamente incomodar Adam, já que ele estava em reunião, bastava avisar que ela acabara de chegar a Nova York. Se estivesse livre à noite, poderia pegá-la às 20 horas, ela esperaria lá embaixo. Caso não pudesse, bastava telefonar.

Anthony voltou para a sala na ponta dos pés e sentou no sofá. Pegou o controle remoto para ligar a televisão e se deu conta de que não era o certo. Observou a caixinha branca e sorriu, deixando-a bem ao seu lado. Quinze minutos depois, Julia apareceu, já com o casaco impermeável nos ombros.

— Vai sair?

— Trabalhar.

— Num sábado? Com um tempo desses?

— Sempre tem gente no escritório no fim de semana, tenho e-mails e correspondência atrasados.

Estava prestes a sair quando Anthony chamou.

— Julia?

— O quê?

— Antes que você faça uma estupidez de verdade, quero que saiba que o Tomas ainda te ama.

— E como você sabe disso?

— Nos vimos de manhã; ele, aliás, me cumprimentou muito educadamente, saindo do hotel! Imagino que tenha me visto na rua, da janela do seu quarto.

Julia fuzilou o pai com o olhar.

— Vai embora, quando eu voltar não quero mais que você esteja aqui!

— Para ir para onde, lá para aquele sótão infame?

— Não, para a sua casa! — disse Julia, batendo a porta.

*

Anthony pegou o guarda-chuva pendurado no gancho perto da entrada e foi à varanda que dava para a rua. Encostado na mureta de proteção, viu Julia se afastando na direção do cruzamento. Assim que ela desapareceu, ele se dirigiu ao quarto dela. O telefone estava na mesinha de cabeceira. Pegou o aparelho e apertou a tecla de rediscagem. Apresentou-se a quem o atendeu como assistente da senhorita Julia Walsh. Sabia que ela havia acabado de telefonar e que Adam não estava disponível; contudo, era muito importante que lhe fosse dito que Julia o esperaria antes do previsto, às 18 horas na casa dela e não na rua, pois estava chovendo. Como restavam só 45 minutos, seria preferível, de fato, incomodá-lo mesmo que ele estivesse em reunião. Não era preciso ligar de volta, o celular estava sem bateria e Julia saíra para fazer umas compras. Duas vezes Anthony a fez prometer que o recado seria passado ao destinatário e desligou com um sorriso muito explicitamente satisfeito.

Com o telefone de volta à base, saiu do quarto, sentou-se confortavelmente numa poltrona e não tirou mais os olhos do controle remoto em cima do sofá.

*

Julia girou a cadeira do escritório e ligou o computador. Uma lista interminável de e-mails apareceu na tela; deu uma rápida olhada em sua mesa, o cesto do correio transbordava e a secretária eletrônica do telefone piscava freneticamente.

Tirou o celular do bolso do impermeável e ligou para o seu melhor amigo, para pedir socorro.

— Tem clientes na loja? — perguntou.

— Com o tempo que está fazendo, nem uma perereca, é uma tarde perdida.

— Eu sei, estou encharcada.

— Você está aqui! — exclamou Stanley.

— Faz só uma hora.

— Podia já ter ligado!

— Fecharia o barraco para encontrar uma velha amiga no Pastis?

— Pede para mim um chá e não um cappuccino, quer dizer, o que quiser; estou chegando.

E dez minutos depois Stanley encontrou Julia, que o esperava numa mesa, no fundo da antiga *brasserie*.

— Você parece um perdigueiro que caiu num lago — disse ela, beijando-o.

— E você um cocker spaniel que foi atrás. O que pediu para nós? — perguntou Stanley se sentando.

— Croquetes!

— Sei de duas fofocas cabeludas de quem dormiu com quem essa semana, mas primeiro você; quero saber de tudo. Deixa eu adivinhar, encontrou Tomas, pois eu não soube de você nesses dois últimos dias e, vendo sua cara, nem tudo se passou como você esperava.

— Não esperava nada...

— Mentirosa!

— Se quiser passar uma hora na companhia de uma verdadeira imbecil, aproveite, é o momento!

Julia contou quase tudo da viagem; a visita ao sindicato dos jornalistas, a primeira mentira de Knapp, os motivos da dupla identidade de Tomas, o vernissage, a carruagem pedida na última hora pelo hoteleiro para levá-la. Quando mencionou os tênis que usava com o vestido longo, Stanley, escandalizado, afastou a xícara de chá e pediu um vinho branco seco. A chuva, lá fora, dobrava de intensidade. Julia contou a visita ao lado oriental, falou da rua em que as casas tinham desaparecido, a decoração antiga do bar que havia sobrevivido, a conversa com o melhor amigo de Tomas, a louca corrida até o aeroporto, Marina e, finalmente, antes que Stanley desmaiasse, o encontro com Tomas no parque de Tiergarten. Julia continuou, já descrevendo o terraço de um restaurante que servia o melhor peixe do mundo, se bem que ela mal o havia provado, o passeio noturno ao redor de um lago, o quarto de hotel em que havia feito amor na última noite e, enfim, o café da manhã que nunca aconteceu. Quando o garçom veio pela terceira vez perguntar se tudo estava a gosto, Stanley o ameaçou com o garfo, caso se atrevesse a interrompê-los novamente.

— Eu devia ter ido junto — disse Stanley. — Se tivesse imaginado que seria uma aventura assim, nunca teria deixado que fosse sozinha.

Julia girava incansavelmente a colher na xícara de chá. Ele a olhou atentamente e deu um fim àquele gesto.

— Julia, você não coloca açúcar... está meio perdida, não?

— Pode tirar esse "meio".

— Em todo caso, garanto, não imagino de jeito nenhum ele voltando para essa Marina, acredite na minha experiência.

— Que experiência? — sorriu Julia. — De qualquer maneira, ele a essa hora está num avião a caminho de Mogadíscio.

— E nós em Nova York, debaixo de chuva! — respondeu Stanley, olhando a tempestade que se abatia contra a vidraça.

Transeuntes tinham se abrigado sob o toldo do terraço. Um senhor mais velho apertava a mulher junto dele, como querendo protegê-la um pouco mais.

— Vou organizar um pouco melhor a minha vida, como for possível — voltou Julia. — Acho que é a única coisa a fazer.

— Você tinha razão, faço um brinde a uma verdadeira imbecil. Tem essa sorte incrível de, por uma vez, sua vida estar de cabeça para baixo e quer dar uma faxina nos quartos? É uma completa idiotice, querida. E, por favor, trate de secar esses olhos agora mesmo, já tem umidade suficiente lá fora; não é, de jeito nenhum, hora de chorar, tenho ainda muitas perguntas a fazer.

Julia passou as costas da mão nas pálpebras e sorriu de novo para o amigo.

— O que vai dizer ao Adam? — retomou Stanley. — Achei que ia precisar adotá-lo em tempo integral, se não voltasse logo. Ele me convidou para ir amanhã à casa dos pais dele, no campo. Estou avisando para que não cometa nenhuma gafe, pois inventei uma gastroenterite.

— Vou contar a parte que doa menos da verdade.

— O que mais dói no amor é a covardia. Quer tentar uma segunda chance com ele ou não?

— É horrível o que eu vou dizer, mas não me sinto com coragem para ficar de novo sozinha.

— Então ele vai penar, não agora, mas mais cedo ou mais tarde!

— Eu vou conseguir protegê-lo.

— Posso perguntar algo um tanto pessoal?

— Você sabe que eu nunca te escondo nada...

— A noite com Tomas, como foi?

— Carinhosa, meiga, mágica e triste pela manhã.

— Estou falando de sexo, querida.

— Carinhoso, meigo, mágico...

— E quer que eu acredite que não sabe onde se encontra?

— Eu me encontro em Nova York, Adam também e Tomas agora está muito longe.

— O importante, querida, não é saber em qual cidade ou região do mundo está o outro, mas onde ele se situa no amor que nos une a ele. Os erros não contam, Julia, só o que nós vivemos.

*

Adam saiu do táxi sob uma chuva incessante. O bueiros transbordavam. Ele foi aos saltos pela calçada e tocou com insistência o interfone.

Anthony Walsh se levantou da poltrona.

— Estou indo, estou indo, um segundo! — reclamou, apertando o botão que abria a porta do térreo.

Ouviu os passos na escada e recebeu o visitante com um grande sorriso.

— Senhor Walsh? — exclamou este último, assustado, recuando um passo.

— Adam, que bons ventos o trazem?

Adam continuava mudo, no corredor.

— Perdeu a fala, meu amigo?

— O senhor está morto? — balbuciou ele.

— Ah, não seja desagradável. Sei que não nos adoramos, mas daí a me mandar ao cemitério, há uma distância!

— Justamente, estive no cemitério no dia do seu enterro — gaguejou Adam.

— Agora chega, está sendo grosseiro, meu velho! Bom, não vamos ficar plantados aqui a noite inteira, vem para dentro, é melhor, está bem pálido.

Adam entrou na sala. Anthony fez sinal para que tirasse o impermeável que pingava.

— Desculpe a minha insistência — disse ele, pendurando a capa no cabideiro —, há de entender minha surpresa, pois meu casamento foi adiado por causa do seu funeral...

— Era também o da minha filha, não?

— Ela não teria inventado toda essa história só para...

— Para te largar? Não se dê tanta importância. Somos bem criativos na família, mas seria conhecê-la pouco imaginar que fizesse algo tão estapafúrdio. Deve haver outras explicações e se ficar calado por dois segundos, posso propor uma ou duas.

— Cadê a Julia?

— Infelizmente, há quase vinte anos minha filha perdeu o hábito de me manter informado do que ela faz. Para dizer a verdade, pensei que estivesse com você. Voltamos a Nova York há umas três horas.

— Estava viajando com ela?

— É claro, ela não disse?

— Provavelmente seria difícil, pois estive presente na chegada do avião que trouxe os seus restos mortais da Europa, e ao lado dela no carro funerário que nos levou ao cemitério.

— Cada vez melhor! E o que mais ainda? Não foi também você mesmo que apertou o botão do incinerador?

— Não, mas joguei um punhado de terra em cima do seu caixão!

— Obrigado por essa delicadeza.

— Acho que não estou me sentindo muito bem — confessou Adam com o rosto já meio esverdeado.

— Então sente-se, em vez de ficar de pé feito um imbecil.

Indicou o sofá para Adam.

— Consegue ainda reconhecer um lugar onde colocar o traseiro ou perdeu todos os neurônios ao me ver?

Adam obedeceu. Caiu pesadamente em cima da almofada e, com isso, por azar se sentou no botão do controle remoto.

Anthony se calou de imediato, os olhos se fecharam e ele caiu de corpo inteiro no tapete, diante de Adam, paralisado.

*

— Não trouxe nenhuma foto dele, imagino. — perguntou Stanley. — Queria muito ver como ele é. Posso estar dizendo besteira, mas detesto quando você fica assim em silêncio.

— Por quê?

— Porque não consigo mais contar o número de pensamentos que passam pela sua cabeça.

A conversa foi interrompida por Gloria Gaynor cantando "*I Will Survive*" na bolsa de Julia.

Ela pegou o celular e mostrou a Stanley o visor, indicando o nome de Adam. Stanley deu de ombros e Julia atendeu. Ouviu a voz aterrorizada do noivo.

— Temos muito a conversar, você e eu, na verdade você, mas isso vai ter de ficar para depois, seu pai acabou de passar mal.

— Em outras circunstâncias eu poderia achar isso engraçado, mas, no caso, é de bastante mau gosto.

— Estou no seu apartamento, Julia...

— O que você está fazendo aí? Tínhamos encontro dentro de uma hora — disse ela, se sentindo gelar.

— Seu assistente ligou marcando mais cedo.

— Meu assistente? Que assistente?

— Que diferença faz? Estou dizendo que seu pai está caído no chão, inerte no meio da sala; vem o mais rápido que puder, vou ligar para a emergência!

Stanley deu um pulo, vendo a amiga berrar.

— Não faz isso! Eu chego imediatamente!

— Está louca? Julia, já o sacudi bastante, sem nenhuma reação; vou ligar imediatamente para o 911!

— Não liga para número algum, está me ouvindo? Vou chegar em cinco minutos — respondeu Julia, se levantando.

— Onde você está?

— Quase em frente, no Pastis; atravesso a rua e subo; enquanto isso, não faz nada, não toca em nada e nele menos ainda!

Stanley não entendeu nada do que acontecia e cochichou à amiga que se encarregaria da conta. Com ela já atravessando às pressas o restaurante, ele gritou que lhe telefonasse assim que o incêndio estivesse sob controle!

*

Subiu de quatro em quatro os degraus e, entrando, viu o corpo imóvel do pai, esticado bem no meio da sala.

— Cadê o controle remoto? — perguntou, chegando tempestuosamente.

— O quê? — espantou-se Adam, completamente perdido.

— Uma caixinha com botões em cima, um único, no caso, um controle remoto, saberia reconhecer um, não? — respondeu ela, procurando em volta.

— Seu pai está desacordado e você quer ver televisão? Vou telefonar e pedir que mandem duas ambulâncias.

— Você mexeu em alguma coisa? Como aconteceu? — indagou Julia, abrindo sucessivamente todas as gavetas.

— Não fiz nada de especial, senão dizer ao seu pai que enterramos ele na semana passada, coisa que, afinal, é bastante fora do comum.

— Mais tarde você faz graça, Adam, agora há algo mais urgente.

— Não estava querendo ser engraçado. Pode explicar o que está havendo aqui? Ou pelo menos me confirma que eu vou acordar e rir sozinho do pesadelo que estou tendo...

— De início pensei a mesma coisa! Onde está, afinal?

— Do que você está falando?

— Do controle remoto do papai.

— Agora vou telefonar! — jurou Adam, se dirigindo à extensão da cozinha.

De braços cruzados, Julia se interpôs.

— Não dê nem um passo a mais e explique exatamente o que aconteceu.

— Já disse — fulminou Adam. — Seu pai abriu a porta, espero que entenda o meu espanto ao vê-lo, e me mandou entrar, dizendo que explicaria o motivo da presença dele aqui. Depois mandou que eu me sentasse e quando fiz isso, ali no sofá, ele despencou no chão, no meio de uma frase.

— O sofá! Sai da frente — gritou Julia, empurrando Adam.

Ergueu freneticamente todas as almofadas e suspirou aliviada ao enfim encontrar o objeto procurado.

— É exatamente o que eu dizia, você está completamente transtornada — resmungou Adam, se endireitando.

— Deus, por favor, faça com que isso funcione — suplicou Julia, segurando a caixa branca.

— Julia! — vociferou Adam. — Vai me explicar ou não o que está fazendo, pelo amor de Deus?!

— Cala a boca — retomou ela, quase chorando. — Essa coisa vai nos evitar muitas palavras desnecessárias, você vai compreender em dois minutos. E tomara que compreenda, tomara que isso funcione...

Olhando para a janela, implorou ao céu, fechou os olhos e apoiou no botão da caixa branca.

— Sabe, meu querido Adam, as coisas nem sempre são o que parecem ser... — disse Anthony, reabrindo os olhos e parando ao ver Julia no meio da sala.

Ele tossiu e se pôs de pé, enquanto Adam se desmanchava na poltrona que lhe abria os braços.

— Droga! — retomou Anthony. — Que horas são? Já oito horas? Não vi o tempo passar — acrescentou, batendo as mangas do paletó.

Julia lançou-lhe um olhar assassino.

— Vou deixar vocês aqui, é melhor — ele continuou, bem pouco à vontade. — Certamente têm muito o que conversar. Ouça bem o que a Julia tem a dizer, querido Adam, fique atento e não a interrompa. De início, vai parecer meio difícil de engolir, mas com alguma concentração, você verá, tudo se esclarece. Pronto, é só pegar meu sobretudo e já estou saindo...

Anthony vestiu o impermeável de Adam que estava no cabideiro, cruzou a sala na ponta dos pés para pegar o guarda-chuva perto da janela e saiu.

*

Julia primeiro mostrou o caixote no meio da sala e tentou em seguida explicar o impossível. Jogou-se, por sua vez, no sofá, enquanto Adam andava de um lado para outro.

— O que você teria feito no meu lugar?

— Não tenho a menor ideia, nem sei qual é o meu lugar. Há uma semana você mente e agora quer que eu acredite nessa fábula.

— Adam, se seu pai batesse à sua porta um dia depois de morto, se a vida te oferecesse passar ainda alguns momentos com ele, seis dias para poderem dizer coisas inconfessas, revisitar todos os segredos da infância, não aproveitaria a oportunidade, não aceitaria essa viagem, mesmo que parecesse absurda?

— Achei que você odiava o seu pai.

— Também achava isso e, no entanto, como você vê, ainda gostaria de ter uns instantes com ele. Tudo que fiz foi falar de mim, mas há muitas outras coisas que eu gostaria de saber a respeito dele, da vida dele. Pela primeira vez, pude vê-lo com olhos de adulto, livre de quase todos os meus egoísmos. Admiti que meu pai tinha defeitos como eu, e isso não quer dizer que eu não o ame. Voltando, pensei que se um dia meus filhos demonstrarem a mesma tolerância com relação a mim, eu teria menos medo de ser mãe, me sentiria mais digna disso.

— Você é maravilhosamente ingênua. Seu pai dirigiu sua vida desde que nasceu; não foi o que sempre me disse nas raras vezes que falou dele? Admitindo que essa história absurda seja verdade, ele estaria ganhando a improvável aposta de dar prosseguimento à obra mesmo depois de morto. Você não compartilhou nada com ele, Julia, é uma máquina! Tudo que porventura ele tenha dito já estava gravado. Como caiu nessa armadilha? Não era uma conversa a dois, era um monólogo. Você que concebe personagens de ficção, permitiria que as crianças conversassem com eles? É claro que não, você simplesmente antecipa os desejos, inventa frases que vão divertir e tranquilizar a elas. À maneira dele, seu pai usou o mesmo estratagema. Mais uma vez ele te manipulou. Essa semana a dois foi uma paródia de encontro, a presença dele, uma miragem e o que sempre aconteceu teve prosseguimento por uns dias mais. E você, carente desse amor que ele não deu, se deixou enganar. A ponto de pôr em suspenso nossos planos de casamento, e não foi a primeira tentativa dele a ter sucesso.

— Não seja ridículo, Adam, meu pai não morreu só para nos separar.

— Onde estiveram essa semana, Julia?

— Que diferença faz?

— Se não puder confessar, não se preocupe, Stanley fez isso por você. Não precisa brigar com ele, estava completamente bêbado; você mesma tinha dito que ele não resistia à tentação de um bom vinho, então escolhi um dos melhores. E o teria feito vir da França, para compreender por que estava se afastando de mim e saber se eu devia continuar a amá-la. Eu esperaria cem anos, Julia, para me casar com você. Agora sinto só um imenso vazio.

— Eu posso explicar, Adam.

— Agora você pode? E quando veio ao meu escritório avisar que ia viajar, um dia depois de termos nos desencontrado em Montreal, no seguinte e em todos os outros em que eu liguei sem que você nunca atendesse ou respondesse minhas mensagens? Preferiu ir a Berlim encontrar aquele que assombrava o seu passado e não me disse nada. O que eu fui para você, uma ponte entre duas etapas da sua vida? Alguém seguro em quem pudesse se agarrar, esperando um dia a volta de quem nunca deixou de amar?

— Não pode pensar uma coisa dessas — suplicou Julia.

— E se ele, agora mesmo, batesse à sua porta, o que você faria?

Julia ficou em silêncio.

— Como então eu posso saber, se nem você sabe?

Adam se dirigiu para a porta.

— Diga a seu pai, ou a seu robô, que pode ficar com o meu impermeável.

Adam foi embora. Julia contou os seus passos na escada e ouviu o barulho da porta do andar térreo se fechar atrás dele.

*

Anthony bateu delicadamente antes de entrar na sala. Julia estava encostada à janela, com o olhar perdido na rua.

— Por que fez isso? — perguntou em voz baixa.

— Não fiz nada, foi um acidente — respondeu Anthony.

— Um acidente Adam ter vindo à minha casa uma hora antes; um acidente você ter aberto a porta para ele; um acidente ele se sentar em cima do controle remoto e também um acidente você ficar caído no chão, no meio da sala.

— Concordo que tudo isso resulta numa sucessão de sinais bastante consequente... precisamos, juntos, tentar compreender o alcance...

— Deixa de ironia, não tenho mais vontade alguma de rir; pela última vez, repito a pergunta, por que fez isso?

— Para ajudar você a confessar a ele a verdade, para confrontar você a isso. Não se sente mais leve? Não se atreva a negar. Nas aparências, pode ser que se sinta mais sozinha do que nunca, mas, pelo menos, mais em paz consigo mesma.

— Não me refiro só ao seu show de hoje...

Anthony respirou fundo.

— Na doença, sua mãe não sabia mais quem eu era, antes de morrer, mas tenho certeza de que no fundo do coração ela não tinha esquecido o quanto tínhamos nos amado. Eu não esqueci. Não fomos um casal perfeito nem pais modelo, longe disso. Passamos por momentos de incerteza, de brigas, mas nunca, está ouvindo, nunca tivemos dúvida da escolha que fizemos nem do amor por você. Conquistá-la, amá-la, ter uma filha com ela, foram as escolhas mais importantes da minha vida, as mais bonitas, mesmo que eu tenha precisado de um tempo enorme para encontrar as palavras certas e conseguir te dizer isso.

— Foi em nome desse amor maravilhoso que você fez tanto estrago na minha vida?

— Você se lembra do famoso pedacinho de papel de que eu falei durante a nossa viagem? Sabe, aquele que a gente sempre guarda em algum lugar por perto, na carteira, no bolso, na cabeça? No meu caso, foi o bilhete que a sua mãe me deixou na noite em que eu não pude pagar a conta numa *brasserie* no Champs Élysées; deve entender agora por que eu sonhava terminar minha vida em Paris. Para você, foi o velho Deutsche Mark que nunca deixou a sua bolsa ou as cartas de Tomas guardadas no seu quarto?

— Você leu?

— Nunca me permitiria fazer algo assim. Mas vi quando fui guardar a última que havia chegado. Quando recebi seu convite de casamento, fui até o seu quarto. No meio daquele universo que me levava a você, a tudo que eu nunca esqueci e nunca esquecerei, não parei de me perguntar o que você faria no dia em que descobrisse a existência da carta do Tomas, se eu devia destruí-la ou fazê-la chegar a você. Entregá-la no dia do casamento seria o melhor a fazer? Não havia mais muito tempo para me decidir. Porém, como você tão bem dizia, a vida nos dá sinais surpreendentes. Em Montreal, achei uma parte da resposta à pergunta que me fazia, mas só uma parte. O resto caberia a você. Poderia simplesmente ter feito seguir a carta do Tomas, mas você conseguiu de tal maneira cortar os laços comigo que até receber o convite do casamento eu nem tinha seu endereço, e será que você abriria um envelope vindo de mim? E eu não sabia que ia morrer!

— Sempre teve resposta para tudo, não é?

— Não, Julia, você está sozinha com as suas questões, e há mais tempo do que imagina. Podia me desligar, não lembra? Bastava apertar um botão.

Podia não ter ido a Berlim. Te deixei sozinha quando decidiu ir esperar Tomas no aeroporto; eu também não estava presente quando você voltou ao lugar do primeiro encontro de vocês e menos ainda quando trouxe ele até o hotel. Julia, a gente pode culpar a nossa infância, acusar interminavelmente nossos pais por todos os males que nos afligem, incriminar a eles pelas provações da vida, por nossas fraquezas, nossas covardias, mas, no fim, nós somos responsáveis pela nossa própria existência, nós nos tornamos o que decidimos nos tornar. Além disso, você precisa aprender a relativizar os seus dramas, sempre vai haver famílias piores do que a sua.

— Como qual, por exemplo?

— Como a avó do Tomas que o traía, por exemplo!

— Como sabe disso?

— Eu te disse, os pais não vivem a vida dos filhos no lugar deles, mas nem por isso deixamos de nos preocupar e sofrer sempre que se sentem infelizes. Às vezes isso nos dá vontade de agir, de tentar clarear o caminho, talvez seja melhor se equivocar por falta de jeito, por excesso de amor do que por não tentar.

— Se a intenção era clarear o caminho, deu muito errado, estou na mais absoluta escuridão.

— Na escuridão, mas não mais cega!

— É verdade o que disse o Adam, na semana que nós passamos juntos, não se tratava de um diálogo...

— Talvez, pode ser que ele tenha razão, Julia, não sou mais inteiramente o seu pai, só o que resta dele. Mas essa máquina não foi capaz de encontrar solução para cada problema seu? Aconteceu, uma única vez durante esses dias, que eu não pudesse responder a qualquer das suas perguntas? Foi muito provavelmente por te conhecer melhor do que supunha e, talvez, talvez isso te revele um dia que eu te amava bem mais do que você imaginou. Agora que sabe disso, já posso morrer.

Julia olhou demoradamente para o pai e voltou a se sentar ao seu lado. Ficaram os dois em silêncio por um longo momento.

— Pensava mesmo o que disse de mim? — perguntou Anthony.

— Ao Adam? Porque, além de tudo, você ouve atrás das portas?

— Através do teto, mais precisamente! Subi para o sótão; com a chuva que caía, não podia ficar esperando lá fora, poderia ter um curto-circuito — disse, sorrindo.

— Por que eu não conheci você antes? — ela perguntou.

— Pais e filhos muitas vezes levam anos até se encontrarem.

— Gostaria que nós tivéssemos uns dias a mais.

— Acho que tivemos, Julia.

— O que vai acontecer amanhã?

— Não se preocupe, você tem sorte, a morte do pai é sempre um momento difícil de se passar, mas, pelo menos para você, já aconteceu.

— Não tenho vontade nenhuma de rir.

— Amanhã é outro dia, veremos depois.

Com o escuro da noite crescendo, a mão de Anthony se dirigiu à de Julia e acabou pegando-a. Os dedos se apertaram e ficaram entrelaçados. Mais tarde, quando Julia adormeceu, sua cabeça caiu no ombro do pai.

*

O dia ainda não amanhecera. Anthony Walsh tomou mil cuidados para não acordar a filha ao se levantar. Estendeu-a delicadamente no sofá e colocou uma coberta em seus ombros. Dormindo, Julia reclamou e se virou de lado.

Depois de confirmar que ela voltara a dormir profundamente, ele foi se sentar à mesa da cozinha, pegou uma folha de papel, uma caneta e escreveu.

Terminada a carta, deixou-a bem visível em cima da mesa. Depois abriu sua maleta e tirou um pequeno pacote com cem outras cartas amarradas com uma fita vermelha e se dirigiu ao quarto da filha. Arrumou-as, tomando cuidado de não machucar a foto amarelada de Tomas que as acompanhava e sorriu, fechando a gaveta da cômoda.

De volta à sala, foi até o sofá, pegou o controle remoto branco, colocou-o no bolso de cima do paletó e se debruçou sobre Julia, beijando-a na testa.

— Dorme, meu amor, amo você.

22.

Abrindo os olhos, Julia se espreguiçou bastante. A sala estava vazia e a porta do caixote fechada.

— Papai?

Resposta alguma veio perturbar o silêncio que reinava. A mesa para o café da manhã estava posta na cozinha. Um envelope se apoiava no vidro de mel, entre a caixa de cereais e o pacote de leite. Julia se sentou e reconheceu a letra.

Minha filha,

Quando você ler esta carta, minhas forças já terão se esgotado; espero que não me queira mal, preferi evitar adeuses desnecessários. Enterrar o pai uma vez já foi o bastante. Depois de ler essas últimas palavras, saia de casa por algumas horas. Vão vir me buscar e eu prefiro que você não esteja aqui. Não abra o caixote, estou dormindo em paz graças a você. Minha Julia, obrigado pelos dias que me concedeu. Há tanto tempo eu os desejava, há tanto tempo queria conhecer a mulher maravilhosa que você se tornou. Foi um dos grandes mistérios da vida paterna que pude descobrir nos últimos dias. É preciso fixar o momento em que encontramos o adulto que nosso filho se tornou e aprender a ceder a ele o lugar. Me desculpe por todas as ausências de que fui responsável na sua infância. Fiz o que eu pude. Não estive suficientemente presente, não tanto quanto você queria; gostaria de ter sido seu amigo, seu cúmplice, seu confidente e fui só seu pai, mas isto eu serei para sempre. Para onde quer que eu vá agora, levo comigo a lembrança de um amor infinito, este que tenho por você. Lembra-se daquela lenda chinesa, aquela bonita história sobre a virtude de um reflexo da lua na água? Errei não acreditando, pois também ali era só uma questão de paciência, meu desejo acabou se realizando porque a mulher que eu tanto esperava que reaparecesse na minha vida era você.

Revejo você ainda menina, quando vinha correndo para mim, é bobagem dizer, mas foi a coisa mais bonita que aconteceu na minha vida. Nada jamais me deixou tão feliz quanto seu riso, os carinhos de criança que me fazia quando eu chegava à noite. Sei que um dia, quando estiver livre da tristeza, as lembranças vão voltar. Sei também que nunca há de esquecer os sonhos que contava quando eu vinha me sentar na sua cama. Mesmo ausente, nunca estive longe de você como achou, e mesmo desajeitado e inábil, amo você. Tenho apenas uma coisa a pedir: que seja feliz.

Seu pai.

Julia dobrou a carta. Foi até o caixote no meio da sala. Alisou a madeira com a mão e murmurou ao pai que o amava. Com o coração pesado, aceitou o seu último desejo, lembrando, ao descer, de deixar a chave com o vizinho. Avisou ao senhor Zimoure que um caminhão viria buscar naquela manhã uma caixa em sua casa e pediu que fizesse o favor de abrir a porta. Não deu tempo para que respondesse e imediatamente partiu pela rua, rumo a uma loja de antiquário.

23.

Quinze minutos se passaram, o silêncio novamente reinava no apartamento de Julia. Um ligeiro estalo, seguido de um rangido e a porta do caixote se abriu. Anthony saiu, bateu a poeira dos ombros e foi até o espelho para ajeitar o nó da gravata. Pôs num lugar bem visível na prateleira a moldura com a sua foto e deu uma olhada ao redor.

Deixou o apartamento e desceu para a rua. Estacionado à frente do prédio, um automóvel o esperava.

— Bom dia, Wallace — disse ele, sentando-se no banco de trás.

— Que bom revê-lo, senhor — respondeu o secretário particular.

— A transportadora foi avisada?

— O caminhão está atrás de nós.

— Perfeito — respondeu Anthony.

— Acompanho-o ao hospital?

— Não, já perdi muito tempo. Vamos ao aeroporto, passando antes em casa, preciso trocar minha mala. Prepare também uma para você, que virá comigo, perdi o prazer de viajar sozinho.

— Posso perguntar para onde vamos, senhor?

— Explico no caminho. Lembre-se de pegar seu passaporte.

O automóvel dobrou na Greenwich Street. No cruzamento seguinte, o vidro foi aberto e um controle remoto branco foi jogado no meio-fio.

24.

Na lembrança dos novaiorquinos, nunca outubro tivera temperaturas tão suaves. Aquele veranico foi dos mais bonitos que a cidade já vira. Como em todos os fins de semana dos últimos três meses, Stanley havia encontrado Julia para o brunch. Mas nesse dia a mesa que sempre ocupavam no Pastis teria que esperar. Era um domingo particular, o senhor Zimoure inaugurava sua liquidação e, sendo a primeira vez que Julia batia à sua porta sem ser por alguma catástrofe, ele tinha aceitado abrir a loja para ela duas horas antes do horário oficial.

— E então, o que acha?

— Dá uma voltinha para eu ver.

— Stanley, há meia hora você examina meus pés, não aguento mais ficar em cima desse estrado.

— Querida, quer minha opinião ou não? Vira mais uma vez, para que eu te veja de frente. É mesmo o que eu pensava, não é absolutamente a altura de salto que você precisa.

— Stanley!

— Essa mania de comprar em liquidações me horripila.

— Você viu os preços aqui! Desculpe se não tenho outra escolha com meu salário de infografista — cochichou ela.

— Ah, não vai começar isso de novo!

— Bom, vai comprar? — perguntou o senhor Zimoure, exausto. — Acho que experimentaram todos. Sozinhos conseguiram deixar a loja de cabeça para baixo.

— Não, ainda não experimentamos o lindo escarpin que vejo naquela prateleira, isso mesmo, aquela última, lá em cima.

— No número da senhorita, não tenho mais.

— E na reserva? — suplicou Stanley.

— Preciso descer para ver — suspirou o senhor Zimoure, desaparecendo.

— Ele tem sorte de ser a elegância encarnada, pois com o gênio ruim que tem...

— Acha que ele é a elegância encarnada? — riu Julia.

— A essa altura acho que devíamos convidá-lo ao menos uma vez para a sua casa.

— Está brincando?

— Que eu saiba, não sou eu que não paro de repetir que ele vende os mais belos sapatos de toda Nova York.

— E por isso quer...

— Não vou ficar viúvo a vida inteira, tem algo contra?

— De jeito nenhum, mas, enfim, o senhor Zimoure...?

— Esqueça Zimoure! — disse Stanley, dando uma olhada na vitrine.

— Já?

— Não se vire, mas esse homem que nos olha do outro lado do vidro é absolutamente irresistível!

— Faz que tipo? — perguntou Julia, sem se atrever ao menor movimento.

— Está com o rosto colado no vidro há dez minutos e olha para você como se estivesse vendo a Virgem... Que eu saiba, ela não usaria um escarpin de 300 dólares, menos ainda comprado em liquidação! Não se vire, já disse, fui eu que vi primeiro!

Julia ergueu a cabeça e seus lábios começaram a tremer.

— Não — disse ela com uma voz sumida —, esse eu vi bem antes de você...

Ela abandonou os sapatos no estrado, abriu o trinco da porta e correu para a rua.

*

Quando o senhor Zimoure voltou à loja, encontrou Stanley sozinho, sentado no estrado, com um par de escarpin na mão.

— A senhorita Walsh foi embora? — ele perguntou, inquieto.

— Foi — respondeu Stanley —, mas não se preocupe, ela vai voltar, provavelmente não hoje, mas vai voltar.

O senhor Zimoure deixou cair a caixa que tinha nas mãos. Stanley pegou-a e a entregou de volta.

— Parece tão desesperado, ajudo a arrumar tudo isso e depois levo-o para tomar um café ou um chá, se preferir.

*

Tomas tocou nos lábios de Julia com a ponta dos dedos e beijou suas pálpebras.

— Tentei me convencer que podia viver sem você, mas como vê, não posso.

— E a África, as reportagens, o que o Knapp vai dizer?

— Para que percorrer a Terra, trazendo a verdade dos outros, mentindo a mim mesmo, para que ir de país em país se quem amo não está neles?

— Então não se faça mais perguntas, foi a mais bela maneira de me dizer bom-dia — disse Julia, ficando na ponta dos pés.

Eles se beijaram e o beijo durou, como o de dois amantes que se amam a ponto de esquecer o resto do mundo.

— Como me encontrou? — perguntou Julia, aninhada nos braços de Tomas.

— Procurei-a por vinte anos, embaixo da sua casa não foi tão difícil — ele respondeu.

— Dezoito, e saiba que já foi muito!

E Julia o beijou novamente.

— E você, Julia, o que te fez ir a Berlim?

— Já disse, um sinal do destino... Foi vendo um retrato seu, esquecido no estande de uma desenhista de rua.

— Nunca fiz nenhum retrato meu.

— Claro que fez, era seu rosto, seus olhos, sua boca, tinha até a covinha no queixo.

— E onde estava esse desenho tão parecido?

— No porto antigo de Montreal...

— Eu nunca estive em Montreal...

Julia ergueu os olhos, uma nuvem corria no céu de Nova York e ela sorriu, vendo a forma que tomava.

— Como vou sentir a falta dele.

— De quem?

— Meu pai. Agora vamos, vamos passear, tenho que te apresentar à minha cidade.

— Está descalça!

— Isso não tem mais importância alguma — respondeu Julia.

Agradecimentos a

Emmanuelle Hardouin,
Pauline Lévêque,
Raymond e Danièle Levy,
Louis Levy,
Lorraine.
Susanna Lea e Antoine Audouard.

Nicole Lattès, Leonello Brandolini, Brigitte Lannaud, Antoine Caro, Anne-Marie Lenfant, Élisabeth Villeneuve, Sylvie Bardeau, Tine Gerber, Lydie Leroy, Aude de Margerie, Joël Renaudat, Arié Sberro e toda a equipe das Edições Robert Laffont.

Katrin Hodapp, Mark Kessler, Marie Garnero, Marion Millet.
Pauline Normand, Marie-Ève Provost.
Léonard Anthony e toda a sua equipe.
Christine Steffen-Reimann.
Philippe Guez, Éric Brame e Miguel Courtois.
Yves e Martyn Lévêque, Charles Veillet-Lavallée.

markgraph

Rua Aguiar Moreira, 386 - Bonsucesso
Tel.: (21) 3868-5802 Fax: (21) 2270-9656
e-mail: markgraph@domain.com.br
Rio de Janeiro - RJ